ロバート・アーサー/著
小林 晋/訳

ロバート・アーサー自選傑作集

ガラスの橋

Mystery and More Mystery

扶桑社ミステリー
1649

MYSTERY AND MORE MYSTERY
by Robert Arthur
1966

私のお気に入りの読者にして批評家である
アンドルーとエリザベスに

目次

著者序文

本書はミステリ短編集です。しかし、ミステリという言葉は数多くの異なるタイプの物語をカヴァーしています。犯罪の看破や防止はミステリ小説になります。同様に、恐ろしい危険からの逃避も。ミステリ小説はユーモラスであってもいい。マジックは確かにミステリですし、マジックの話もミステリです。あるいは、不思議なことや未知なるものもミステリ小説になることもあります。

本書で私はこれまでに執筆したミステリ小説のいくつかの異なるタイプの作品が含まれるようにしました。何編かユーモラスな作品もあり、或る作品などはちょっとぞっとします。短い作品も長めの作品もあります。或るものはサスペンスに富み、或るものは不思議で興味をそそられます。

みなさんに楽しんでいただければと願っています。そして、もしもどうしてこういった物語が書かれたのか、どこからアイディアが得られたのか知りたかったら、本書の巻末にある特別なあとがきでお教えしましょう。飛ばしたいなら飛ばしてもかまいません。

ロバート・アーサー

ニュージャージー州、ケイプ・メイ

一九六六年

ロバート・アーサー自選傑作集

ガラスの橋

マニング氏の金の木
Mr. Manning's Money Tree

正午かっきりに、薄茶色の髪をした愛想のいい青年ヘンリー・マニングは、ファースト・ナショナル銀行の出納係の格子窓を閉じた。ブリーフケースと帽子を取ると、部屋から出て、銀行の正面玄関に向かう。ブリーフケースには魔法瓶とサンドウィッチ二つが入っていた。晴れた日に、将来有望な出納係補佐であるヘンリーが公園で昼食を摂《と》ることは誰もが知っていた。

ヘンリーが玄関から出ると、銀行の裏にいた灰色のスーツを着た男が二人互いにうなずき合って、人目を避けて彼を尾行し始めた。ヘンリーはその二人にほとんど即座に気づき、心臓の鼓動が速くなり始めた。二人が彼を尾行している刑事であれば、まず確実に彼を逮捕しようとしているのだろう。それはまた、今、何の変哲もない魔法瓶の中にしっかりとしまい込んである一万ドルを隠せる可能性は皆無であることを意味していた。

月曜日以来、二人が尾行しているのは気づいていた。今頃、昨年内に金庫から二万ドルを着服したのはヘンリー・マニングであることをほぼ確信しているに違いない。まったく驚くべきことだな、と彼は思った。普通の実直な男が株式相場熱にかかり、最初は独立できるほどの幸運な大当たりに巡り会うことを願い、次には損失を埋め合わせるうがった株式予想ができると期待しながら、どんどん深みにはまってしまうことになるとは。その挙げ句……。

二万ドルが泡と消え、彼には返済することができない。そこでヘンリーは、今となっては自分のものではない金を平気で盗み、さらに一万ドルを着服した。しかし、今にも彼を逮捕しかねない刑事がすぐ後ろから尾行しているとしたら、いったい金をどこに隠せるだろうか？

公園に着いた時、レイクサイド行きのバスがちょうど扉を閉めるところだった。いきなり思いついて、ヘンリーは飛び乗ると、扉はきしむような音を立てて閉まった。尾行者たちがバス停に駆け寄って、途方に暮れているのが窓から見えた。ヘンリーはにんまりした。一つの問題が解決した。

しかし、最大の問題は依然残っていた。彼には急いで逃亡しようという意図はなかった。罰を受けるつもりだった。残りの人生を追われる男として過ごしたいと誰が思うものか？　しかし、人生の再出発を始めるために、ブリーフケースに入れた金を当てにすることはできると考えたかった。では、どうやったら、彼が刑期を務め上げて再び自由の身になるまで、金を安全に隠すことができるだろうか？

「メルウッド・エステイツ」まもなくバスの運転手が言った。「終点です」

ヘンリーはバスを降りた。市の周囲に次々と造成された分譲地の一つだった。どれも似たような住宅が百軒、植えたばかりの芝生のある斜面に上から下へ建ち並んでいた。まるで自分がその家の一軒に住んでいるかのように、彼はきびきびと歩いた。しかし、内心は深い絶望感を抱いていた。土地は平たくて何の障害物もなく、いったいこのどこに隠すことができるだろう？　どうしてあと一日ないのか？　今頃はすでに逮捕状が出ているだろうが、せめてあと一日あれば……。

まるで電気ショックを受けたかのように、ヘンリーははっとなって立ち止まった。そこは曲がり角だった。五十フィート先には芝生だけに囲まれたケープ・コッド・コテイジと呼ばれる形式（急傾斜の切妻屋根と中央の大きな煙突を特徴とする木造小型住宅）の、住み心地の良さそうな瀟洒《しょうしゃ》な平屋の家が建っていた。ヘンリーのすぐ脇の芝生に深い穴が掘ってあり、その穴のすぐ向こうに、根を粗い麻布でくるんだ、これから植える予定の唐檜《とうひ》の立派な苗があった。誰の姿も見えなかった。ヘンリーは帽子を脱いで、額の汗を拭き、偶然帽子を穴に落とした風を装った。帽子を取ろうとしてかがんだ時、彼は魔法瓶をブリーフケースから穴に滑り落として、穴の縁にあった軟らかい土と培養土で速やかに隠した。

すべてをやり終えるのに二十秒しかかからなかった。ヘンリーがまっすぐに立って、木を眺めていると、体格の良い黒髪の陽気そうな男が水を入れたバケツを持って歩道をやって来た。

「ちょうどお宅の木を眺めていたんですよ」ヘンリーはいかにも隣人らしい物腰で言った。「見事な苗ですね」

「当然だよ」相手は忍び笑いをしながら答えた。「大きな苗が欲しかったから、大金をふんだくられた」彼がバケツを置くと、ヘンリーは前に進み出た。

「お手伝いさせてください」ヘンリーは言った。

ヘンリーは木が植えられ、周囲の土が固められるまでいた。淡褐色の髪をした魅力的な若い女性が瀟洒な家の戸口に出て、二人を見ていた。若い夫婦だが、暮らし向きはまだ上々というわけではないようだ——ヘンリーは車道に置かれた安物の自動車を見た。心の中で彼は二人に幸あれかしと願った。その場を立ち去って、銀行に戻るや、彼は逮捕された。それと知らずに彼の問題を解決してくれた見ず知らずの夫婦に対して、彼は或る種の好感を抱いた。

ヘンリーがその木を再び目にしたのは三年半後のことだった。その頃には体重が増え、老けて、口ひげを蓄え、手に職をつけていた。刑務所の修理工場で専門の機械工になっていた

木も変わっていた。見事な唐檜の若木に成長していた。それに家も繁栄していることに、ヘンリーはぶらぶら歩きながら気づいた。車が二台入る車庫が増築されている。その半分には同じ古いセダンが収納されていたが、見ているとずっと高級な車が車庫に乗り入れて、ヘンリーの覚えているがっしりした体格の男が景気の良さそうな様子で出てきた。妻が彼を出迎えたが、耳の辺りにかかった茶色の髪が絹のように風になびき、両腕に丈夫そうな赤ん坊を抱えていた。

良かった、とヘンリーは思った。あの夫婦はうまくやっている。この木を掘って抜いても、新しい木を植える余裕はある――そう思った時、彼ははっとなった。充分に生長した若木を掘り抜くのは大変な仕事だということに今に至るまで思い至らなかった。今や人通りの多い郊外になっていて、定期的な警官の巡回があり、四六時中人が出入りする――彼にはできない。たとえ夜であっても捕まってしまう。

ヘンリーは息の詰まる思いで再び歩き始めた。あたかも、策士策におぼれるといったところだ。彼は金を安全に隠したが、今となっては彼自身も取り出すことができな

い。

最終的に彼は或る計画を考え出した。木を合法的に入手しなければならない。つまり、家を手に入れなければならないということだ。もちろん、今は家を買うことはできなかった。金がないし、持ち主が売りたがっている気配はなかった。しかし、彼は待つことができた。一万ドルのためには辛抱しなければならない。彼らはうまくやっていて、家族は繁栄していた。いずれはもっと大きな家が欲しくなるだろう。その時までに、いくらか金もできるだろう。

計画を立案すると、ヘンリーは時間を無駄にはしなかった。髪を染め、充分に変装できたと思うと、近所のガソリン・スタンドで仕事を見つけた。ヘンリーの金を隠してある木の所有者であるジェローム・スミスがよく来るガソリン・スタンドだった。

彼は最善を尽くしてジェローム・スミスと親しくなったが、今では体重の増えつつあるスミスは無愛想で短気で、まるでもっと大きなことを考えているかのようだった。

しかし、ジェローム・スミスがつっけんどんだったとしても、奥さんのコンスタンスは魅力的だった。ヘンリーが仕事をしている時に彼女はガソリンとオイル交換のために自動車で乗り入れた。

「新しく来た人でしょう?」美しい音楽のような声で彼女が尋ねた。ヘンリーはうなずいた。

「先週からです、ミセス・スミス。ラジエイターとバッテリーのチェックもしましょうか？」

「お願いできます？」

コンスタンス・スミスが辛抱強く待っている間、カー・ラジオが鳴っていた。

「モーツァルトですね？」ヘンリーが言った。

「あら、そうよ。音楽をご存じなの？」コンスタンスは茶色の髪をして人好きのするヘンリーを興味深そうな目で見た。

「ほんの少しです」ヘンリーが謙遜して言った。「終わりましたよ、ミセス・スミス。ですが、近いうちにエンジンの方も調整したいですね。二時間ほど車が空《あ》いたら呼んでください。取りに伺います」

「ありがとう、そうするわ」一週間後、彼女が呼んだ。ヘンリーは異音がしなくなるまで調整した。彼が車を運転して戻ると、彼女は芝生で息子と遊んでいた。

「ピーターよ」ヘンリーが車のキーを渡す時に彼女は言った。

「やあ、ピーター。さて、どうかな。君は犬が好きかい？」ピーターは真剣な目で彼を見た。ポケットからヘンリーはパイプ・クリーナーの入った袋を取り出し、二、三度、器用な手つきでパイプ・クリーナーを曲げると、耳の大きな犬を作り上げた。ピーターは大喜びでそれを摑んだ。

「ワンちゃんだ！」彼が大声で言った。

「まあ、本物みたいね！」コンスタンスは声を上げた。「ありがとうございます。それから、車を調整してくださってありがとうございます」

「どういたしまして」ヘンリーは言った。ヘンリーは温かい喜びを感じながら、ガソリン・スタンドに戻った。スミス夫妻と親密になって、家を売却する時には真っ先に知るようになることは確かに計画の一部だった。しかし、コンスタンスに会うのを期待し、数日が過ぎても彼女が車に乗ってサーヴィスを受けにガソリン・スタンドに立ち寄らないと、なぜか気が沈んでふさぎ込んでしまうのは計画の一部ではなかった。ところが、そうなってしまった。スミス夫妻が早く引っ越しするのを望むのではなく、ヘンリーは彼らがそのまま留まるのを願い始めた。

その頃までにヘンリーは修理部門の責任者になり、自動車の調整が終わるのを待つ間や、寒い朝に車をスタートさせに行った時にキッチンでコーヒーを飲みながらの短いおしゃべりに限られていたとはいえ、コンスタンスとの交友は確たるもので、両者にとって大切になった。二人は本や音楽、演劇などについて話し、コンスタンスがその会話を自分と同じく楽しんでいることをヘンリーは知った。しかし、ジェローム・スミスは大半の時間を仕事で留守にしていたので、ヘンリーは二人の交友関係が誰かに勘ぐられないように用心した。

それにもかかわらず、彼女の夫が徐々に仕事上の関心を西部に移していることに気づき、近いうちにスミスはきっと家族ともども引っ越すということを考えて、彼はいよいよ暗澹《あんたん》たる気持ちになった。だから、或る朝、コンスタンスが取り乱した様子でガソリン・スタンドに電話をかけて、ヘンリーに家に寄ってくれないかと頼んできた時には、いよいよその時が来たのだと確信した。車を運転しながら、彼の心は重かった。

コンスタンスが彼を居間に案内した時、彼女は蒼ざめていた。

「大変なことが起きたの、ヘンリー」彼女は笑みを浮かべようとしながら言った。「だから、わたし——その、お友だちに話さなければと思って」

「ぼくのことを友人と考えていただいて嬉しいですよ」

「ちょっと言いにくいことなの。あのね……」彼女の声はほとんど聞こえなかった。

「……ジェリーとわたしは長いこと気持ちが離れてしまっていたの。彼は家を空けることが多いし、家にいる時だって……それはともかく、彼は今ネヴァダ州にいるわ。

あちらで新会社を立ち上げて、かなり留まっていることになるだろうって。だから……今朝届いた手紙で、あちらに居を構えるから、離婚しようと提案しているの」

「離婚ですって？」ヘンリーは信じられない気持ちで彼女を見た。

「もちろん、わたしは賛成するつもりよ。だって、わたしだって自分を必要としない夫なんてほしくないもの」彼女の笑い声にはかすかに震えるような響きがあったが、涙をこらえていた。

もはやヘンリーは用件がある時に限らず、好きな時にこの瀟洒な家に立ち寄ることができるのだった。彼はコンスタンスに医師の受付係としての仕事を見つけてやって、同僚の機械工の母親にコンスタンスの家政婦をやってもらった。コンスタンスはジェローム・スミスがしぶしぶ申し出た離婚手当を毅然として突き返し、家と、当然ながらピーターの親権だけを手に入れた。

この期間、ヘンリーはコンスタンスとピーターが困ることがないよう手段を講じることに専念していたので、金の埋まっている木を手に入れることができるという考えは、コンスタンスをコンサートに連れて行った後で、彼女に結婚の申し込みをした時まで頭に浮かばなかった。

コンスタンスに向かって彼女が自分にとってどれほど大きな意味を持つか説明して

いる最中に、もしも彼女が彼と結婚したら木が自分の物になるということに突然気づいたのだった。そして、自分は本当に彼女を愛しているのだろうか、それとも隠してある自分の金を取り戻したいだけなのだろうかと思って恥じ入りながら、彼は口をつぐんだ。その可能性が彼を動揺させて、口ごもったので、コンスタンスは静かに笑った。

「ヘンリー、あなたプロポーズしているの？」

「ああ、そうだよ！　きみのことを愛しているんだ！」ヘンリーは口走った。

コンスタンスは彼に向かって微笑んだ。「単にピーターとわたしには助けが必要だと感じたからじゃないって、断言できるの？」

「断言できるとも」ヘンリーはそう答えて、それが本心であることに気づいた。「きみを愛している。ぼくの妻になってほしいんだ、コンスタンス、そしてピーターには息子に」

彼女は長いこと押し黙って、相手の顔をじっと見つめていた。

「いいわ、ヘンリー」とうとう彼女は答えた。「一緒に幸せになりましょう」

そこでヘンリーは角の瀟洒な家に引っ越し、結局、金を埋めてある木の持ち主になった。しかし、彼にとってそれは一番ささやかな成果に過ぎなかった。

もはや上品で愛する妻と可愛らしい息子を手に入れたというのに、盗んだ金など必要だろうか?

それでも、一年後、ガソリン・スタンドの経営者が隠退を決意した時、金は役に立つことが判明する。ヘンリーは事業を買い取るのに必要な現金は持っていなかった。しかし、どこに現金があるかは知っていた――前庭だ。彼は向こう見ずにも手形に署名した。結局のところ、万一の場合にはいつでもそれで支払うことができる。

緩やかな不景気が到来し、ヘンリーは、どうしたら木を抜かないで済むか知恵を巡らして幾晩も前庭を歩き回っては、立ち止まって唐檜の香りを嗅いだ。どういうわけか、彼は木に手をつけたくなかった。結局、彼はうまく乗り切った。

その間、ジェローム・スミスの顔写真が何度も新聞をにぎわせた。彼はラスヴェガスの新しい大ホテルとカジノの共同経営者となっていて、目の覚めるようなブロンドのコーラスガールと結婚した。ヘンリーとコンスタンスは少しも気にしなかった。

二人の間にはすでにアンという娘ができていた。子供たちは年々成長した。

ヘンリーは金を隠した木を大いに当てにして、自動車の独占販売権を買い、それ以後は、唐檜の香りを嗅げるのはこれが最後だと思いながら、暗闇の中で木の脇に立って幾晩も不安な夜を過ごした。翌日には、長いこと埋めてあった金を掘り出さなければならないと固く決心した。しかし、そのたびに彼はなぜか決心を翻《ひるがえ》すのだった。

その頃から事業が急に景気づいて、一家は以前よりもずっと贅沢ができるようになった。しかし、ヘンリーは自分がやらなければならないとわかっていることのために貯蓄を続けていた。とうとう、その日が到来した——ずっと昔、彼が若い頃、ブリーフケースに盗んだ金を入れて銀行を出た時と同じようによく晴れた日だった。彼がブリーフケース——あの同じブリーフケース——を抱えながら再び銀行に入った時、もはや髪は灰色になり、顔には年齢相応のしわが寄っていた。

銀行から出た時にはブリーフケースは空《から》になっていた。彼は三万ドルを利息をつけて完済した。その表情は微かに変わっていた。彼は晴れやかな気持ちになって帰宅した。

その夜、彼は金を埋めた木の下に立って、自分に恵まれたものを数えた——献身的な妻、愛らしい娘、健康な連れ子、繁栄する事業、幸せ、敬意、そして心の平安。

木の根本に埋めた金は見事な仕事をした。彼はもう隠した金のことを忘れて、自分が大切にしている美しい唐檜はなくてはならないものになった。彼はその細い葉をなでようと手を伸ばした。

「お前は見事な仕事をやってのけたな」彼は言った。「お前は私が盗んだ金を私から守った。私はお前に手をつけたりはしないだろう。お前はずっと立っているんだ」

しかし、その年の秋の或る日のこと、大西洋からのハリケーンがいきなりコースを変えて、海岸からその都市を直撃した。一日中、風が吹き荒れ、雨が打ちつけた。夜になって、嵐の勢いは増した。通りには折れた枝やゴミ入れ、破片などが散乱していた。

ヘンリーがコンスタンスと一緒に居間で嵐のニュースをラジオで聞いていると、明かりが消えて、ラジオが聞こえなくなった。庭から木がきしんで折れるような音と強くなった風の音が聞こえた。ヘンリーは恐ろしい予感がして、窓に近寄ると、ちょうど自慢の唐檜が倒れるところで、大きな穴がぽっかり開くのが、暗闇越しにぼんやりと見えた。

まるで友人が亡くなった時のように、彼は悲しみにうちひしがれた。やがて彼は、他人が見つける前に、ずっと隠しておいた魔法瓶を回収する必要に気づいた。

彼は夜明けに起き出した。嵐は過ぎ去っていた。長靴をはき、古着を着て、彼は急いで唐檜の根があった穴に向かった。

朝日が何か明るい物の上で反射した。彼はそれに慎重に手を伸ばした。魔法瓶の銀メッキされた内びんだった――外側の鉄の覆いはとうに腐食していた。しかし、ガラスの内びんは無傷で、しっかりと栓がしてあった。彼はナイフで栓を開けて、魔法瓶を振った。二枚の紙片が落ちた。中には他に何もなかった。二枚の紙片だけだ。彼はそれを拾い上げた。

一枚は古い新聞の切り抜きだった。そこに自分の写真が載っていて、横領の罪で逮捕されたと報じられているのを見て、彼は衝撃を受けた。もう一枚は単なるメモ用紙で、そこにはジェローム・スミスの太くとげとげしい筆跡で『私は気づいたよ。礼を述べておく』と書かれていた。

少し目のくらむような思いになって、ヘンリーは家に入り、キッチンのテーブルの前に腰を下ろした。これまで何年間もずっと、彼が当てにしていた金はなくなっていたのだ！　彼が埋めて二十四時間も経たないうちに、スミスが掘り出していた。その金で、スミスは電気会社を買収し、事業を不法な賭博機械の製造に転換し、そこからネヴァダ州の大ホテルとカジノのオーナーへと転身してから、後には全国的な賭博組織の大物となって、国中から非合法な利益を集めた。

実情を理解したことからの衝撃はゆっくりと過ぎ去った。それに続いて心の底からの謙虚な感謝の念が湧き起こった。人生というものは不思議で複雑だ。彼が盗んで埋めた金は決して使われることはなかったが、彼に家族と成功と満足をもたらした。ジエローム・スミスにとっては……。

ヘンリーは首を振って、スミスが『礼を述べておく』と書いた紙片を拾い上げた。その下にヘンリーは丁寧に『こちらこそありがとう』と書いた。それから、彼はそれを封筒に入れて封をし、宛先を書いた。彼は最近のジェローム・スミスの正確な住所は知らなかったが、近頃読んだ新聞記事からジョージア州アトランタの連邦刑務所気付とだけ書いて送れば確実に届くだろうと思った。

極悪と老嬢
Larceny and Old Lace

踏切の警報が鳴った。踏切が開くのを待っている自動車のヘッドライトが客車に反射する。列車は速度を落とし始めた。グレイス・アッシャーは読んでいた本から顔を上げた。

「ミルウォーキー駅に到着するようね」彼女は言った。「時間もそろそろだし。午後九時。四時間の遅延だわ」

「私たちがどうしているか、ビンガムさんが心配していることでしょう」フローレンス・アッシャーがうなずいた。彼女は黒いジャケットをぴんと伸ばして、髪を整えた。フローレンスは自分の若さを誇りにしていた――彼女は七十歳で、グレイスより二歳若かった。

「とにかく」グレイスが満足そうに言った。「おかげでジョン・ディクスン・カーとエラリー・クイーンの最新作を読み終えることができたわ。本当に、とってもわくわくしたわ！　できの良い推理小説って大好き」

「私も今度読まなくちゃ」フローレンスは、ブリーフケース並に大きなたっぷりした革の財布に入れて持ち運んでいる小さな赤い手帳にメモをした。「ポーターを呼ぶ、グレイス？」

「そして、チップに四分の一ドル支払うの？　ばかばかしい！　荷物くらい自分たちで運べるわ」

「でも、ポーターがいればタクシーを見つけるのを助けてくれて、ビンガムさんのオフィスまでの行き方を教えてくれるかもしれないわ」

「フローレンス、野暮なことを言わないで。何と言っても、ミルウォーキーはただの都会に過ぎないんですからね。これまで大都市に来たことはなかったとはいえ、世界中の大都市についてたくさんのことを知っているんだから。だって、いいこと、私たちはお互い千冊以上の推理小説を読んできたんじゃない？　ロンドンのことは、アガサ・クリスティーとマージェリー・アリンガムで知り、マイアミのことはブレット・ハリデイから、シカゴについてクレイグ・ライスから、パリ、サンフランシスコ、ニューヨークならば……」

「そうね」フローレンスがさえぎった。「確かに、私たちは膨大《ぼうだい》な数の推理小説を読んで人生について数多くのことを知っているわ……それでも……」

「それでもですって、まったくもう！　私たちはほとんどどんな状況に遭遇しても充分対処できると思うわ。それもすべて推理小説を読んで得た豊富な知識のおかげで」グレイスが言った。「さあ、列車から降りた方がいいわ。ミスター・ビンガムが待っているわよ——少なくとも、そう願っているわ」

　ビンガム氏は待っていた。彼はむさ苦しいオフィスでいらいらと何時間も待っていた。オフィスのガラスのドアには〈E．ビンガム——法定代理人——不動産および保険〉と記載されていた。今、彼はミントをかみながらグレイスとフローレンスのアッシャー姉妹にお茶を注《つ》いでいた。お茶はホットプレート上で淹《い》れたもので、そのホットプレートの唯一の主要な用途は徹夜できるほどコーヒーを濃く淹れることだった。

「実に思慮深いことですわ！」グレイスがお茶をちびちび飲みながら言った。「列車の長旅の後で、美味しい一杯のお茶ほど元気を回復させてくれるものはありません。ご存じでしょうけど、私たち、五十マイル東からやって来たのですよ」

「あなたたちのことが心配でした、マダム」ビンガムが二人を安心させた。彼は黄色い歯を見せて笑ったが、その効果は大きな鼻と寄りすぎている小さな目のせいで台無しだった。「遺産があまりにもわずかなので、わざわざおいでにならないのではと心配だったのですよ」

「退路を断《た》って来たのですよ」フローレンスがきっぱりと言った。「甥のウォルターが家具付きの家を私たちに遺してくれたという手紙をあなたから受け取ると、私たちは教師を退職してからずっと続けていた私設図書館を売却し、皆さんとお別れの挨拶をして、こちらに定住するために来たのです」

「いいですか」——グレイスが身を乗り出すと、彼女の婦人用帽子《ボンネット》がうなずくようにかしいだ——「七十年間というもの、私たちは小さな町で暮らしてきました。今や私たちはより広い世界を望んでいるのです」

ビンガムの長いやせた喉にミントのかけらが引っかかった。

「そうでしょうとも。ゲホッ——ゲホッ——そうでしょうとも。その……あなた方は甥御さんの家を売り払ったら、キスキショーの町に戻られるものと私は思っていましたが……」

「とんでもない！」グレイスが言った。「私たちは人生を生きたいのですよ、ミスター・ビンガム！　私たちはウォルターの家を作家や芸術家のための下宿に改装するつもりです」

「そういう魅力的で創造的な人たちにお会いできますわ」フローレンスが相づちを打

った。「ダイニングテーブルでのおしゃべりは、私たちのような会話に飢えた耳には音楽のように聞こえることでしょう」

ビンガム氏はティーカップを音を立てて置いた。

「正直言って」と言った彼の声はうつろだった。「売却なさることをお勧めしますよ。あの家は古くなっていて、税金は高いし、隣近所も好ましくなく……」

しかし、グレイスは首を振るだけだった。

「うまくやりますわ」彼女は言った。「さあ、気の毒なウォルターについて話してください。何と言っても、私たちは二十五年間も会っていなかったのですから」

「死因は？」手袋をはめた両手を互いに強く押し当てながら、フローレンスが勢い込んで尋ねた。

「それが」ビンガム氏は取り乱した様子で秀でた額をぬぐった。「心臓麻痺の一種で亡くなられまして……」

「私が思うに」グレイスがうなずきながら言った。「あなたは心臓に弾丸が三発撃ち込まれても、心臓麻痺の一種とおっしゃるのでしょう。でも……」

「心臓に撃ち込まれた弾丸は二発でしたわ」フローレンスが訂正した。「検視官の報告によれば、もう一発はあと数インチのところではずれていたとか。いいこと、ミスター・ビンガム、あなたから手紙が届く前に、私たちはミルウォーキーの新聞で事件のことはすっかり読んでいます。私たち犯罪のニュースは見逃しませんの。もちろん、その時にはまだ殺されたのが甥だとは知りませんでした。でも、それがわかった時にも私たちはあまり驚きませんでしたわ。私たちはいつも、ウォルターは不幸な最期を遂げる気がしていました」

「子供時代に仔犬をいじめてばかりいたんです」グレイスが付け加えた。「それに、父親と同様に、三回も大学を放校になって」

「父親とは兄のヘンリーのことですわ。数年前に失踪したんです」フローレンスは優雅にお茶を飲んだ。「私たちは彼が刑務所に入っているのではないかと疑っていました。でも、服役しているとしても、兄は本名を使いません。ヘンリーはいつも一族の名誉を大事にしていました」

ビンガム氏はあまり清潔とは言えないハンカチで唇をはたいた。

「もちろん」彼は言った。「実に見上げたものですな。さて、ウォルターはスミスという姓を名乗っていまして、遺産をあなたたちに遺すと指示した書類に混じって備忘録を見つけるまで、彼の本名も、血縁がいることも知りませんでした。

彼は……あー……その、率直に言って、謎の多い人物でした。彼の収入源は……その、わかっていません。彼の家は町はずれに位置する広壮な屋敷でしたが、どうやって入手したのかは誰も知りません。先月の或る夜のこと、彼は真夜中近くに家に入ろうとしたところを、戸口で謎の襲撃者に射殺されたのです。警察は殺人犯を捕まえることも、動機を特定することさえもできていません」

「誰がやったにせよ、相当な理由があることは確かだわね」グレイスが唇を指先で軽くたたきながら気むずかしそうに言った。「ウォルターが若い時、私たちだって彼を殺してやりたいと思ったことがよくあったわ」

ビンガム氏が額の汗をぬぐった。

「あー、ええ、その通りで」彼は言った。二人の地味な田舎じみたドレスや古くさいボンネットと白髪混じりの髪にもかかわらず、才気煥発の老婦人たちを、彼は浮かない顔で見た。

「しかしですね、あの、しつこいようですが、私は甥御さんの家を売却されるよう強くお勧めします。本当に、あの近辺は今度の殺人も起きたいかがわしい界隈で、あの家を取り壊してガソリンスタンドにしたいとおっしゃる買い手がいます。だから……」

「お断りします。私たちはあの家に暮らして、インテリのための下宿を経営するつもりです」グレイスがきっぱりと言った。「さて、ミスター・ビンガム、家の鍵を渡して住所を教えてください。タクシーが案内してくれるでしょう」

ビンガム氏にはかつて鉄の意志の叔母がいたので、鍵を出して、住所を書き留めた。

「さてと」彼は残念そうに沈んだ声で言った。「お二人が……その……安らかな夜を過ごされるように。私は切に願っています」

「そうできない理由があって？」グレイスが尋ねた。「行きましょう、フローレンス、早く遺産を目にしたくてうずうずしているわ。名前を考えていたのよ。大胆に〈アッシャー館〉と呼んだらどうかしら？」

二人はさっさと外に出た。二人が傘を振ってタクシーを呼び止めるのをビンガム氏は窓から見ていた。彼はうめき声を上げて、いったんためらってから、陰鬱なホールへ下りて、或るドアの前に立つと、おずおずとノックをしてから中に入った。

中には地味な仕立てのスーツに身を包んだ大柄な男が、革張りの椅子にもたれて、葉巻をくゆらせていた。その部屋にはビンガムの部屋よりもはるかにエレガントな家具が備えてあって、ドアには〈ゴードン・エンタープライジズ株式会社〉と銘打たれていた。

ビンガムが入ると、ハリー・ゴードンは輪になった煙を口から出した。

「それで、エド、あの家に幾ら払えばいいんだ?」

ビンガムは再び額の汗をふいた。「連中に売る気はないんだ、ハリー」

「売らないだと?」大男は両足を床にしっかりと下ろした。「たぶん君がきちんと説得しなかったからじゃないのか」

「連中は〈アッシャー館〉という下宿屋を開業するつもりだ」

ビンガムは椅子に腰を下ろした。

「二人は田舎町に飽きているんだ」彼は暗い気持ちでため息をついた。「ミルウォーキーのような大都市に住んで、芸術的な生活を送りたいんだ。老婦人方は鋼鉄の意志の持ち主だよ」

「甥がバラされたことは話したんだろうな?」

「ああ。あの土地には不気味な噂が流れていて、連中の甥は謎多き男だった——そんなことをすっかり話してやった」

「こともあろうにハリー・ゴードンから金をゆすった、抜け目のない恐喝者だったなんて話はしなかっただろうな?」

「もちろん、しないさ」

ハリー・ゴードンは顔をしかめた。「あの野郎が抜き取った帳簿のページをどこに隠したのかわかっていれば」彼は言った。「あの家のどこかに隠してあるはずだ――あいつが遠くにいる親戚に託したはずはない。だが、あの家を三度家捜しして、いまだに見つけ出せないでいる。あれが特別検察官の手に渡ったら……」

彼は葉巻を歯で嚙みしめた。ビンガムはあまり清潔とは言えないハンカチで再び顔をぬぐった。

「われわれに書類が発見できないのだから、そのまま見つかることはないだろう。あの二人の老婦人も気の滅入る家にたちまちうんざりする。そうなれば、われわれがあの家を安く買いたたいて取り壊す。何も心配することはないわけだ」

「たぶん、少々脅しつけてやることもできますが」

「いや、だめだ。そんなことはやるな！　連中は本当にサツをたきつけ始めるぞ。新聞も一般大衆もいつだってああいう老婦人の味方につく。誰もがああいう老婦人を見ると母親を思い出すんだ。

とにかく、二人は怖くなって飛び出してくる」大柄な男はうなるように言った。「今夜、もう一度調べさせるためにタイニー・ティンカーをあの家にやった。二人があいつに出会ったら家を売る決心をして、さっさと手放したくなるかもしれない。タイニーは夜遅くなってから二人の小柄な老婦人が暗い古屋敷で出会おうと思うような男ではないからな」

「さてと」フローレンス・アッシャーがおぼつかない様子で言った。「本当に大きな屋敷じゃない？　それに、ひどく暗いし」

「明かりをつけるまではどんな家も暗いものよ」グレイスが妹を諭《さと》した。「中に入って、明かりをつけましょ」

二人はそれぞれスーツケースを持ち上げると、薄暗い照明の通りから、木々の奥に引っ込んで建つ、古くて茶色い、いささか不気味な屋敷へと至る板石敷きの歩道を進んだ。鎧戸《よろいど》がきしむような音を立てると、フローレンスがはっと小さく息を呑んだ。

「いいこと、フローレンス」グレイスが言った。「気をしっかり持つのよ。どんなミステリにも鎧戸がきしむような音響効果がわんさかあるものよ。ちょっと油を差す必要のある蝶番《ちょうつがい》がある他には何も意味がないけれど。鍵をちょうだい。一緒に入りましょ」

フローレンスは姉に鍵を渡した。グレイスが非常にずっしりした正面ドアの最新式の錠に鍵を差し込むと、ドアは開いた。今度はきしむような音はしなかった。二人は玄関ホールに入り、フローレンスが照明のスイッチを見つけるまで手探りした。頭上の照明がぱっと点灯した。

「まあ」グレイスが満足げに言った。「とても見事な家具だこと。確かにウォルターには資金源があったようね。まっとうに稼いだかどうかは疑わしいけど……。フローレンス、何かしら？」

「音がしたわ」フローレンスが緊張した様子でささやいた。「誰か上にいるわ」

「想像力をたくましくしてはだめよ……。確かに、上に誰かいるわね」グレイスが声をひそめて言った。「きっとこそ泥よ──この家が無人と知って、この機会に家捜ししているのね」

「すぐに出ましょ」フローレンスが唇を震わせてささやいた。「警察を呼ぶのよ──夜はホテルに泊まればいいわ」

「おどおどしないでよ、フローレンスったら！　何と言っても、私たちはこそ泥を罠にかけるノウハウをすっかり知っているのよ──何冊もの推理小説に徹底的に説明されているから。ご存じの怪盗アルセーヌ・リュパンや義賊ラッフルズのことを思い出して。それに、泥棒が暴力を好まないことはよく知られているわ。どんな犯罪者も自分たちの仕事に固執し、泥棒は泥棒をするのよ。私の言う通りにして、二人で泥棒さんに思い知らせてやりましょ！」

「私……私は遠慮するわ」フローレンスは反対したが、グレイスはすでに階段の方へ抜き足差し足で進んでいた。彼女は靴を脱ぎ、妹にも同じようにするよう身振りで示し、ストッキングをはいた足で、スカートだけは衣擦れの音を立てながら、二人はそろそろと階段を上った。

二人が二階に達すると、何者かが動き回っている音はいよいよはっきりしてきた。音は階段を上ってすぐの閉じたドアの奥から聞こえてきた。グレイスとフローレンスは忍び足でドアに近づいた。グレイスは自信たっぷり、フローレンスは不安な表情をしていた。

「音がやんだわ。鍵穴から中を覗かせて」グレイスが腰を折って、目を古風な鍵穴に当てた。室内は明かりがついていた。炒り卵を載せた皿のような顔をした、背の低い、がっしりした男が、拳で壁をたたいていた。タイニー・ティンカーはかつてはヘヴィー級のプロボクサーだったが、たいしたボクサーではなかった。

「男が何かを探しているわ」グレイスが報告した。「あの男を部屋から出さなくちゃ」

「外に出てこられるなんてまっぴらだわ！」フローレンスが泣きごとを言った。「お願い、あの男のことは放っておいて」

グレイスは妹の嘆願を無視した。

「何千冊もの推理小説を読んだ結果、私たちにはこの状況をどう扱うか、しっかりわかっているわ」彼女は反論した。「女物の靴のヒールが立派な武器になることは、ほとんどの人が同意することよ。私たちはドクター・ボーデンのセンシブル・シューズの、とりわけヒールの重い靴を履いているから、私たちの武装は万全。さ、私はドアのこっちに立つから、あなたはそっちに立って。右手で靴を持つのよ。それから、私がもう片方の靴を階段に落としたら……」

一瞬後、室内にいるタイニー・ティンカーはカタカタという物音を耳にした。「ネズミどもめ」とつぶやいて、彼は壁をたたき続けた。しかし、物音はそのすぐ後に再び繰り返された（フローレンスが何度かせき立てられて、左足の靴を階段に投げたのだった）。たいして知恵の回らないタイニーは、そろそろ調べなければと決心した。彼はドアを開けて頭を突き出し、暗闇の中で目をぱちくりさせた。

「何事なんだ?」と彼は言った。その時、過去の試合で味わった打撃が一時《いちどき》に襲ってきた。彼のような頭蓋骨の持ち主であっても、ドクター・ボーデンのセンシブル・シューズのヒール二つの打撃には耐えられなかった。

タイニーはノックアウトされて、レフリーがいたら長いカウントを取られたことだろう。

「さて、一歩前進よ」グレイス・アッシャーがきっぱりと言った。

彼女は部屋の床に伸びたタイニー・ティンカーを見下ろした。二人は彼を引きずって部屋に入れることはできたが、寝椅子に持ち上げることはできなかった。そこで二人は男を床に伸ばし、ドアの脇にあるラックから取り出した派手なネクタイで、男の両脚を寝椅子と結びつけ、両手を頭上に伸ばして桜材製の机と結んだ。床に伸びていびきをかきながら、タイニー・ティンカーは人食い族の感謝祭のご馳走のために、今にも大釜に入れられようとしているようだった。

「もう、警察を呼んでいいんじゃない？」フローレンスが訊いた。

「冗談じゃないわ。この泥棒をごらんよ。ずいぶんといい服装をしているじゃないの。普通の泥棒じゃないね」（その通り。タイニーはハリー・ゴードンのボディーガードなのだ）

「それが何だって言うの？　とっても不細工な顔で、見るだけで怖くなるわ」

「フローレンス、私、あなたにはとっても失望したわ」グレイスが妹を幻滅の目で見た。「今まで何年間もずっと、真の人生を送り、冒険をしたいと話してきて、今それを現実に実行しているというのに、あなたときたら警察を呼びたがっているんだから。

机の上の電話が鳴った。再度鳴った。グレイスが電話に向かった。

「でも、グレイス……」

「たぶん私たちによ」

「いったい誰が私たちに電話をかけるっていうの？　まったく、グレイス……」

しかし、グレイスは受話器を取り上げた。「ハロー？」彼女は朗らかに言った。そして、受話器を手でふさいだ。「本当に私たちによ！　ビンガムさんから！」

「もしもし、ビンガムさん？」彼女は受話器に向かって言った。電話の向こうのビンガム氏は息づかいが荒そうだった。彼は二人に、大丈夫ですか——家は静かですかと尋ねた。異様な物音に気づかなかったかと尋ねるのは自重した。

彼の横ではハリー・ゴードンが葉巻をかみながら、ビンガムの耳に話しかけていた。

「ちょうどタイニーがいるはずだ！　今頃はタイニーとご対面のはずだ」

フローレンスが信じられない気持ちで聞いていると、グレイスはビンガム氏に何もかも平穏無事で、家はとっても素敵だと請け合い、ご配慮に感謝すると言った。彼女が受話器を置くと、ビンガム氏とハリー・ゴードンは互いに目を見合わせた。

ゴードンが乱暴な言葉で言った。「たぶん、二人が到着する前にタイニーは家を出たんだろう。半時間もすれば戻るだろう。そしたら行って、事態がどうなっているか話を聞こうじゃないか」

甥のウォルターの謎めいた屋敷の中で、フローレンスとグレイスもまた互いに目を見合わせていた。

「グレイス、どうしてあんな嘘がつけるの？　ビンガムさんなら警察を呼んで、床に伸びたこの――この犯罪者を運んでくれたでしょうに」

「だって、この男を連れ去ってほしくなかったからよ」グレイスは自分の持てる忍耐力のすべてをかき集めて言った。「まずは尋問をしなくちゃ」

「この男に何を尋問するのよ？」

「ウォルターの死とこの男が何を探していたかについてよ――何かウォルターが隠した物に違いないわ。あきれたわ、あなたにはわからないの？　これは現実の謎なのよ！　私たちはその謎のまっただ中に飛び込んだのよ。今まで夢にも思わなかったチャンスだわ」

「いったい、お姉さんは何の話をしているの？」

「私が言いたいのは、謎を解くチャンスだってこと。本で読んできた素人探偵みたいにね」

「でも、女性探偵はほとんどいないわよ」フローレンスが指摘した。「ステュアート・パーマーのヒルデガード・ウィザーズは女よ。それに、教師でもあったわ。彼女にできたことだったら、私たちにできない理由は何もないと思うわ。まずはこの部屋から探しましょ」

「まあ、いいわ」フローレンスは隠し物を探すという興奮で頬を微かに染めてうなずいた。「でも、まずは可能性のある隠し場所を調べなければならないわ」

二人は一緒に部屋の中を調べた。その部屋は一種の書斎のようなもので、奥にウォルターのベッドがあった。家具は高価な物だった――桜材の机、そして新品の安楽椅子が何脚もあり、本棚（全部推理小説だった）、手作りの壁紙、東洋緞通《だんつう》。机の上には高級なペンと吸い取り紙セットがあり――吸い取り紙は引きちぎられていた――写真の入った額縁が二つあった。そのうちの一つは胸の大きな若い女性の写真だった。写真には〝ウォルティーへ、ピーチズより愛をこめて〟と心のこもった署名があった。もう一枚の額縁を見てフローレンスの顔に優しい表情が浮かんだ。

「見て」彼女は言った。「二十五年前にやっとのことで高校を卒業したウォルターが私たちと一緒に撮った写真だわ。白状すると、あの子に公民で合格点をあげたことで今でも後ろめたい気持ちになるわ」

「その後の成り行きを見れば、あの子がそれに値しなかったことは明白ね」グレイスが自分たちに挟まれて頭一つ分背の高いウォルターの写っている色あせた写真を見ながらうなずいた。ウォルターはやや細面で、唇が薄く、鋭い目の間隔は狭かった。しかし、彼は見事にウェイヴのかかった髪をしていた。「どれほどウォルターの目の間隔が狭かったか忘れていたわ。でも、当時の私たちはとても見栄えが良かったわね。そうよ、スタイルだって、この――ウォルターがとっても親しかったみたいな、この女にも見劣りしないわ」

「お願いだから、グレイス！」フローレンスは床の上で小さなうめき声を上げているタイニー・ティンカーを汚物でも見るような目で見下ろした。「この部屋で見知らぬ男に対して下品なまねをするなんてあなたらしくないわ。とにかく、ウォルターにも美点があったことが証明されたわ。何年経っても、ウォルターは私たちのことを忘れなかった。そのうえ、私たちのことを考えて屋敷を遺してくれたわ。もしかすると、私たちはあの子のことを厳しく考えすぎていたのかも」

「もしかしたら」グレイスは表情を和らげて言った。「悪さばかりしたけど、ずっと私たちのことが好きだったのね。でも、やるべきことに戻らなくちゃ。この部屋はすでに探した後だわ。机は引っかき回されているし、椅子も調べられ、絨毯《じゅうたん》もはがされ、寝椅子もひっくり返されている——明らかに床に伸びている人物の仕業ね。たぶん、何を探しているのか聞き出すことができるわ」

二人はそろってタイニー・ティンカーを見下ろした。意識を取り戻しつつあり、痛みから彼は顔を引きつらせた。

「フローレンス」グレイスが考え込みながら言った。「この男がウォルターを殺して、今度はその時に見つけられなかった物を探しに犯行現場に戻ったのかしら」

「ウォルターを殺したですって？」フローレンスが少し飛び上がった。「じゃあ、この男は単なる泥棒ではなくて——人殺しなのね。グレイス、絶対に警察を呼ばなくちゃ！」

「今まで警察が事件を解決した推理小説を読んだことがある？」

「そりゃあ……」

「もちろん、ないわね。つまり、私たちが解決しなければならないのよ。かわいいウォルターのために、正義が行われるのを見届けなければならないわ。たとえ、彼が何らかの悪人だったとしても。この男が意識を取り戻そうとしているわ。尋問するのよ」

タイニー・ティンカーは片目を開けると、ぼんやりした目で二人を見上げた。

フローレンスは身震いした。「どうしてこの男が私たちの質問に答えると思うの？」

「そりゃあ、千冊もの推理小説がギャングを尋問する正しい方法を私たちに教えてくれたじゃないの！　それについては礼儀作法なんか言ってられないわ。非情さが必要なら、非情にならなければ」

「これまでの一生で蠅一匹傷つけたことがないくせに」フローレンスが言い返した。「今からどうやって残酷になれるの？」

グレイスはこの質問を無視した。「シッ！　もう片方の目も開くわ」

タイニー・ティンカーは二人に向かって痛そうに目をぱちくりさせた。

「何が当たったんだ？」と男は尋ねた。

「私たちがたたいたのよ、お若い方」グレイスが言った。「ドクター・ボーデンのセンシブル・シューズのヒールで殴りつけたのよ。さあ、あんたの両手両足はしっかりと縛ってあるから、ずらかる、つまり逃走するわけにはいかないわよ」

タイニー・ティンカーは手足を引っ張って、それが事実であることを知ると、炒り卵のような顔に恐怖を浮かべて二人を見上げた。

「アッシャー姉妹だな」彼は言った。「あんたたち婆さんはそうに違いない！」

「私たちが何者か知っているのはとても怪しいわね」フローレンスは男を縛っている

ネクタイがしっかりしているのを見て、大胆になって言った。

「おい、あんたたち二人はおれをほどいた方がいいぞ」タイニー・ティンカーは脅しつけるように言った。「それがあんたたちの身のためだ。ハリーがおれのことを捜しているからな」

「フローレンス」グレイスが指示した。「この人物がハリーという名前の男に雇われていると記録しておいて」

「もちろんよ」フローレンスは机の引き出しの中から紙と鉛筆を見つけて、〝ハリーなる男に雇用〟と簡略化して書き留めた。囚われの男の顔に警戒の色が浮かんだ。

「おれは何も言ってない!」男が抗弁する。「とにかく、あんたたち二人は何をしているんだ?」

「実に簡単なことだわ」グレイスが言った。「あんたは甥のウォルターを殺し……」

タイニー・ティンカーの顔に浮かんだ警戒の色が一気に濃くなった。「どうしてそれを知っている? いや、そんなことが言いたかったわけじゃなくて、あんたたちはいかれている」

「はーん!」グレイスが妹に振り向いて勝ち誇った表情を浮かべた。「確かに着々と進歩しているわ。この男は気の毒なウォルターを殺害したことを認めたわ」

「認めてなんかいない!」タイニーが怒鳴った。「そんなことは何も言ってない。おれは奴を殺していないし、何も認めてなんかいない。自分の身がかわいかったら、さっさとおれをほどいた方がいいぞ。あんたたちは自分たちの手に余るようなことで大騒ぎしているんだ」

「はは一ん!」鼻高々に言った。「フローレンス、メモを取って。私たちの捕虜は自分が巨大な悪の組織の一員だと認めたわ」

「そうね、グレイス」フローレンスがメモを取った。

タイニーは激しく身もだえした。「おれは認めてない! そんなことは認めてないぞ! とにかく、あんたたち二人はおれに何の罪をかぶせようというんだ?」

「私たちは単に許容される方法で犯罪を解決しようとしているだけよ——千冊もの推理小説を読んで学んだのと同じ方法で」グレイスが男に言った。「さあ、お若い方、黒幕は誰なの?」

「何が誰だって?」

「黒幕《ビッグ・ブレイン》よ。ミスター・ビッグ……。そうね、あなたは誰のために働いているの、おばかさん?」

「おれはハリー・ゴードンのために働いているが、おれのことをおばかさんなんて呼ぶな。あんたたち二人の婆さんは何を話しているのかさっぱりわからない」

「フローレンス、メモを取って。この虜《とりこ》は犯罪組織の首魁《しゅかい》がハリー・ゴードンという人物であることを認めたわ」

「待った、ちょ、ちょっと待った！」タイニーはすっかり落ち込んで今にも泣き出しそうだった。「おれはそんなことは決して金輪際言ってない」

「一つの文に二つの二重否定！」フローレンスが声を上げた。「いったいどこの学校に通ったのかしら？」

「おれがどこの学校に通ったかって？」タイニーが目をぱちくりさせた。「それが何の関係があるんだ？」タイニーはプロの刑事チームを相手に四十八時間口を割らないでいることができたが、アッシャー姉妹のやり方は彼を混乱させた。

「気にしないでね」グレイスが上から目線で言った。「では、ここまでのことをまとめましょ。あなたは私たちの甥ウォルターを殺害したこと、ハリー・ゴードンのために働いていて、その男が巨大な犯罪者集団の首魁であることを認め、おそらくあなたはハリー・ゴードンが欲しがっているウォルターの持ち物を求めてこの家を家捜ししていた。さあ、何を探しているの？　麻薬？　盗品のダイヤ？　盗まれた債権？　偽札の原版？　話した方がいいわよ、いずれは口を割ることになるんだから」

タイニーが見上げると、何世代もの生徒たちを震え上がらせてきた二対の鉄灰色の目が見ていた。彼はぞっと身震いした。

「ああ」彼は息を呑んで言った。「そうなるんだろうな。オーケー、話すよ。というのも、あんたたちにはこれについて何もできないからだ、いいか。ハリー・ゴードンはこの町を牛耳っているんだ。そういうわけで……」

タイニー・ティンカーが話し始めると、フローレンスはメモを取り始めた。タイニーは目を時計に向けた。話をたっぷり引き延ばせば、いずれハリーがやって来る。ハリーならば、黒いタフタに身を包み、善良な老婦人風のボンネットをかぶった、この二人の食えない魔女たちの扱い方を心得ているだろう。たぶん、ハリーならば、二人を空飛ぶほうきに乗せて月まで飛ばしてくれることだろう。

「そういうことだったのね！」とうとうタイニーが話し終えると、グレイスが言った。「ウォルターはハリー・ゴードンの帳簿係だった。ウォルターはゴードンの犯罪行為の記録をいくつか盗んだ。警察には引き渡さずに、ウォルターはそれを隠して、ゴードンを恐喝し、金を支払うのがいやになった彼は、この——ええと、あなたの名前は？」

「タイニーと呼んでくれ」タイニーがため息をついた。

「このミスター・タイニーを送って、この家の家捜しをさせた。ウォルターが予想以上に早く帰宅し、ミスター・タイニーは彼を射殺した。以来、誰も犯罪の証拠となる文書を発見していない。まだこの家の中にあるのよ」

「ビンガムさんが私たちをこの家に来させようとしなかったのは、それが理由に違いないわ！」フローレンスが声を上げた。「あの人も一味なのね！」

「そして今、私たちはこの犯罪の連環を断とうとしている！」グレイスが目を輝かせながら息づかいを荒くした。「何という喜び、フローレンス、何という勝利！　ネロ・ウルフだって私たちのことを誇りに思うはずよ。私たちがやるべきことは、その隠された書類を発見し、それを知事の任命した特別検察官に引き渡すことだけだわ。そうなれば、ハリー・ゴードンも、ビンガムも、ミスター・タイニーも豚箱行きよ」

「えっ？」タイニーが眉を曇らせた。しかし、フローレンスはいささか疑わしげだった。

「連中に見つからなかったのに、いったいどうして私たちになくなった書類を見つけることができると思うの？」彼女が訊いた。「やっぱり警察を呼ぶべきよ」

「フローレンス、あなたの態度は後ろ向きだわ。まずは、甥のウォルターと同じじゃり方で考えるべきよ。私たちは彼の立場に身を置かなければならないわ。仮に私たちが恐喝者だとしたら——私たちはどこに罪の証拠となる文書を隠すかしら？」

「そうねえ……」フローレンスが眉を寄せた。

「その文書はどれくらいの大きさなの？」グレイスがタイニーに訊いた。

「帳簿のサイズだよ。ウォルターはおよそ二十ページ分を切り取ったんだ」

「ブリーフケースに入るくらいの大きさね」グレイスが考え込んだ。「さあ、ここが思案のしどころね。もしも私がウォルターだったら……」

「私の考えでは……」とフローレンスは話し始めたが、ドアからの声で話を中断し、老婦人二人は振り返って、キャッと小さな声を上げた。

「どうぞ続けてください、ご婦人方。ところで、入ってよろしいですか？」

ハリー・ゴードンが葉巻をくゆらせながら部屋の中に足を踏み入れた。その後ろからビンガム氏が神経質そうにつま先立ちで入ってきた。ハリー・ゴードンはさながら二匹の灰色の仔猫を押しつぶしにやって来たトラックのようにグレイスとフローレンスの方に近づいた。彼は立ち止まると、二人にひたと冷笑的な目を据えた。

「さて、ご婦人方、うちのタイニーを相手にお楽しみだったようですな。しかし、もうパーティーはおしまい。ここまでだ。エドとおれがタイニーを自由の身にする間、あんたたちはそこの二脚の椅子に腰かけてもらえないかな。その後で、あんたたちの始末の仕方を決めることにする！」

タイニー・ティンカーはネクタイをほどかれて、感謝した様子で隅に座った。ハリー・ゴードンは安楽椅子の一つにふんぞり返って葉巻をグレイスとフローレンスに向けた。二人はさながら二羽の羽毛を逆立てた雌鶏《めんどり》のように、おとなしいものの挑戦的な態度で、机の奥のソファーに固まっていた。

「連中はタイニーに白状させた」ゴードンがドスの利いた声で言った。「二人には死んでもらわなければならない」

「いや、だめだ、ハリー」ビンガム氏が額を神経質にこすりながら主張した。「私を信じてくれ。彼らが知っていることは法廷では何の説得力も持たない。前にも言ったが、こういう老婦人たちはダイナマイトみたいなものだ。手を出したら、新聞が輪転機をがんがん回して書き立てる。あらゆる裏取引が失敗に終わる。信じてくれ、ハリー、何をするにせよ、この老婦人には指一本だって出すな」

「では、どうしろと言うのだね？」ハリーは考え込んだ様子で姉妹に目を向けた。

「町から追い出して、二度と戻らないよう言い含めるんです」

「おれのやり方なら、二人は絶対に戻ってこないぞ」

「私たちを脅せると思っているなら、大間違いよ！」グレイスが息巻いた。フローレンスがかっとなって姉に食ってかかった。

「間違ってなんかいないわ。確かに私たちは脅されたのよ。とにかく、この私は脅されたわ。喜んで取引に応じるつもりだわ」

ハリー・ゴードンの黒い目に関心の色が浮かんだ。

「どんな取引だね、お姉さん？」

「あんたがこの家を欲しいのは、ここに何かの書類が隠されているからでしょう。いいわ、この家をこのままの状態で売るわ。あなたは自分で書類を見つければいい」

「それから？」

「私たちは支払いが終わり次第、世界一周の旅に出かけるわ」

「フローレンス、私は犯罪者相手に取引なんかしないわよ！」グレイスが声を上げた。

「黙って、グレイス。これまではあなたがボスだったわ。今は私が仕切っているのよ。ミスター・ゴードン、それでいかが？」

「二人に金を支払って、追っ払ってしまいましょうよ」ビンガムが説得した。「家を取り壊せば、書類は見つかります」

「どうかな」ハリー・ゴードンは葉巻の煙をぷかりとはき出した。「連中を埋めるだけの方が安上がりなんだが」

「私たちはおとなしく埋められたままにはなっていないわよ」フローレンスが言った。

「私たちは……墓から起き上がって、たたってやるから」

「あんたたちなら、それも驚きではないな」ハリー・ゴードンが言った。「わかった。この家の代金として現金で一万ドル支払ったら、あんたたちは今夜のうちに町から出て行くんだ」

「一万五千ドルよ！」フローレンスが値段をつり上げた。

「ちょっと、この家は最低でも二万ドルの価値があるわよ！」グレイスが大いに憤慨して言った。

「あんたたちは価格交渉できる立場ではないんだがな」ハリー・ゴードンは言った。

「わかった、一万五千だ」

「現金でね。そしたら、あなたが私たちをまっすぐ駅まで送ってちょうだい」フローレンスが要求した。

「それで手を打とう。現ナマはおれの事務所から取ってくる。タイニー！」

「あー――はい、ボス？」

「こちらの婆――ご婦人方は、おれがここに来る前に例の書類を見つけなかっただろうな?」

「ええ、ボス。連中は何一つ手を触れていません――つまり、おれ以外には。ずっとおれの尋問をしていたんで」タイニーは目をぐるっと回した。「まったく、こいつらが警官じゃなくて良かった」

「わかった、行こう。タイニー、お前はここにいろ。おれが探している物を見つけるまで、家を離れるなよ。見つからなかったら、解体業者を呼んで土台から取り壊してやる」

「了解です、ボス」

「あと一つだけ」フローレンスが立ち上がった。あごの様子は決意を秘めていた。「車中で読む本がないのよ。ウォルターの本を二冊持って行きたいんだけど」

「ほう、そうなのか?」ハリー・ゴードンの口調はなめらかだった。「どの二冊にしようと思っているのかね?」

「書棚の端にあるあの二冊――緑色の二冊よ」

「いいとも。それを私に渡してくれ、タイニー」ゴードンは手に本を取ると、フローレンスの表情を窺った。「油断がならないな、お姉さんは。あんたはウォルターが書類をマイクロフィルムにして、この本に隠したと思ったんだろう？　エド、探すのを手伝ってくれ」――彼は書名を読んだ――「『エドガー・アラン・ポオ作品集』第一巻および第二巻」

彼とエド・ビンガムは二冊の古びた本を苦心して解体した。二人は表紙を切り開き、綴じ部に切り込みを入れ、ページをぱらぱらと繰った。最後に、不機嫌な表情でハリー・ゴードンは二冊の本の残骸をフローレンスに渡した。彼女は大きなハンドバッグを開いて、本を中に入れた。

「さあ、行くぞ」ゴードンが怒鳴るように言った。「あんたたち二人と、その考えていることには飽き飽きした。あんたは単に読む本が欲しかっただけなんだろう。だが、あんたがおれを相手に何か企んでいるんじゃないかと思うと……」彼は老婦人たちを窺ってから、ドアに向かった。「行くぞ、夜行列車が待っている」

踏切の警報が鳴った。踏切が開くのを待っている自動車のヘッドライトが車輌に反射する。列車は徐々に速度を上げた。

「ちょうど真夜中ね」グレイスがプルマン車輌のコンパートメントで不満そうな口調で言った。「フローレンス、私たち、ミルウォーキーにはたったの三時間しかいなかったことに気づいた?」

「でも、刺激的な三時間だったわ」フローレンスがあくびをした。「やれやれ、もう寝なくちゃ。私たちには睡眠が必要よ」

「極悪のギャング連中にやむなく取引をした後で眠れると思っているの? 私には無理だわ。だって、ウォルターを殺した人間を逃がしたんだもの、それもほんのはした金と引き替えに!」

「ウォルターは前から悪党だったわ」フローレンスが応じた。「彼のために自分の命を投げ出す気には絶対になれなかった」

「そうは言っても、こんなことは私たちの読んだ本のどこにも書いてなかったことよ。私は侮辱された気がする」

「そう感じる必要はないのよ、グレイス。思い出して、私たちがウォルターの本を二冊持っているじゃない?」フローレンスはポオ作品集の二巻を取り出して、姉の膝の上に置いた。

「それが何になるの?」グレイスが愚痴った。「あの犯罪者どもが徹底的に調べたじゃないの。連中は書類もマイクロフィルムも見つけられなかった」

「なぜなら、本にはないからよ。そこにあるのは手がかりだけなの」

「何の手がかりですって？」

「姉さんはウォルターと同じやり方で考えなければばって言ったでしょ。ところで、少年時代に彼にポオを教えたのは私たちじゃなかった？　実際、私たちがこの二巻を彼に贈ったのよ。彼が今でもそれを持っていたことから、彼が今でもポオが好きなことがわかって、そのことが私に彼の思考方法に関する手がかりを与えてくれたのよ」

「謎めいた話し方をするじゃない」グレイスが苛立たしげに言った。

「そんなことないわ。このうちの一巻には『盗まれた手紙』が、私たちお気に入りの——そしてウォルターのお気に入りの作品でもある——『アッシャー館の崩壊』の直後に収録されているのよ」

「まあ」グレイスの顔にわかりかけてきたという表情が広がった。「貴重な文書を目の前に放置された使い古しの封筒に隠す話ね！」

「その通り。そこで……」フローレンスがたっぷりしたハンドバッグの奥深くに手を伸ばして、額縁に入った写真を取り出した——自分とグレイスとウォルターが一緒に写った写真だ。それがウォルターの机の上にあった時から一時間も経っていなかった。

「ウォルターはガラガラヘビほどにも感傷的な気持ちなど持たない子だったのに」彼女は言った。「どうして自分が私たちと一緒に写っている写真を持っていたのかしら？　それはひとえに、自分とオールドミスの叔母二人と一緒に写った写真が何よりも怪しまれないからだわ。誰も考え直してみようなんて思わないもの」

「でも、いったいどうやって取って来たの？」グレイスが尋ねた。「あなたが額縁を取ったのには気づかなかったわ」

「ミスター・ゴードンとミスター・ビンガムがミスター・タイニーを自由にするためにかがんでいる混乱のさなかに、ハンドバッグにさっと滑り込ませたのよ。さて、もしも私の分析が正しいなら、やるべきことは額縁を開けて、写真の裏を探すことだけで、ハリー・ゴードンとその他の連中を州刑務所に送れる文書のマイクロフィルムが見つかるでしょうよ。さあ、グレイス、見てみましょう」

　マイクロフィルムはあった。

「エラリー・クイーンもあなたのことを誇りに思うわ」グレイスは言った。彼女は受けるに値する評価を否定するような人間ではなかった。「エルキュール・ポワロもあなたを誇りとするでしょう。ペリー・メイスンとピーター・ウィムジイ卿もあなたを得意に思うわ。アメリカ推理作家協会《MWA》もあなたをたたえるでしょう。エドガー・アラン・ポオは彼らの守護聖人みたいなものだから」

「ありがとう」フローレンスははにかみながら笑みを浮かべた。「ニューヨークに着いたら、MWAの月例会に出席する計画を立てなければね。準会員の資格はきっとあると思うわ。その後は船に乗って……」

「船って、何の?」グレイスが尋ねた。

フローレンスがびっくりしたような顔をした。

「もちろん、ロンドン行きの船じゃないの! 私たちには一万五千ドルあるから、これから世界一周旅行に出かけようと思うの――最初の滞在地はロンドンでしょうね」

「ロンドン!」グレイスが背筋を伸ばした。「サー・ヘンリー・メリヴェイルとアルバート・キャンピオンのロンドン! スコットランド・ヤードのロンドン! 霧深いロンドンの通りで、私たちはどんな冒険に出くわすかしら? スコットランド・ヤードを手助けして、逮捕を免れそうな犯罪者に正義の裁きを受けさせることができるかも!」

彼女の目は遥か遠くの見えない地点に注がれていた。その声は夢見るようだった。

「もしかすると、ベイカー・ストリートに家具付きの部屋を借りることだってできるかも!」

真夜中の訪問者
The Midnight Visitor

オーザブルはファウラーがこれまでに読んだいかなるスパイの風貌にも当てはまらなかった。オーザブルの後について、彼が部屋を取っている陰鬱なフランスのホテルのカビ臭い通路を歩くうちに、ファウラーは気が沈んできた。そこは最上階の六階にある狭い部屋で、小説にあるような冒険の主人公の舞台とはとても言えなかった。しかも、かなりクリーニングの必要があるよれよれのビジネス・スーツに身を包んだオーザブルを、小説の登場人物などと呼ぶことはできない。

一つには、彼は太っていた。非常に太っていた。その上、言葉がなまっていた。フランス語とドイツ語の会話は通じたものの、二十年前にボストンからパリへ持ち込んだニュー・イングランド方言は少しもなくなっていなかった。

「がっかりしただろう」オーザブルは振り返ってぜいぜいしながら言った。「君は私が諜報活動に従事し危険を相手にしている秘密情報員、つまりスパイだと聞かされた。

私に会いたかったのは、君が作家で、若く、夢想家だからだ。君は闇夜の神秘的な人物、拳銃の銃声、麻薬入りのワインといったものを想像したのだろう。

ところが実際には、君はフランスのミュージック・ホールでしょぼくれた太った男と退屈な夜を過ごした。その太った男は黒い瞳の美女を使って手に指令を滑り込ませたりはせずに、待ち合わせの約束をする電話を自室にかけてきただけだった。君はずっと退屈だったことだろうな！」

太った男はくすくす笑いながら自室のドアの鍵を開けて、当惑している客を通そうとして脇に寄った。

「幻滅しただろう」オーザブルは言った。「だが、気を落とすな、若いの。ほどなくして、君に文書をお目にかける。何人もの男たちが手に入れようとして命を危険にさらしたきわめて重要な文書が、当局の手に渡る寸前に私の手に入ったのだ。近々、その文書は歴史の行方を変えてしまうかもしれない。そう考えると、なかなか劇的じゃないか、どうかね？」

話しながら、オーザブルは後ろ手でドアを閉めた。そして、照明のスイッチを入れた。

明かりがつくと、ファウラーはその日初めて正真正銘のスリルを感じた。部屋の中央に、小さな自動拳銃を持った男が立っていたからだ。

　オーザブルは二、三回、目をぱちくりさせた。

「マックス」彼はぜいぜいいう声で言った、「びっくりさせるじゃないか。お前はベルリンに行ったと思っていた。私の部屋で何をしているんだ？」

　マックスはすらりとして、長身とまではいかないが、狐を髣髴《ほうふつ》させる、いささかずるそうでとげとげしい顔の男だった。彼には――銃を持っていなければ――特に脅威は感じられなかった。

「報告書だ」彼が小声で言った。「今夜君に届けられる、ロシアの新型ミサイルに関する報告書だ。君よりも私が持っていた方が安全だと思ったのでね」

　オーザブルは安楽椅子に移動して、どっしりと腰を下ろした。

「今度ばかりはホテルの支配人に苦情を言ってやる。絶対に！」彼は暗い声で言った。「あのいまいましいバルコニーから私の部屋に人が侵入したのは、これでひと月に二度目だ！」

　ファウラーの目は部屋にただ一つある窓を向いた。ありきたりの窓で、今や夜が更けて暗くなっていた。

「バルコニーだと？」マックスは音調を尻上がりに上げて言った。「いや、合い鍵を使ったんだ。バルコニーがあるなんて知らなかった。知っていたら、手間が省けたのに」

「この部屋のバルコニーじゃない」オーザブルは苛立ちを強めて言った。「隣の部屋のだ」

彼は説明するようにファウラーを一瞥した。

「いいかね」彼は言った。「この部屋は以前は大きな部屋の一部で、隣の部屋は——あのドアを通じて——居間になっていた。そこには、私の部屋の窓の下まで延びているバルコニーがあった。

君は二つ先のドアの空き部屋からバルコニーに上がることができる——そして、それを先月、何者かが実行した。支配人は私にバルコニーをふさぐと約束した。しかし、まだ実行していない」

マックスは、オーザブルからほんの二、三フィート離れて体をこわばらせて立っていたファウラーを見て、命令するように銃を振った。

「腰かけたまえ」彼は言った。「少なくとも半時間は待たなければならないだろう」

「三十一分間だ」オーザブルが不機嫌に言った。「約束の時間は十二時三十分だ。どうやって報告書のことを知ったのか知りたいものだな、マックス」

相手の男は喜びを見せない笑みを浮かべた。

「そしてわれわれの方は、どうやってロシアから持ち出したのか知りたいものだな」彼は答えた。「しかし、被害はなかった。私が取り返すから――あれは何だ?」

無意識に、まだ立ったままだったファウラーは突然のドアのノックに跳び上がった。オーザブルがあくびをした。

「警官だ」彼は言った。「われわれが待っている文書のように非常に重要な文書には警備を少し追加した方がいいと思ってな」

マックスは半信半疑で唇をかんだ。ノックの音はやまなかった。

「さあ、どうするつもりだ、マックス?」オーザブルが尋ねた。「私が返事をしなかったら、とにかく連中は押し入ってくるぞ。ドアには鍵がかかっていない。それに、発砲するのをためらう連中ではない」

速やかに窓に向かって後じさりした男の顔は黒く見えた。後ろにやった手で窓を上げていっぱいに開き、窓の下枠から脚を投げ出した。

「放り投げろ!」マックスがしゃがれ声で言った。「バルコニーで待っている。放り投げなければ、一か八か銃をぶっ放してやるぞ!」

ドアをたたく音はいよいよ大きくなった。そして、声が発せられた。

「ムシュー！　ムシュー・オーザブル！」

依然として銃口が太った男とその客に向けられるように体をひねりながら、窓にいる男は自由な方の手で窓枠を摑んで体を支え、体重を片方の太股にかけると、もう一方の脚を振り上げて下枠を越えた。

ドアノブが回った。速やかにマックスは左手を下枠から離して外のバルコニーに飛び降りた。すると、飛び降りた時、彼は一度悲鳴を上げた、金切り声で。

ドアが開くと、トレイにボトルと二つのグラスを載せたボーイが立っていた。

「ムシュー、お帰りになった時に注文されたコニャックでございます」ボーイはそう言うと、トレイをテーブルに置き、ボトルのコルク栓を手際よく開けてから退室した。

顔から血の気の引いたファウラーはボーイを目で追った。

「でも……」声を震わせながら言う。「警察は……」

「警察など来ない」オーザブルはため息をついた。「ボーイのアンリだけだよ、私が待っていたのは」

「でも、バルコニーから外に出た男は……」ファウラーが話しかけた。

「いや」オーザブルは言った。「やつは戻って来ない。いいかね、若いの、バルコニ

―なんてないんだ」

天からの一撃
The Blow from Heaven

ドクター・アルバート・クレインは封筒から取り出した折りたたんである紙片を高く掲げて、客に向けた。

「魔術《マジック》を信じるかね、オリヴァー？」彼が尋ねた。

彼の太った友人オリヴァー・デイスは、これで三個目になる朝食の卵から顔を上げた。

「もちろん、信じるとも」彼は答えた。

「私が言っているのは、黒魔術《ブラック・マジック》、ヴードゥー魔術のことだ」医師は説明した。

彼の客は物問いたげな様子だったが、食べるのをやめなかった。

「マジックには多数の異なった種類がある」食べ物をほおばりながら彼は言った。

「そして、そのすべてを私は信じている。ただし、当然だが、それぞれ信じる度合いは違う。どうしてそんな話題を持ち出したんだ？」

「われわれは今晩、原始黒魔術の専門家の話を聞くために招待された。コーン教授はクイーン・シティー・カレッジの人類学科所属だ。二、三か月前に、アフリカ遠征から帰国した」

オリヴァー・デイスは卵を片づけて、トーストの最後の一枚に取りかかった。

「君が私に話してくれた男のことかい？」オリヴァーは尋ねた。「少年時代に養子に引き取られて、この……この……」

「マダム・フェイジだ」ドクター・クレインがうなずいた。「彼女は当時、裕福な社交界の女性だった。今でも彼女は裕福だが、もはや社交界の女性ではない。

彼女はこの小さな町で最も嫌われる女性となった。しかし、パーティーに招かれて、その時にコーン教授を紹介された人間はいつも招待に応じた。コーンはなかなかのショウマンで、いつも客を楽しませる。時にはかなり身の毛のよだつような話をすることもある。

ちなみに、彼女は私の上得意の患者だ。おっと、彼女は高齢にもかかわらずかなり健康だが、自分は病気だと思いたがっている。もうすぐ死ぬのではないかと常に恐れている。それは、確かに多数の人間が望んでいることだがね。コーンは……」

オリヴァーはトーストをたいらげ、口をぬぐい、満ち足りたようにたばこに火をつけた。

「素晴らしいコックを雇っているな、アルバート」オリヴァーが話に口を挟んだ。

「しばらく君とともにここに滞在しようと思う。コーンがどうしたって？」

「コーンが望んでいるのは」帽子とかばんを取りながら、ドクター・クレインが言った。「たぶん彼女が、いつも当人が想像している致命的な病気に本当にかかって、すぐにでも発症することだ。彼女が遠征の資金を出したのは、それによって自分に栄光がもたらされるからだ。さもなければ、財布のひもをきっちりと締めていたことだろう。

　もしも彼が少し頭が足りなかったら、もっと前に彼女を抹殺しようとしたかもしれない。しかし、計画が失敗した場合、自分が疑われることはわかっているので、彼女の面倒をしっかりと見ていたわけだ。……すると、君は今夜出席するんだな？　これが招待状だ」

　太った客は招待状をテーブルから取って、読み上げた。「『ナツォフ・コーン教授がアフリカにおける死の崇拝に関する最近の調査について講演します』。これは聴講しなければ！　君は魔術を信じていないかもしれない。たまたま私は信じているんだ」

「コーンが魔術を行うことができるとは言わなかったぞ」帽子をかぶり、手をドアノブに置いたドクター・クレインが不機嫌そうに言った。「私はよく知らないが、もしかしたら魔術ができるのかもしれない。けっこう、君を連れて行くと電話で連絡しておく。……大荒れになるかもしれないな」ドアを開けて一陣の風が吹き込んできた時に、彼は言った。

晩になると風は大荒れになってきた。夜は闇が深く、蒸し暑くて、地平線近くに稲妻のような閃光がシート状に広がった。最初の雨滴が落ちてきたのは、ドクター・クレインがオリヴァー・デイスを隣に座らせて、フェイジ邸の砂利を敷いた車回しに車で進入している時だった。

屋敷は暗い低層建築で、ひょろ長い松に挟まれて蜘蛛のようにうずくまっていた。広くて照明の乏しい居間の裏に立って周囲を好奇の目で見回しながら、内部はこれ以上に陰気だろうと、オリヴァーは決めつけた。彼はコーン教授に簡単に紹介され、教授は冷たくよそよそしい無関心な態度で握手した。マダム・フェイジに紹介された時には、ドクター・クレインが彼のことを〝ニューヨークから来た私の高名な友人の――もちろん、名前に聞き覚えはおありでしょう――オリヴァー・デイスで、著名な旅行家兼作家です〟と軽く冗談めかしながら真実を交えて紹介すると、彼女はとうとうと長話を始めた。

この老婦人が相手の場合にはまさにぴったりの対応だった。彼らは遅くに到着したので――或る患者にドクター・クレインが最後まで引き留められていたため――他の人間に対する紹介は後回しにされた。十名から十二名の客がいて、二人は神経質になっているごく少数のグループと一緒に部屋の端に集められた。

そのグループを仕切っていたのはナツォフ・コーンで、死人のように蒼白な顔に、落ちくぼんだ両目の間に鷲鼻のある、長身の男だった。マダム・フェイジは白いレースの立ち襟付きの黒いドレスを着た、しなびた魔女のような女性で、しわだらけの手を椅子の肘かけに重々しく置いて、甲高い声で話しながら、全員に傲然と語りかけて、注意を逸らさせなかった。

「……そして、親愛なるナツォフから非常にスリリングな話があります――」

オリヴァーは部屋を見回した。部屋の壁板は暗色の木材で、二つか三つしかない壁のランプからの微かな照明のほとんどを吸収した。一ダースほどの椅子はさまざまな形状だったが、いずれも年代物で、小さな白いついたての前に並べられ、一つあるテーブルには映画の映写機が置かれ、使用準備が整っていた。

すすけたようなお仕着せを着た召使いが一人、部屋の中を影のように動き回って、ささやかな観衆のために椅子の配置を終えた。明らかに看護婦と思われる白衣の女性が入室し、部屋の後ろに静かに腰かけた。オリヴァーはドクター・クレインが老婦人にささやくのを見た。すぐに老婦人はコーン教授の方を向いた。

「もう始められると思います」長身の男は、低いが力強く響くような声で言った。

小さくかたまっていた人々が慌ただしくほぐれた。一ダース程度の都会人――太った女やはげた男など――が、よろめくように座席に腰かけた。ドクター・クレインが友人と合流した。

「老婦人に言ったんだ」彼は含み笑いをしながら言った。「あまり無理をしないようにと。それが彼女をおとなしくさせておく唯一の方法だ」

医師が最後列のオリヴァーの隣に腰かけると、前にいる人たちを指し示した。

「クイーン・シティーの社交界の粋だよ」彼は言った。「彼女がいつも招待する客たちだ。市長夫妻と地元の銀行家夫妻がいる。あの大柄で謹厳な男がホッフ警察署長だ」

部屋は今や期待のこもった静寂のうちにあり、その静寂を背景に外の雷鳴が大きく轟《とどろ》いた。コーン教授はマダム・フェイジを介助して大きな安楽椅子に腰かけさせると、出席者全員に顔を向けた。

「蛮族の中で研究を行う過程で私が遭遇した興味深い物事を友人たちに披露できるの

は」他人を軽蔑したような冷笑的な声が、観衆の頭上を素通りしていった。「私の大いなる喜びであります」

　さながら自分の考えをもったいぶるかのように、彼は口をつぐんで笑みを浮かべ、それから話を再開した。

「前回の研究旅行で、私はアフリカ西海岸のあまり知られていない部族に潜入しました。確かに、その旅行は結果的には大きな重要性はないことが判明しましたが……」

「ナツォフ！」小柄な老婦人が甲高い声で言った。

「何でしょう、マダム・フェイジ？」

「ナツォフ、あの旅行には一万ドルかかったのよ！　今そこで『その旅行は結果的には大きな重要性はないことが判明しました』なんて言うつもり？」

　コーン教授は笑みを浮かべたが、その目からは内心は読み取れなかった。

「なるほど、マダム・フェイジ」彼はつぶやくように言った。「この後で私は、あの地域の研究をいっそう推し進めれば、きわめて重要なことが明らかになると確信していると付け加えるつもりだったのです」

「はん！　私のお金を使ってまた探検旅行に出かけるって言うのかい？」

「きっと」コーンはなめらかな声で言った。「あなたの寛大さによって、仕事を継続できると私は信じています」

「そうかもしれないけど」マダム・フェイジが言った。「そうでないかもしれないよ」

コーンは少し頭を下げて、話を続けた。

「われわれは海岸に上陸すると、内陸に向かって進みました――」

彼は話を続けたが、オリヴァー・デイスは自分が彼の言葉に耳を傾けていないことに気づいた。彼は話している男のことを観察していた。コーンの声は豊かで、よく鳴り響き、完全に制御されていた。ほんの数語の選び抜かれた単語で、遠くからドラムが鳴り、暗がりに未知の恐怖が忍び寄る、アフリカの夜の光景を描き上げ、その表情から判断すると、聴衆は文字通りその場に居合わせた気分になっていた。

コーンは聴衆の感情をもてあそぶ役者のようなものだったかもしれない。そして、オリヴァーは徐々に、彼がやっていることは正確には違うのではないかと疑い始めた。下ろしたブラインドを通して時折入ってくる稲光によって照らされる、その薄暗い部屋で、雷鳴のごろごろいう音を通して聞こえる彼の声は執拗なまでの催眠効果があった。

「……これらの村人の宗教は死の崇拝です」彼は聴衆をぎらぎらする目で瞬きもせずに見つめながら話していた。「これらの蛮族は死を現実の悪魔として思い描いています。死とは悪魔に支配される国へ移住することなのです……」

部屋の中で高まっていた緊張感はぴりぴりするほどだった。その呪縛がマダム・フェイジの甲高い、怯えた声で破られると、実のところほっとした。

「ナツォフ！　ナツォフ！　今すぐやめなさい！」彼女が叫んだ。

「大勢の役立たずの人間と同じく」クレインはオリヴァーにささやいた。「彼女は死ぬという考えを恐れている。死という言葉を耳にするのにも堪えられないんだ」

「申し訳ありません」コーンが謝罪した。「このテーマがあなたには不愉快なことを忘れていました、マダム・フェイジ」

「ばかおっしゃい、ナツォフ！」老婦人が金切り声で非難した。「あなたはわざと私を怖がらせたんだわ」

コーン教授は穏やかに首を振ったが、目は悪意に満ちていた。

「申し訳ありません」彼は繰り返して言った。「これから旅の映像をお見せします」

「あなたがなにをしようとかまわないわ、ナツォフ！」彼女がぴしゃりと言った。

「私はこれからベッドで休みます。でも、私が怖くなって逃げ出したとは考えないでちょうだい。いいこと。私は疲れただけ。朝になったら、あなたに言いたいことがあるわ」

コーンはうなずいた。

「看護婦さん」彼は言った。看護婦の制服を着た女が部屋の後ろから現れた。コーン教授は老婦人の片手を取って、彼女が椅子から下りるのを手伝った。看護婦がもう片方の手を取り、二人で一緒に彼女に付き添って部屋を出た。オリヴァーは彼らが玄関ホールを横切って、その先の部屋に入るのを見た。照明の乏しい部屋で、ドアが閉まる直前の束の間に内装が見えた。

わずかな聴衆が身動きした。

「スリリングではありませんでしたか？」一人の女が興奮してささやいた。「私はただただ怖かったわ」

オリヴァーがドクター・クレインの方を向いた。

「何かが起きている、アルバート」彼は言った。「私の理解していないことが」

クレインは当惑気味だった。「どういうことかね？」彼が尋ねた。

「コーン教授はわけのわからないことを話している。彼が述べるような宗教など存在しない。彼はわざとこの人たちを怖がらせようとしているのだと思いますね」

「しかし……しかし、どうして？」医師が尋ねた。「仮に冗談ではないとしたら……」

「私はこれが冗談だとは思わない。しかし、私が間違っているのかもしれない。われわれはただ待って見守るしかない」

　二人は彼が入る物音には気づかなかったが、突然の沈黙によってコーン教授が部屋に現れたことがわかった。オリヴァーは顔を上げた。コーンは彼らに向かって上から微笑みかけていた。

「ドクター」彼は柔らかい声で言った。「マダム・フェイジがあなたとお会いしたいそうです。足をお運びいただけますか？」

　コーンは部屋の正面に再び戻った。クレインはオリヴァーに何かつぶやいてから、部屋を抜け出した。

「マダム・フェイジが退室することになって申し訳ありません」長身の男が謝罪した。「しかし、彼女は皆さんに残っていただくよう希望しています。まもなく、コーヒーとケーキが出ます。退屈であれば、私の講演もこれでおしまいにすることもできます」

　聴衆から反対の声が出た。

「是非もっとお話ししてください」怖かったと言うのをオリヴァーが聞いた女性がしゃべり立てた。「ただただ怖かったわ」

　教授は笑みを浮かべると、テーブルの箱から或る物体を取った。

「そうまでおっしゃるのであれば」彼は愉快そうに言った。「さて、ここに——」彼はその物体を光に当てた。鋼鉄がきらめいた。「ここにあるのは珍しい儀式用の短剣です。その科学的な価値は数千ドルにのぼると評価しています。かつてアフリカから持ち込まれた、この種の物のたった二本のうちの一本です。もう一本は私がマダム・フェイジにプレゼントしました」

聴衆は相応の感銘を受け、オリヴァー・デイスは女性たちが互いにささやくのを耳にした。コーンがその短剣を一番近くにいる男に手渡すと、男は慌ててそれを後ろのオリヴァーに渡した。

オリヴァーは興味津々《しんしん》でその武器を調べた。柄は木製で、厚い硬鋼製の刀身は一フィート近い長さがあり、幅広でずっしりしていた。ヨーロッパ製であることは明白だった。彼はそれが初期の交易用の短刀ではないかと推測した。現地の職人が粗雑なデザインで装飾したのだ。

オリヴァーは短剣から目を逸らすと、マダム・フェイジの寝室のドアが開いたことに気づいた。ドクター・クレインが出て来て、後に看護婦が続いた。看護婦がドアを閉めると、二人は部屋に入り、居間の椅子に座った。

「老婦人をベッドに寝かせた」オリヴァーの隣の席に座ると、クレインがささやいた。

「強い鎮静剤を与えた。彼女はひどく動揺している。嵐とコーンの話で……」

「マダム・フェイジが寝室に引っ込んだので、もっと明るくしましょう」コーンが自ら話を中断した。「薄暗かったのは、もちろん、強い光が彼女の目に悪かったからです」

　彼は壁に近づいてスイッチを入れた。壁の照明がさらに灯り、部分的には暗がりを浮き上がらせることにもなった。それから元の場所に戻って、オリヴァーがテーブルの上に戻した短剣を取り上げた。

「こんな夜をわざわざ選んで皆さんを招待したことで、どなたも私が芝居がかっていると非難することのないよう願います」彼は白い歯をきらめかせて、愉快そうに言った。「ですが、本当のところをお話ししますと、雷を伴った嵐はダンボンギ蛮族の大いに恐れるものなのです。

　祈禱師が犠牲者に死の呪いを施すと、彼は雷を伴う嵐になるまで待つのです。それから、この短剣の一本を犠牲者が見つける場所に置きます。嵐が猛威をふるう時、死は人に見られることなく外を歩き回ることができるという迷信があるのです。死は祈禱師が呪いをかけた人物に近づき、その刃を自分の胸に突き立てさせます。その後、嵐が通り過ぎると、死は犠牲者の魂を影の国に持ち帰るのです」

彼は再び口をつぐんで笑みを浮かべた。その笑みは邪悪だった。

「しかし、原住民の中には」と彼は話を続けた。「祈禱師が魔術で短剣そのものにパワーを与えたと信じる者もいます――隠し場所からひとりでに動いて、人間の手が触れなくても犠牲者の胸に突き刺さるパワーがあるというのです。彼らはそれを〝悪魔の短剣〟と呼び、邪悪な力が刃に入り込み、そこに宿っていると主張するのです。お望みなら笑ってもかまいませんが、私自身はこの目で不思議なことを目撃したので……」

落雷の恐ろしい音がして、彼は話を中断した。照明がちらちらして、消えそうになった。オリヴァー・デイスは目の前の男が驚愕のあまりはっとしたのに気づき、女が小さな悲鳴を上げた。オリヴァーの口はしっかり閉じたままだった。コーンの言っていたのは純然たる作り話だった。しかし、オリヴァーにはその目的が見抜けなかった。すると、いきなり、彼は悟った。というのは、看護婦が慌ただしく部屋を横切って、マダム・フェイジの寝室に入るのが見えたからだ。明らかに、稲光に老婦人が驚かなかったか見に行ったのだ。看護婦が部屋に入って一瞬の後に彼女の悲鳴が聞こえた。

オリヴァーが最初にその部屋に入り、看護婦がなぜ悲鳴を上げたのか理解した。狭いベッドの横の床には、マダム・フェイジが倒れていて、大きな短剣の木の柄と刃の半分が胸から突き出ていた。

　看護婦とドクター・クレインが退室してから、誰もその部屋には入っていなかった。さもなければオリヴァーが必ず目撃したはずだ。しかし、現に老婦人は倒れて、ベッド脇の落ちた場所で体を丸くし、まるで落ちる時に引っ張ったかのように、寝具の半分を体に巻き付け、両手は反射的に短剣を摑んでいた。

　顔面蒼白になった看護婦がオリヴァーの腕にすがった。ドクター・クレインがマダム・フェイジの体にかがみ込んだ。

「私が部屋から出た時には生きておられました！」看護婦が息を切らしながら言った。

「そのことは私も断言できます」オリヴァーが慰めるように言った。「あなたを疑っているわけではありません」

　ドクター・クレインは死んだ女性の検査を終えて立ち上がり、彼ら――怯えた看護婦、赤みのある頰をして当惑しているオリヴァー・デイス、落ち着き払ったナツォフ・コーン、そしてホッフ警察署長を見た。先ほどクレインがオリヴァーに教えてくれた、その大柄で謹厳な紳士は、目を大きく開けて血の気が失せていた。残りの人たちは居間で肩を寄せ合っている。

「死んでいる！」クレインが言った。「刃先が心臓に達している」

「何者かが」ホッフ署長がだみ声で言った。「われわれが教授の講演を聴いている間に部屋に侵入したのだ」

「誰一人として」オリヴァー・デイスが穏やかに言った。「看護婦が出てからは部屋に入っていません。ドアが見えるところにずっと私がいました」

「私が部屋を出る時にはまだ生きていらしたわ」マイナー看護婦がヒステリックに繰り返した。「私に声をかけてくれた。あの方は……」

「誰もあなたのことを疑ってなんかいませんよ、ミス・マイナー」コーンが明るい声でさえぎった。

ホッフ署長は部屋をぐるりと見回した。広い矩形の寝室で、花柄の壁紙が貼ってあった。家具は古くて不格好だった。南側と東側に面した窓がそれぞれ二枚あった。いずれも頑丈な真鍮製のチェーンで固定され、上下に六インチ以上は開かず、東側の窓はその下から雨が降り込まないように、閉じてロックがかかっていた。

「あなたは本当に」ホッフがオリヴァーに自信なさそうに尋ねた。「あなたは本当に、誰もドアから入らなかったと断言できますか?」

「もちろんです」オリヴァーが答えた。

ホッフ署長は顔から血の気を失っていた。彼は額を拭《ふ》いた。

「しかし……窓は？」彼は訴えんばかりの様子で言った。

オリヴァーはかぶりを振った。

「明らかにあり得ません！」

「なんと！」署長は再び額にハンカチを押し当てながらつぶやいた。

「マイナー看護婦が出てから戻ってくるまでの間、いかなる方法を使っても、誰一人部屋に入らなかったと断言していいと思いますな」コーンが穏やかに言った。「一人の人間も！」

くぐもったような悲鳴を上げたのはマイナー看護婦だった。ドクター・クレインがさっと彼女の方を向いた。

「さあさあ、ミス・マイナー！」彼はいさめるように言った。「そんなにびくびくしないで」

「でも……」看護婦は泣き言を言った。「でも……もしも、だれも……」

「おやめなさい、ミス・マイナー！」医師が威厳を見せて言うと、女は黙り込んだ。

マダム・フェイジはまばゆいばかりの照明を浴びて、とてもしなびたよぼよぼの老人に見えた。短剣はナイトドレスを突き抜けて胸に刺さっていた。その周辺に深紅の染みが広がっていた。

「それはあなたがマダム・フェイジにプレゼントなさった短剣ですか?」オリヴァーがコーンに尋ねた。

「そうだ。価値のある物だったから、欲しがったのだと思った」

「ベッドの横の小卓の上に置かれていました」マイナー看護婦がか細い声で言った。「一度、あの方は……私がぐずだとおっしゃって、短剣を目の前で振り回されました」

ホッフ署長がいきなり壁をたたき、床を足で踏み鳴らしながら、部屋の中をぐるりと回り始めた。彼は部屋の中を一巡して戻って来た。

「秘密のパネルや落とし戸がないか探していたのです」彼は動じない様子で言った。

「この家にそんな物があるなんて話は聞いたことがありません」コーンが面白がって言った。

ホッフ署長がオリヴァー・デイスの方を向いた。

「いいですか」彼は言った。「冗談ではないのですよ。小説にあるように、あの方は窓か、それとも壁のパネルから短剣を投射する装置によって殺されたなんてことがあるだろうか?」

ナツォフ・コーン教授がにやりとした。

「署長」彼は言った。「本と現実はまったく異なるものです。もしもそんなことが可能なら、その証拠が残っているはずです。しかし、何もありません」

署長は破れ目のない壁紙、そして天井の無傷の漆喰を見つめ、すっかり途方に暮れたようになった。

「すると、あの人は自殺したのか！」署長は思わず口走った。

ドクター・クレインは当惑してオリヴァーの方を見た。

「その可能性はあります」彼は不承不承認めた。「短剣は重いので、難なく自分の心臓を突き刺すことができたでしょう。そして、死の苦しみの最中にベッドから落ちたのです」

「それが答えであることは明白だと思いますね」コーンが肩をすくめて言った。「不運なことに短剣は扱いやすく、彼女は神経がぴりぴりしていて、ヒステリックな衝動に駆られて――後はご覧の通りです」

「もしかしたらそうかもしれません」オリヴァー・デイスは答えた。「私には信じがたいことですが」

コーンはにやりとした。

「彼女の他には誰もいなくて、自殺ではないとしたら、彼女は人の手によって殺害されたのではないという、ばかげた選択肢しか残りません」

オリヴァーはそれに答えようとしたが、声になる前に、マイナー看護婦がハンカチで口を覆うや、直後に気を失った。

看護婦を椅子に座らせて、彼女が意識を取り戻すと、ホッフ署長がコーン教授から目を逸らして、大声で言った。

「彼女は自殺したとしか言いようがない！」

依然として長身で色白の男から目を逸らしながら、署長は彼に言った。

「コーン、君がどれほどこの件に関与しているのか、私は知らない。もしかしたら君が今晩言ったことが関係あるのかもしれないし、ないのかもしれない。もしかしたら君は彼女を怯えさせて、自殺に追い込んだのかもしれない。あるいは、もしかすると……いや、気にしないでくれ。とにかく、彼女は自殺したんだ。報告書はそういう内容になるだろう。さて、私はもう帰る。そして戻ることはない」

コーン教授が一礼した。

「私は今度の出来事が残念でたまりません」彼は巨漢の署長にドアを開けてやりながら、悲しい素振りを見せて言った。ホッフ署長はドアからずんずんと出て行った。コーンは他の人間に謎めいた笑みを浮かべてみせると、署長の後に続いた。

「私はこの悲劇的な出来事にたとえようもなく身震いする思いです、皆さん――」彼が言うのが聞こえた。

　オリヴァー・デイスがドアを閉めた。

「さて」彼がいかめしい声で言った。「われわれは真実を探すことができます。マイナーさん、あなたは私のために協力していただけますか？」

「や、やってみます」看護婦は声を震わせて言った。

「居間に行って、もう一本の短剣を持って来ていただけませんか？　それも、コーンに気づかれずに」

　マイナー看護婦は身震いした。

「わ、私がやらなければならないのですか？」彼女が尋ねた。「短剣が怖いので」

「必要なのです」

「わかりました」マイナー看護婦は悲しげに言うと、出て行った。

「オリヴァー」看護婦が出て行くと、ドクター・クレインが尋ねた。「実のところ、君はどう考えている？」

　オリヴァー・デイスは眉をひそめながら軽く首を振った。

「白状すると、当惑している」彼は言った。「ただ一つ確信していることがある――マダム・フェイジの死は自殺じゃない」

「オリヴァー！」医師が抗議した。「まさか君は……」

「アルバート」彼の友人が尋ねた。「コーンが今回の死に責任があるとは信じていないのか？」

「それはまあ」医師は認めた。「イエスだ。彼が計画したのだと確信している。しかし、間接的にだ。心理的なほのめかしだな。それ以外のことについては……まあ、当然ながらばかげた考えだ」

「かもしれない」オリヴァーは上の空で答えた。

ドアにおずおずとしたノックの音が響いた。オリヴァーがドアを開けた。マイナー看護婦が震えながらオリヴァーに第二の短剣を差し出した。

「取ってください」彼女は歯をがちがち鳴らしながら言った。「わ、私は、こ、怖くて」

オリヴァーは重々しい刃を彼女から受け取った。

「ありがとう、ミス・マイナー。さあ、あなたは自分の部屋に戻った方がいい。すぐ後で私があなたを町までお送りします」

「あ、ありがとうございます。彼女はドアに背を向けると、玄関ホールに駆け下りた。

「彼女が怯えるのも無理はない」オリヴァーが言った。「ここにいる人たち全員が怖がっている――骨の髄まで怖がっている。今この瞬間にも、彼らはささやき声で黒魔術を論じ、半ば信じているんだ。コーンは自分の仕事をまんまとやり遂げた」

　彼は狭いベッドの端に腰を下ろして、かがみ込みながら、第二の短剣を老婆の胸に突き刺さった短剣に近づけて比べた。

「同じだ」彼は言った。

　玄関ホールで足音が響いた。ドクター・クレインが外を覗いた。

「客たちが帰っていく」彼は言った。「追われて走る家畜のように」

「彼らを責めることはできない」オリヴァー・デイスが応じた。

　彼は短剣の先端を手に持って、刃を片割れの短剣の刃と並べた。

「これらの短剣が容易に突き刺さるのは疑問の余地がない」彼はぼそりと言った。

「外科用メスのように鋭い。さあて！」

　彼は短剣の先端をもう片方のそれに触れた。彼が短剣を離そうとした瞬間、短剣がくっついて、弱いものの確かな抵抗を感じた。オリヴァー・デイスは再び二本の鋼の刃を近づけた。まるで生きているもののように、二本は互いにくっついた。

「これはこれは！」オリヴァー・デイスが再び感嘆の声を上げた。

「この二本の短剣には何かがある」医師が言った。「実際に何かの――何かの生命が吹き込まれているかのようだ」

「ひょっとするとね」オリヴァーが上の空でうなずいた。「ひょっとするとそうかもしれない」

彼が折りたたみ式ナイフを取り出して刃を出すのを見て、ドクター・クレインは当惑した。静かに彼はナイフの刃を、持っていた短剣の鋼刃にこすりつけた。やがて、彼はそのナイフを、マダム・フェイジを殺した短剣の露出した部分にこすりつけた。

「不思議だ！」彼はつぶやいた。

ドクター・クレインは神経質に一、二歩、大またに歩いた。

「オリヴァー」医師は言った。「私には逃げるように帰った人たちを責めたりはしない。私だってさっさと逃げ出したいくらいだ。私には――おそらくコーンの示唆した通り――マダム・フェイジが自殺したのは事実だということがわかっている。それでも私の印象では……。ええい、くそっ、私の印象では今晩、本当に魔法が行われたように感じるんだ。黒魔術が」

オリヴァー・デイスが医師を一瞥《いちべつ》した目は、物思いに耽っているかのように半ば曇っていた。

「この世にはわれわれが想像する以上に多くのパワーが存在する」オリヴァー・デイ

スはゆっくりと言った。「しかし」と彼は付け加えた。「われわれには手の届かない謎は脇に置いておくとして、私にも理解できる魔術もある。そして、そのような魔術を使ってコーン教授はマダム・フェイジを殺害したと、私は信じている」

ドクター・クレインがお手上げだというような身振りをした。

「オリヴァー」彼は言った。「そう信じてくれなんて言わないでくれ。私には無理だ」

オリヴァー・デイスはずっしりした短剣をバランスを取りながら手の中に持っていたが、彼がはっとした時に短剣は滑り落ちた。その凶器は床に落下し、先端はオリヴァーの足下の木製の床に深く突き刺さった。短剣は微かに揺れながらまっすぐに立っていた。オリヴァーは短剣を引き抜いた。

「コーン教授は帰宅する客を見送りに外に出た」オリヴァーが言った。「彼がまだそこに留まっているか確認しに行ってくれ。十分間引き留めてくれないか――できたら十五分間。少なくとも十分間は一人きりになる必要がある」

ドクター・クレインは当惑して彼を見つめてから彼に背を向けた。

「いいだろう」彼はうなずいて、部屋から出た。

彼は十五分間、戻って来なかった。戻った時には部屋は暗くなっていた。小さな卓上ランプが灯っているだけだった。マダム・フェイジの死体は体を伸ばして、ベッドに横たえられ、薄暗い明かりのもとで顔は茶色く、古代のミイラのようにしなびて見えた。オリヴァー・デイスは自分の手をハンカチでぬぐい、少し息づかいが荒かった。

「コーンはどこです？」彼が尋ねた。

「外だよ、ポーチだ」医師が言った。「しかし、もうそんなに長くはいない。雨が降っている。私は彼をホッフ署長と一緒に脇に引っ張って、検視官についてのおしゃべりで注意を引きつけた。署長はしきりに帰りたがったが、教授は喜々として詳細にまで立ち入って論じたよ。オリヴァー、あの男はわれわれ全員を相手に嗤《わら》っているんだ」

「かもしれないね」オリヴァーがほのめかした。「われわれは彼の笑いを封じることができる」

「オリヴァー」ドクター・クレインが詰問した。「短剣をどうするつもりだ？」

「あれを使ってすごい魔術を行うつもりだ」オリヴァー・デイスが勢い込んで言った。

「アルバート、マダム・フェイジのベッドを壁から移動するのを手伝ってくれ」

クレインは友人に手を貸して、狭いベッドを壁紙の貼られた壁からずらして、幅三フィートの空間を作った。

「ここに落とし戸でもあると思っているのか？」医師が尋ねた。

「いや。この部屋には秘密の出入口などないことを確認したいと思っているんだ」

「そうなると、私には君が何をやっているのか理解できない」ドクター・クレインが当惑して言った。

「看護婦が悲鳴を上げる直前にコーン教授が何をしたのか覚えているか？」

ドクター・クレインはしばし考え込んだ。

「照明をつけた」ようやく彼は答えた。

オリヴァーはうなずいた。「彼はなぜそんなことをしたんだろう？」

「それは……もっと明るくするためだ」

「彼は魔術を行っていたんだ」オリヴァー・デイスは言った。「君を魔法使いだと言って火あぶりにするような先祖にとっては、遠いところから明かりをつけることは魔術の一種だと、ふと立ち止まって考えたことはあるかね？」

「いや、そんなことは」医師が率直に言った。「そんな風に考えたことはなかった」

「しかし、それは魔術だよ」オリヴァーが言い張った。「科学による魔術だ」

「申し訳ないが、私にはまだ君の言うことが理解できない」

彼の友人の顔はいかめしかった。「一晩中」彼は言った。「ナツォフ・コーン教授はあの部屋に立って、悪の力を制御し、ひそかに嗤っていた。あの男は狡猾だ、悪魔のように狡猾だ。

彼は殺人を舞台芸術の域にまで高めた。あなたの言うように、マダム・フェイジに何か起きたら、自分が真っ先に疑われることはわかっていた。そこで、今晩の聴衆はたった一つの目的のために招待された――自信を持ってコーンが有罪ではないと断言はできないまでも、殺人を犯していないことを証言させるために。彼が、おそらく、聴衆に向かって話している黒魔術を目の前で行わなかったと自信を持って断言できないにしても。

ドクター、他の部屋に入って……」

「そして、何をなさるんです?」ナツォフ・コーン教授の声が鞭の一振りのように彼の言葉をさえぎった。

気づかないうちに、彼は部屋のドアのところに来ていた。しばし、彼はオリヴァー・デイスを見つめながらそこに立っていた。三角形の顔は頭上のランプに照らされてうっすらと輝いていた。それから、彼は部屋に足を踏み入れた。その目は、オリヴァーとドクター・クレインが壁から離したベッドに注がれた。

「何をなさっていたのです?」コーンが迫った。「どうしてあのベッドを動かしたのですか?」

彼はさっと足を一歩踏み出して、ベッドの脇に立った。彼は依然として顔を二人に向けたまま、ベッドと壁の間の狭い空間に入った。

「ひょっとすると、短剣に指紋が付着していないか調べていたのですか？」彼は嘲《あざけ》るように言った。「指紋などないことは保証しますよ。あの短剣の従うパワーは指紋など残しません」

オリヴァー・デイスは彼をじっと見つめていた。

「それでも短剣には痕跡が残っていて」彼は静かに言った。「人に読み取られるのを待っていました。そして、私が読み取ったのです。その結果、あなたがどうやってマダム・フェイジを殺害したのかがわかりました」

長身の男はさっと死んだ女にかがみ込んで、長い体を弓なりにした。

「嘘だ！」彼は言った。「私の制御するパワーは……」

彼から次の言葉が発せられることはなかった。一瞬、恐ろしい光が部屋中を満たしたかと思うと、壁を揺るがすような雷鳴に声も出なかった。部屋の照明がちらちらと明滅してから消えた。部屋の中の三人の鼓動が聞こえる範囲は闇に包まれ、暗闇の中、雷鳴が消え入るとともに、オリヴァー・デイスとドクター・クレインは、小さな争いの音に続いて、すぐ近くで人が倒れたような奇妙などさっという音を聞いた。その後は完全な静寂だった。

再び照明が灯ると、ナツォフ・コーンが、亡くなった後援者のベッドに前のめりに倒れていた。そして、猫背の背中からは二本目の短剣の木柄が突き出ていた。

デイスが追いついて呼び戻されたホップ署長とドクター・クレインは、オリヴァー・デイスがナツォフ・コーンのものだった二階の寝室の床を剝き出しにしてできた空間を、無言のまま見つめた。二本の梁の間に鋼芯の周りに幾重にもコイルの巻かれている装置が設置されていた。

「これが」オリヴァー・デイスが言った。「魔術の種です。科学的魔術というわけです。あれは電磁石です。ナツォフ・コーンが製作し、殺人を唯一の目的として設置したのです」

三人は彼の後に続いて階段を下りた。マダム・フェイジの寝室で、オリヴァーは通常ベッドが置かれていた位置の真上の天井を指し示した。

「あそこに」彼は言った。「電磁石が漆喰のほんの数インチ上にあります。きっとコーンは先月、あなたが屋敷の改修工事があったとおっしゃった時にあれを設置したのでしょう。居間のスイッチと連動して、あそこにいながらにして電源を入れたり切ったりできたのです。

今晩、ナツォフ・コーンはこの部屋に入りました。電磁石のスイッチを入れると、玄関ホールにあったはしごで天井に手を伸ばして、短剣をそこにくっつけたのです。刃の硬鋼は磁力という見えない接着剤でしっかりと固定され、何の支えも見えないのに天井にくっついていました。

マダム・フェイジは目が悪く、薄暗い明かりしか使いませんでした。薄闇の中では短剣に気づかなかったでしょう。マダム・フェイジは多くの人のように仰向けになって眠り、死の短剣は心臓の真上にありました。ナツォフ・コーンは彼女がベッドに入り、部屋に一人きりになったと知るや、居間のスイッチを入れて、電磁石を切りました。

たちまち大きな刃が天井から落下します。私が短剣を落とした時、刃が床にまっすぐに立ったのを、ドクター、あなたもご覧になったでしょう？　まさにああいう風に短剣はマダム・フェイジの心臓に突き刺さったのです」

沈黙の後にホッフ署長が口を切った。

「しかし」彼は尋ねた。「コーンはどうなったんだ？」

オリヴァー・デイスは首を振った。

「コーンがどうやってマダム・フェイジを殺害したのかはわかっています。しかし、彼を告発する前に、彼に知られることなく装置を試験してみたいと思いました。ドクター・クレインがコーンの注意を引きつけている間に、私は居間に入り、照明のスイッチを入れて電磁石を調整しました。それから、はしごを使って、第二の短剣を電磁石の利いている天井にくっつけると、はしごを元に戻しました。

すぐにコーンが入って来ました。彼は私がベッドを動かしたことに気づくと、警戒して、私が何をやっていたのか知ろうとして、ベッドと壁に挟まれた狭い空間に入りました。私は電磁石を切ったら短剣が床に突き刺さるようにしておいたのです。しかし、その瞬間、ちょうどコーンが狭い空間にいる時に、屋敷のそばで落雷があったのです。おそらく、稲妻が電線を直撃して、数秒間電気が流れなくなったのでしょう。電気が止まると、電磁石が機能しなくなり、第二の短剣が落下します。短剣はコーンの背中に下向きにまっすぐに突き刺さったのです」

「そして、彼は死んだ」ホップ署長が言った。

「ええ、彼は死にました」オリヴァーがうなずいた。「私が初めて気づき始めたのは、たまたま第一の短剣で第二の短剣に触れた時でした。二つの短剣は互いにくっついたのです。磁力でした。私は両者を自分の折りたたみ式ナイフで試してみました。マダム・フェイジを殺害した短剣は磁化していました。第二の短剣は違いました。磁場に置かれた硬鋼は磁化します。そこで私は疑いを持ったのです」

彼らは無言のままだったが、まもなくオリヴァーが再び口を開いた。

「邪悪な目的に使われた科学の魔術が、マダム・フェイジを殺害しました」彼は言った。「同じ力が殺人犯を打ちのめしました。そのことをわれわれは知っています。しかし、われわれに窺い知ることのできないのは、いかなる高度な力がナツォフ・コーンにあの狭い空間に足を踏み入らせ、雷が落ちて磁力が切れる瞬間に背を曲げさせ、自分の考案した装置によって死ぬことになったかということです」

ガラスの橋
The Glass Bridge

われわれ、つまりデ・ヒルシュ男爵、州警察のオリヴァー・ベインズ警部補、そして私の三人は、迷宮入り殺人事件について論じていた。少なくとも、デ・ヒルシュはそうだった。ベインズと私は、長身で鷹のような鼻をしているハンガリー人が、絢爛《けんらん》たる推理と論理を駆使して、様々な警察部門のファイルに、いまだに〝未解決〟と記載されている半ダースの有名事件を解決するのを、拝聴するばかりだった。

デ・ヒルシュは非常に他人を苛立たせることもあった。彼の自信たるや大変なもので、頭の良さを自認していることを隠そうともしなかった。そんなに頭が切れるならば、彼はどうして常に修理の必要な靴を履き、繕いの必要な服を着ているのだろうと、私はいつも訊きたい誘惑に駆られたものだ。実際に訊いてみることはなかったが。

オリヴァー・ベインズが落ち着かない様子になっているのが見て取れた。ベインズは短軀でずんぐりした、赤ら顔の、訥弁《とつべん》で冴えない男だった。しかし、優れた警官

――いや、最高の警官の一人だった。

彼は額の汗をぬぐって――暑い八月の午後だった――私の方を見た。われわれはバークシャーにある私のサマー・コテイジの居間に座っていた。

「警察のためにブロンドの恐喝女の事件を解決するよう、ご友人に働きかけてもらえませんかね」と彼は言った。まったくの無表情の奥には皮肉を秘めていた。

デ・ヒルシュは口をつぐんだ。彼の落ちくぼんだ目がぎらりと輝き、大きなかぎ鼻がぱっと赤らんだ。

「ブロンドの恐喝女の事件というと?」彼は穏やかな口調で礼儀正しく尋ねた。

「女の名前はマリアン・モントローズです」ベインズは言った。「去る二月十三日の午後三時から四時の間に、彼女は雪の積もった二十三段の石段を上って、ここからおよそ三十マイル（約五十キロ）のところにある丘の頂上の家に着きました。その家に入って以後、彼女は二度と出てきていません。

後に、われわれは家を捜索しましたが、彼女は見つかりませんでした。家の周囲には高さ二フィート（約六十センチ）の雪が積もっていました。いかなる手段で彼女が連れ去られたのか、それを示す痕跡は一つも雪に残っていませんでした。しかも、家主でありただ一人の住人である男は心臓が弱っていて、激しい運動をしたら命に関わります。

だから、男が彼女を運んだり、穴を掘って埋めたりということはできません。彼女は家の中にいないにもかかわらず、家に入るところは目撃されていて、その足跡が石段の雪に残っていたのです。上っていって、二度と下りてこなかった。彼女に何が起きたのか教えていただけませんか」

デ・ヒルシュの目はベインズにひたと据えられていた。

「事実を話してください」彼は言った。「そうしたら教えてあげましょう」

彼は〝努力してみましょう〟とは言わずに、〝教えてあげましょう〟と言ったのだ。

「事実を記載した書類を持ってくる」私はじれて言った。「真相がわかったら素晴らしい。それに、私も記事がまた一つ書けるし」

私はファイルのあるところに行って、マリアン・モントローズに関するフォルダーを持って戻った。ほぼ完璧な書類だった。大衆向け週刊誌に犯罪実話を書いている人間として、私は取り上げるあらゆる事件について詳細なメモを保存している。私はこの事件についてすでに一つ記事を書き上げていた。それには『大いなる謎、あるいは〝美しいマリアンに何が起きたのか?〟』という題名をつけていた。

「どこから始めたい?」私は尋ねた。「これがマリアンが家に入って姿を消す前に最後に彼女に話しかけたダニー・グレシャム青年の証言だ」

デ・ヒルシュはタイプ原稿を手で払うような仕草をした。

「読み上げてくれませんか」上品な物腰で彼は言った。

オリヴァー・ベインズが鼻を鳴らした。もしかしたら笑っていたのかもしれない。

私は彼をにらみつけてから読み始めた。

＊＊＊

モーガンズ・ギャップ、二月十三日。ダニエル・グレシャム（十九歳）の証言。

ぼくはモーガンズ・ギャップ・ウィークリー・センティネル紙のオフィスで校正刷りを読んでいました。時刻は三時半でした。外の気温は華氏約八度（摂氏零下約十三度）だと思いますが、六度（摂氏零下約十四度）だったかもしれません。晴れて爽快な日でした。ぼくはガール・フレンドのドリー・ハンサムに電話をかけて、一緒にスキーをするデートの約束をしようかと考えていました。見事な雪が厚く積もって、うまい具合に表面が凍っていて、その上にさらに新雪が積もりました。ドリーのことを考えていると、いかした青いハードトップの車が外に止まりました。

運転していたのは若い女性でした、ドリー・ハンサムに似ていましたが、背が高くて、体も成熟して——つまり、より女らしかったんです。髪はブロンドで長く、赤い帽子の下でカールして、赤いスキー服の上下を着ていました。車から降りると、谷間の向こうを眺め、推理作家のマーク・ヒルヤーの家に向かって坂を見上げました。ミスター・ヒルヤーがエアリーと呼んでいた家です。巣という意味です。峰の頂上に一軒だけ建っている様子が、実にぴったりの名前です。

心臓の悪い人間が一人暮らしをするには奇妙な場所だと思われるかもしれません。夏は車を運転して、テラスのある家の裏手まで乗りつけることができますが、冬は正面の石段のところまでしか町は除雪してくれません。

つまり、ミスター・ヒルヤーはその冬初めての大雪以後はけっして家から出ないということですが、あの人は気にしていないようです。秋になると、あの人は三千ガロンの燃料油と大量の缶詰食料を買い込んで、準備オーケーというわけです。毎日、ミセス・ホッフが料理と掃除洗濯のために通っています。彼女は石段など気にせず、義理の弟のサムも同様です。サムは石段を掃除して、北側のテラスもきれいにします。

ミスター・ヒルヤーは一人でいるのが好きです。人間嫌いなんです。体格は長身瘦躯、長い顔に失望したような表情を浮かべ、物言いは辛辣です。十二冊の推理小説を書き、多数の切り抜き記事や書評記事を集めています。とりわけ、自作のプロットがいかに巧妙かについて言及した記事を自慢していました。でも、ここ五年間は新作を書いていません。前に書いた作品があまり売れなかったので、がっかりしたのだと思います。

ああ、そうだ、若い女性のことでしたね。

彼女は家を見上げると、こちらを振り向いて、オフィスに入ってきました。ぼくは跳び上がって、彼女の応対をしに行きました。彼女は笑みを浮かべて、こんにちはと挨拶しました。低いハスキーな声で、こう言っておわかりいただけるならば、ちょっとぞくぞくするような声でした。彼女はぼくが編集長かと尋ね、助手だと答えました。すると、電話を借りていいかと言いました。ぼくは、『もちろん、いいですよ』と答え、受話器を彼女に手渡しました。彼女はマーク・ヒルヤーの電話番号を訊きました。話の内容はどうしても耳に入ってきます。もちろん、覚えていますよ、ちょうどこんな感じでした。

『ハロー、マーク』と言った彼女の声は前と違っていました。『マリアンよ。村からかけているの。わたしが来ることはわかっていたんでしょ。ねえ、マーク――あなたが賢い頭脳でおかしな考えを持っているかもしれない場合に備えて言っておくけど――わたしがあなたに会いに来たことは、新聞社の編集部の人たちが知っているわ。十分後に行くわ』

彼女は受話器を置くと、ぼくに向かって笑みを浮かべ、その声は前と同じ調子に戻りました。

『マーク・ヒルヤーはわたしを好きじゃないの』と彼女は言いました。『あの人はとっても頭の切れる人よ。うまいこと対処できないと思ったら、わたしを殺すと思うわ。でも、そうはさせない。それでも、わたしが一時間後にここに戻らなかったら、警察に連絡して、わたしを捜索させてくれない？　無事を知らせるために帰りに立ち寄るわ』

彼女は再びぼくに微笑みかけ、当然ながらぼくは『ええ、もちろんです。レッドマン巡査を呼んで捜してもらいます』と言いました。ぼくはかなりぞくぞくしました。まるでミスター・ヒルヤーの作品の一場面のようでした。もちろん、彼女が本気で言ったとは思いませんでした。でも、彼女が車で走り去る時、ぼくは窓辺に寄って彼女を見ました。

彼女は車を発進させ、一分後にはその車がミスター・ヒルヤーのエアリーに至るつづら折りを上っていくのが見えました。下の坂道には大勢の子供たちが出て、スキーやそり、例の新製品のアルミニウム製深鉢で、そこら中を滑って楽しい時を過ごしていました。

ハードトップがヒルヤーさんの家の石段の下にある折り返しに到着したのが見えました――除雪機がきれいに除雪していました。あの女性は車を停めると、外に出ました。彼女は石段を上り始めます。ミスター・ヒルヤーの家の小さな正面ポーチにたどり着いたのが見えました。ドアが開いて、彼女が中に入ると、ドアが閉じました。ぼくは仕事をしながら、その日の午後の大半、暗くなるまでミスター・ヒルヤーの家から目を離しませんでした。でも、あの女性は二度と出てきませんでした。

以上、ダニエル・グレシャムの証言

＊＊＊

私は読むのをやめてデ・ヒルシュを見た。彼は椅子に深く腰かけ、頭を椅子の背に預け、天井を見つめていた。

「殺人事件としては最も興味深い出だしです」彼は私に目を向けながら穏やかに言った。「当然ながら、現時点での私の仮説はまったく暫定的なものです。どうぞ、続けてください」

私は読んだ。

＊＊＊

モーガンズ・ギャップ、二月十四日。ハーヴィー・レッドマン巡査の証言。

昨日の五時半頃、ダニー・グレシャム青年が私のオフィスに駆け込んできて、きれいな娘がミスター・マーク・ヒルヤーに会いに出かけて、危険にさらされているかもしれないと訴えました。最初、彼の想像に過ぎないと私は思いましたが、詳しい事情を聞いて、もしかすると調べた方がいいのではと判断しました。ヒルヤーのような本を書く人間は、現実にたやすく人殺しをやりかねません。

私は懐中電灯を取ると、一緒に私の古自動車で出発しました。ヒルヤーの家に到着したのが六時ちょうどです。確かに、折り返しにミス・モントローズのハードトップがまだ停めてありました。ダニーが石段の雪に女性の靴跡があることに私の注意を向けました。

一組の足跡が石段を上っていました。

下りてきた足跡はありません。

とにかく、女性がまだ家にいるという点でダニーは正しかったのです。

われわれは足跡を避けて石段を上り、ドアをノックしました。ミスター・ヒルヤーはわれわれを中に入れましたが、驚いている様子でした。私は娘がダニーに言ったことを彼に伝え、ミス・モントローズがどこにいるのか尋ねました。ミスター・ヒルヤーは笑いました。

「残念ながら、ミス・モントローズはあなたとダニーをからかったようだな」彼は言いました。「彼女は半時間前に帰りました、ちょうど暗くなり始めた頃に」

「ミスター・ヒルヤー」私は言いました。「石段を上る女性の足跡はありますが、下りる足跡はありません。それに、彼女の車が残っています」

「何ですって、それはおかしいな！」ミスター・ヒルヤーはそう言いましたが、まるで笑っているみたいな言い方でした。

「私もおかしいと思います」私は言いました。「だから、あの女性がどこにいるのかお尋ねしているのです」

「しかし、私は彼女がどこにいるのか知りません」

「お巡りさん、率直に言いましょう。あの娘は恐喝者です。今日、彼女がここに来たのは私から千ドル受け取るためでした。私は支払いました。そして、彼女は立ち去ったのです。以上が、私の知っているすべてです。私としては、彼女のいる痕跡、あるいは私が彼女に対して何かを行った証拠があるというなら、あなたにこの家を捜索するよう要請します。私は事実をはっきりさせたいのです」

ダニーと私は家宅捜索を行いました。ミスター・ヒルヤーは、執筆室の暖炉のそばの椅子に座って、たばこを吸いながら待っていました。

部屋は六つしかなくて、平屋だったので、家の中を捜索するのは簡単でした。地下室も屋根裏部屋もありません。小さなクローゼットにはオイル・バーナーがありました。床はセメント張りです。壁は二重のシンダーブロックでできていて、間に断熱材が入っています。

娘は家の中にはいませんでした。いた痕跡もありません。争った形跡も、血痕も見つかりません。

ダニーと私は外に出ました。家の周囲の雪には何の跡もありません。北側のテラスはスコップで雪かきしてありましたが、雪はその上に吹き積もり、タイルにも雪が少し積もっていました。そこにも何の痕跡もありませんでした。ですが、そのことにたいした意味はありません。なぜならば、雪は四分の一マイル（約四百メートル）近く離れたハリスンズ峡谷に至る斜面までずっと降り積もっていたからです。通常は峡谷から風が吹き上げて、テラスの上にはもっと早く雪が積もります。

ダニーは凍結雪面の硬度を試しましたが、ほんの一歩足を下ろしただけで、割れてしまいました。足跡を残さずに、あの雪の上を歩くことは誰にも不可能です。それに、そんなことをしたら、ミスター・ヒルヤーの心臓がもちません。

というわけで、車庫の中を調べ、自動車と、とりわけトランクの中を捜して、娘が発見できなかったので、われわれはミスター・ヒルヤーに、ミス・モントローズは確かに立ち去ったようだと話しました。

「私が彼女を隠していないことに満足してもらえて良かった、お巡りさん」彼は含み笑いをしながら言いました。「彼女がダニーに話したこと、家に向かってくる足跡しかなかったこと、自動車がまだ残っていること、そういったことにもかかわらず、私が彼女を殺害して死体を隠すことなど不可能なことは完璧なまでに明白でしょう——もちろん、私がガラスの橋を渡って死体を運んだのでない限り」

どういうことなのかわからないと私は言いました。

「おやおや、お巡りさん」彼は言いました。「君は推理小説をご存じないですね。最も有名な短編小説の一つに、ガラスのナイフで人を殺した男の話があります。犯人は凶器を水差しの中に落とし、ナイフは見えなくなって誰にも発見できなかったのです。だから、もしかしたら私がミス・モントローズを殺害して、死体をガラスの橋を渡って運んだのかもしれませんよ——今では見えなくなった橋を渡って。あるいは、もう一つ別の仮説もあります。もしかすると、空飛ぶ円盤が降り立って、彼女をさらったのかもしれない。実際、考えれば考えるほど、それが実際に起きたことに違いないと想像します」

「あなたが真面目に話しているとは思えませんよ、ミスター・ヒルヤー」私は言いました。「ですが、私は真剣だから、州警察に助力を求めるつもりです」

実際に私はそうしました。あの娘がどこに行ったのか、彼らに突き止めてもらうのです。私には今、頭を悩ませていることが他にいろいろあるのです。

以上、ハーヴィー・レッドマン巡査の証言

＊＊＊

私は読み上げるのをやめた。デ・ヒルシュが目を開けた。

「見事なまでに完璧だ」彼は穏やかな声で言った。「想像力豊かではないにしても、あなたはよく調べている」彼はベインズの方を向いた。「察するに、それではあなたが事件を引き継いだのですな、警部補？」

「ええ」ベインズが彼を見つめながらぼやくように言った。「しかし、州警察官のレナルズとリヴキンが巡査の電話に応じてからのことです。二人は捜索を行いました。

結果は同じです。それから、私が事件を任されたのです。私はあらゆる風変わりな事件を手がけます。翌日、私は出向きました。しかし、ヒルヤーの尋問はカナリヤに何が起きたのか猫に訊くようなものです。それでも、彼は恐喝の件について話しました。数年前にうっかり間違いをしでかして、それをモントローズに知られたのです。それ以来、彼は毎年千ドルを彼女に支払ってきました。毎年、彼女は近くまで来ると、一日か二日後に行くという知らせをよこし、彼は現金で千ドルを用意するのです。

私はニューヨークで調べてみました。確かに、彼女は恐喝を生業《なりわい》にしていました。だから、彼の話はたぶん真実でしょう。地元の銀行にも照会しました。ちょうど三日前に千ドルが彼に送金されていました。

私は家の周囲を見て回りました。巡査と州警察官が言った通りでした。雪は凍結していましたが、人間一人の体重を支えるほど硬くはありません。スキーでも跡が残ります。たぶん、そりでも同じでしょう。

厄介なのは、彼が家にそりやスキー、あるいはその類を持っていないことです。その日の朝も、ミセス・ホッフが掃除をし、掃除用品を取りに車庫にまで入っていました。彼女はトボガンぞり（エスキモーなどが使っていた雪上遊具）ほどの大きさの物はあったけれど、そんな考えは荒唐無稽だと断言しています。それに、電話で何か特別な道具を注文したはずもありません。ここ数週間、食料と郵便物以外は誰も配達に来なかったからです。私が確認しました。

しかし、それに代わるような仮説は思い浮かびませんでした。あの娘はどこかにいるはずなのです！　私はスキーができる四名の州警察官に家の周辺のあらゆる区域を調べさせました。小さなくぼみや小峡谷も含めて、半径四分の一マイル以内の場所をくまなく捜索させましたが、娘の形跡も足跡も雪には残っていませんでした。やがて、雪が再び降り始め、私は捜索を中断させなければなりませんでした。しかし、見つかりそうな場所に娘がいないことは確信しました。

ヒルヤーは捜査の間の時々刻々を楽しんでいました。彼は嬉々として記者の質問に答え、写真のためにポーズを取りました。記者に自著のサイン本を配りました。いきなり、十歳も若返ったように見えました。それほど楽しんでいたのです。

彼は事件の謎について、煙に巻くような話をしました。謎の失踪に関する本を書いたチャールズ・フォート（アメリカの超常現象研究家）の文章を引用しました。自然消滅や時空連続体のゆがみ、空飛ぶ円盤に乗った異星人による誘拐について語りました。今までにないほど上機嫌で過ごしたのです。

というわけで、結局、われわれは事件を棚上げにしなければなりませんでした。われわれが実際に知っていることはすべて最初からわかっていたことだけです。若い娘が彼の家に通じる石段を上って中に入り、姿を消してしまった。つまり、われわれは座して新展開を待つしかなかった。そして六月になりました」

オリヴァー・ベインズが話を中断して、再び額の汗をぬぐった。

デ・ヒルシュはローマ人風の大きな頭でうなずいた。「そして六月になって」彼は言った。「死体が発見されたわけだ」

ベインズはびっくりした顔をして彼を見た。

「ええ」彼はうなずいた。「六月に、マリアン・モントローズの一つの謎は解決し、別の謎が生まれました。おわかりでしょうが……」

しかし、デ・ヒルシュは制止するように手を挙げた。

「ボブに読んでもらいましょう」彼は言った。「彼が素晴らしい劇的な文体で書いたことは知っています。それに、時に彼の散文に私は何かしらの喜びを覚えるのですよ」

そこで私は読んだ。

＊＊＊

モーガンズ・ギャップ、六月三日。ウィリー・ジョンスン（十一歳）とファーディー・プルヴァー（十歳）の供述に基づく。

二人の少年が幅三十ヤードとない深く青い池の畔《ほとり》で立ち止まった。二人は細長い、両側を五十フィート近い切り立った岩壁に挟まれた窪地《くぼち》にいた。三百ヤード先には岩棚があって、そこの小さな滝が自然のトラップ地層に注《そそ》ぎ、二人の足下まで流れ込んで池を作っていた。その池の水が今度は岩の間の狭い――小柄な子供なら通り抜けられるが、大人には抜けられない――開口部を通って流れ出していた。

新緑の芽吹いた柳や榛《はん》の木が、太陽めざして上に伸びていた。羽衣鳥《はごろもがらす》があちこち飛び回り、頭上高く鳥たちが黒い翼をひらめかせて飛んでいた。恐れを知らない縞栗鼠《しまりす》が枝から少年たちに向かって声を上げる。

靴を手に持ち、少年たちは裸足《はだし》で、水は氷のように冷たかった。しかし、峡谷の知られざる小さな世界に魅了されて、二人には水温などほとんど気にならなかった。

「すごい！」ファーディーが言った。「こいつはおもしろい。仲間を呼んで、海賊ごっこでもしようか？」

「海賊ごっこだって！」ウィリーが鼻を鳴らす。「釣りの方が楽しいよ。さあ、針を落とすぞ」

彼は嫌がる釣り餌に糸の先の釣り針を刺して、池に投げ込んだ。緑の水面にさざ波が伝わり、釣り針は視界から消えた。彼はたっぷり三十秒待ってから、我慢できなくなって釣り糸を引いた。

「あっ!」少年が声を上げた。「何かがかかった……ああ、もうっ。何かに引っかかった」

少年は力一杯引いた。糸はてこでも動かないような物体を引いてゆっくりとたぐり寄せられた。ファーディーは何の注意も払わなかった。彼は何か白い物体の破片が銀緑色の柳からぶら下がっている峡谷を見上げていた。

「どうした?」彼は神経質に訊いた。「幽霊だと思っているんだろう、へっ、ウィリー?」

「冗談じゃない」ウィリーは顔を向けもしなかった。彼は釣り糸をたぐりながら息を切らしていた。「くそっ、大きな枝か何かだ」

何か黒くて赤い物が水面に浮かび上がり、ゆっくりと渦を巻くように動きながら水面を割った。すると、その厄介な物体はひっくり返って、蒼ざめた卵形の顔が現れ、顔を後光のように取り囲む金髪が、まるでそれそのものが命あるもののように水中で波打った。

「おい！」ウィリーが金切り声を上げた。「死人だ！　おい、ファーディー、ここから逃げだそう！」

少年たちの叫び声が遠ざかっていくと、彼らの背後で蒼ざめた顔と金色の髪は、まるで待っているかの如くしばしためらっているように見えた。やがて、顔は金髪とともに、もとあった暗黒の深みへゆっくりと沈んでいった……。

＊＊＊

「さて」オリヴァー・ベインズが後を引き取った。「ウィリーの両親が巡査に通報し、巡査が私を呼びました。二時間後、半ダースの警官がマーク・ヒルヤーの家に上って行きました。山を登らずに問題の峡谷にたどり着く、手頃な唯一のルートはヒルヤーの土地を通って下りるものでした。彼は非の打ち所ないほど協力的で、われわれが何をしようとしているのか話すと、わずかに興味をそそられたようでした。

『彼女を発見したら』と彼は言いました。『スキー服のポケットを探ってください。出て行く時に持っていった私の千ドルがあるはずです。返還を要求するつもりです』

凹凸の激しい地面を越えて、われわれは峡谷にたどり着き、ロープで下りました。それから、死体をしっかりと固定する作業に取りかかりました。二十分以内に完了しました。死体が運び上げられると、ダニー・グレシャム——われわれに同行したのです——が声を上げました。

『彼女だ！　しかし、いったいどうやってあの家からこんなに離れた場所に来たんだろう？　飛んできたとしか思えない！』

死体の保存状態は良好のようでした——水はほとんど氷のような冷たさでした。スキー服のポケットには十枚の百ドル札もありました。われわれが確保した物は他にもあります。最終的に、スキー帽と手袋が片方だけ見つかりました。私は死体を運び上げる作業は他の人間に任せて、一人で峡谷を調べました。ビール瓶が二、三本と空き缶を除けば、不自然な物は一つとして発見されませんでした。

われわれは終日、その池で作業を続けました。私はまだ、そりか何かが見つかるのを期待していましたが、発見には至っていません。何一つです。あったのは死体だけで、それもあの家から四分の一マイル離れており、どうやってそこまで運んだのかについての手がかりはありません。

われわれは死体を引き上げて検死解剖を行いました。胃の中は空っぽで——最後の食事を摂ってからどれだけ時間が経ってから死んだのかはわかりません。体内組織には毒物の痕跡もありませんでした」

オリヴァー・ベインズは挑むような目でデ・ヒルシュを見た。

「以上が」と彼は言った。「ブロンドの恐喝女の事件です。さて、自然消滅や時空連続体のゆがみ、ガラスの橋や空飛ぶ円盤などの、荒唐無稽な話は抜きにして、あなたのご説明を伺いましょう」

「それはできませんな」私の友人は穏やかに言った。ベインズの赤ら顔に勝ち誇った表情が表れると、デ・ヒルシュが言い添えた。「ガラスの橋や空飛ぶ円盤、とりわけ屍衣のことに触れないわけには」

「ああ、そうでしょうなあ！」ベインズ警部補がむっとして言った。「もっとわけのわからないことを並べ立てて、あの娘に何が起きたのかわからないと白状すればいい！」

「しかし、それはできない相談ですな」デ・ヒルシュはベインズに愉快な表情をして見せて言った。「なぜかと言えば、私には彼女に何が起きたのかわかっているからです。少なくとも、あなたが今の話で言わずにおいた一点を付け加えていただければ、わかるでしょう」

「言わずにおいた？」ベインズが目を白黒させた。

「ファーディー・プルヴァーが幽霊だと思った白い物のことです」デ・ヒルシュは言

った。

「ああ、あれですか！」ベインズが肩をすくめた。「あれはただの古い、ぼろぼろになったシーツで、柳の木の枝にからみついていたんです。ヒルヤーのクリーニング店のラベルが付いていました。春の風の強い時期にどこかの物干し綱から吹き飛ばされた物に違いないと言っています。専門家に、それこそ糸を一本一本調べさせました。ただの古シーツでした」

「シーツではありません」デ・ヒルシュが穏やかに小声で訂正した。「屍衣ですよ。だから私は言ったのです――ガラスの橋、空飛ぶ円盤、屍衣と。おわかりになりませんか？　自分の頭の良さを鼻にかけて、ヒルヤーは真相をみずから語っていたのですよ！　彼はあなたに手がかりのすべてを与えた。少なくとも、レッドマン巡査に与え、それは巡査の報告書に書いてあります。彼はマリアン・モントローズを殺害し、空飛ぶ円盤に乗せてガラスの橋を越えていずこともなく――つまり永久の眠りに送り出したのですよ」

ベインズは下唇をかんだ。彼は困惑した様子でデ・ヒルシュを見つめた。私も同様だった。それはまさしくデ・ヒルシュが一番楽しんでいる状況――相手に教えている風を装って困惑させる時――だった。

おもむろにベインズはポケットに手を伸ばした。彼は財布を取り出した。財布から彼は二十ドル札を出した。

「ヒルヤーと同じく、あなたがはったりをかませていることに二十ドル賭けます」彼はきっぱりと言った。

デ・ヒルシュは目を輝かせた。それからため息をついて、首を振った。

「いけません」彼は小声で言った。「われわれは二人とも昔からの大切な友人の客なのです。こんな簡単なことで他の客からお金を受け取るなんて紳士の行いではありません」

すると、ベインズは歯ぎしりをした。彼は財布からさらに紙幣を二枚取り出した。

「あなたがわれわれ以上には知らないことに五十ドル賭けます」彼はぴしゃりと言った。

デ・ヒルシュは深い、黒い目を私に向けた。私は最近仕上げた探偵記事でいくら受け取れるのか大急ぎで計算して、小切手帳を取り出した。

「君がわれわれに事件の真相を話せないことに百ドル賭けよう」私は彼から目をそらさずに言った。私はこのハンガリー人の友人が百ドルはおろか、五十ドル、いや五ドルだって持っているかどうか怪しいと思っていた。

デ・ヒルシュ男爵は背筋を伸ばした。「皆さんは私を紳士として拒めない状況に追いやりましたね」彼は言った。「しかし、私には助けがいります……洗濯ばさみが必要です」

ベインズが開いていた口を閉じた。私は閉じていた口を開いた。

「キッチンのシンクの左脇の引き出しにある」私は言った。「いくつかあるはずだ。使用人のミセス・ラグルズが……」

しなやかな動作で立ち上がると、デ・ヒルシュはすでに部屋を出て、同時に清潔なリネンの大きなハンカチを取り出していた。それに万年筆も。

私はベインズに目をやった。彼は私を見た。二人とも口を利かなかった。デ・ヒルシュが出て行っておよそ五分が経った。引き出しを開ける音がして、冷蔵箱か冷凍庫を開けた時のようなくぐもった音が聞こえた。まもなく、彼は戻ってきて腰を下ろした。

「あと数分かかります」彼は言った。「それまでの間、おしゃべりでもしていましょう。政治情勢をどう考えますか？」

「政治情勢なんてどうでもいい」ベインズが不機嫌に言った。「ヒルヤーと娘の話はどうなった？　どうやってあの男は女を殺したんです？」

デ・ヒルシュは手のひらで額をたたいた。

「訊くのを忘れていました！」彼は声を上げた。「ヒルヤーは不眠症を患っていましたか？」

ベインズが額にしわを寄せた。「ええ」彼は言った。「そうです。彼のかかりつけの医者からの報告書に書かれていました。しかし、それが何の……」

「もちろん、そうだろうと思いましたよ」デ・ヒルシュがさえぎった。「とはいえ、何事も思うだけではいけません。もちろん、警部補、ヒルヤーは飲物に睡眠薬を入れて娘を殺したのですよ。彼女が意識を失うと、彼女を家から片づけて、ハリスンズ峡谷の深い雪の下に埋葬したのです。そのうち、睡眠薬の効果が切れて、目が覚めた時には体は凍っているも同然だったわけです。わずかな、ほんのわずかな時間、彼女は自分を拘束している鉄の枷《かせ》に逆らいました。やがて、凍えている人間を襲う心地よい睡魔に襲われて、優しい腕に抱かれながら死へと誘う長く暗い階段を下りていったのです」

「実に見事な表現ですな」ベインズが愚痴った。「しかし、あなたは何もおっしゃっていませんよ。いかなる種類の枷もなかったのです。彼女にはそんな痕跡はありませんでした。何一つね。もしかしたら、あの男は彼女を睡眠剤で意識を失わせたかもしれない。そのことは私も考えた。しかし、その後は？」

デ・ヒルシュ男爵はすぐには答えようとはしなかった。

「教えてください、ボブ」——彼は私の方を向いて言った——「マーク・ヒルヤーはこの事件によってちょっとした不朽の名声を得たと言えるのではありませんか？ 彼がいつも求めていて、得られなかった名声を？」

「確かにその通りだ」私はうなずいた。「すでに犯罪マニアの間では、彼が本当に娘を殺したのか、それとも殺さなかったのかについて、大きな論争になっている。彼女がどうやって峡谷の底に運ばれたのかという謎は、有名な女優ドロシー・アーノルド（一九一〇年十二月にニューヨークの五番街を歩いていて謎の失踪を遂げた）がどうなったのかという謎と同じくらい好奇心をそそる。今から百年後にも、ヒルヤーの名前は依然として本に出ていて、次の世紀のインテリたちは彼が有罪なのか無罪なのかについて論争していることだろう。ベインズが述べたように、彼はうまくやっている。新作が出版される予定だし、旧作もすべて重版されている。確かに彼は有名になり、この事件が迷宮入りのままである限り、ずっと有名だろう。実際、未解決である期間が長く続けば続くほど、彼は有名になる。切り裂きジャックのようにね」

「ほう」デ・ヒルシュは言った。「それで、事件が解決するなり、彼は単に悪名高い人間――薄汚い殺人犯に過ぎなくなるわけですな。一個の人格にとっては衝撃でしょう――とりわけ彼のような人間にとっては。しかし、われわれはガラスの橋や空飛ぶ円盤、屍衣について議論することはできると思います――いずれも目に見えない物ですが」

彼は立ち上がると、キッチンに向かった。再び冷蔵箱だか冷凍庫が開いて、閉じられる音が聞こえた。彼はバランスを取りながら手に何かを持って戻った。ナプキンで覆われていたので、何なのかはわからなかった。彼はそれを、磨いたコーヒー・テーブルの上に置いた。

「さて」と言った彼の声は、突然、歯切れが良く、自信たっぷりになっていた。「この前の二月に話を戻しましょう。身を切るような寒さの午後でした。マーク・ヒルヤーは寒々とした怒りを胸に秘めて、恐喝者の自動車が上ってくるのを待ちながら、窓辺に立っていました。その他に彼が目にしたことはわかっています――遊んでいる子供たちです。子供たちを見ながら、或る計画――完璧で洗練された計画が、まるで女神ミネルヴァが天空神ユーピテルの額から飛び出してきたみたいに、彼の頭に浮かびました。彼は恐喝者をごく安全に、最小限の幸運があれば、片づけることができたのです。失敗しても――彼は心臓を病んだ病人なので情状酌量に訴えることができます。

成功したら――彼が創造した謎に世間の人間が首をひねるのを見るのは何と愉快なことでしょう！

彼は直ちに行動に移りました。使い古しのシーツ、自分の持っている一番大きなシーツを北側のテラスの敷石の上に広げます。シーツにいくつかのことをすると、家の中に戻ります。二、三分経って、ミス・モントローズが到着します。彼は彼女とおしゃべりをして、睡眠薬のたっぷり入った飲物を与えます。二十分かそこら経過すると、彼女は意識を失って倒れます。

彼は娘の体を椅子から床の上に横たえます。容易に引きずることのできる敷物の上に彼女を転がします。たいした力はいりません。彼の弱った心臓に負担をかけるものではありません。

彼は床の敷物を引きずって、北側のテラスに出ます。そこで彼は意識を失った女性を広げたシーツの上に転がします。彼はシーツの真ん中に彼女が乗るように整えます……」

芝居がかった身振りで、デ・ヒルシュはテーブルの上の物にかかったナプキンを取り去った。見るとリネンのハンカチだった。その中央には――小さな目と口がインクで描かれた洗濯ばさみがあった。ちょうど、女の体を縮小して、ハンカチをシーツに見立てているようだった。

洗濯ばさみの人形を見るために、私はハンカチの隅を持ち上げなければならなかった。四隅はそれぞれ中央に折り込まれていて、ちょうど封筒に入っているかのように、それを覆っていた。ハンカチはごわごわして硬くなっていた。

やがて、デ・ヒルシュが何をやったのかわかった。彼はハンカチに水をまいて、それを冷凍庫に入れたのだ。冬に物干し綱にかけた洗濯物と同様に、ハンカチは硬化し、曲がらなくなっていた。その中には女性をかたどる洗濯ばさみが囚われるかのように入っていた。全体で数インチ四方のこぢんまりした包みだった。これが本物のシーツで、その中央に本物の女性が縮こまっていたのだとしたら、三平方フィートにも及ばないだろう。

今になってついにベインズと私はマーク・ヒルヤーのやったことを理解し始めた。身を切るような寒い日に、彼は大きなシーツに水をまいた。その中央に意識を失った女性を置いて、体を丸め、それからシーツの四隅を折って彼女にかけた。冷気がぬれたシーツを凍らせて、板のように硬くてしっかりした箱のようなものに変えた。数分後には、意識を失ったマリアン・モントローズは、まるで鉄の枷のように頑丈な凍れる屍衣の囚われ人となった。

次に、ヒルヤーはその広くて平たい物体をテラスに向かって押し、表面の硬化した雪の上に乗せた。重量は広い面積に分散したため、凍結雪面には何の痕跡も残らなかった。それどころか、斜面をなめらかに滑り降り、速度を増し、凹凸の大きなところも突進して、ついには凍結した雪の縁を越えて、峡谷の永遠に陽に照らされることのない深みの、風に吹き流された雪の吹きだまりの奥深くへ沈み込んだのだ。

例を示すかのようにデ・ヒルシュは凍ったハンカチを指ではじいた。ハンカチはテーブルの上を滑って、端から落下し、ゴミ箱の中に落ちた。そこには捨てられた白いタイプ用紙が何枚もあって、その中に入っていきなり消えたようになった。

「空飛ぶ円盤《ソーサー》」デ・ヒルシュの声が鳴り響いた。「ダニー・グレシャムはその供述の中で、特に新しいアルミニウム製の深鉢で雪の中で何人かの子供たちが遊んでいたことに触れています。金属製の皿《ソーサー》で、その中に子供が座り、本当に恐ろしいような速さで斜面を突進していくのです。雪面上を進んで、ほとんど雪面に沈み込むことはありません。ヒルヤーはそれを見て発想を得たのです。

ガラスの橋はすでにできていました——彼の自宅からハリスンズ峡谷に至る雪だまりを覆い尽くす、なめらかで薄い氷のコーティングです。彼はシーツに水を吹きかけて、凍るような外気にさらして、空飛ぶ円盤を作り上げました。そして、彼が彼女をシーツの上に載せて四隅を折り込んで彼女に覆いかぶせて凍結させた時、それがあの娘の屍衣となったのです。

いったん動き始めると、回転し、滑走して、もはや止められません。断崖を越えて、峡谷に真っ逆さまです。白い雪の中の白い物体です。目を皿のようにして探しても見えません。そこに風に吹き流された雪が積もり、姿がかき消されます。それを見つけるためには、よほど急がなければなりません。まず可能性はないでしょう。

ラッスド！　英語で言えば、これが事の顚末です！　不可解な底の知れない謎は、古シーツと冬の自然の力によって創り上げられたものでした。一人の女性が一見すると奇跡としか思えないような方法で四分の一マイル遠くまで運ばれたのです。病を抱える男が完全とも思える殺人をやり遂げたのです！」

「あの野郎！」ベインズが思わずののしりの声を上げた。「私に面と向かってどうやったのか話しながら、人を煙に巻くような話をしていると思わせたんだ！　もちろん、あの娘の死体とシーツはたぶん春まで木の枝に引っかかっていたのかもしれない。やがて、雪解けになってシーツが解け始め、死体は落下して、小川に沿って流れ、池に落ちる。何一つ——何の痕跡も、何の手がかりも——残さず、残っていたのは古シーツ一枚きり！」

「しかし、想像力豊かな人間がシーツを屍衣と見立てたら」――デ・ヒルシュはテーブルの上にある現金と小切手に手を伸ばした――「そして、機転の利く男の言葉を額面通り受け取っていたら、事件の謎はごくありきたりのものになったかもしれませんよ」

「それを証明することはできないだろう」ベインズはうなるように言った。

「たぶんそうでしょうね」デ・ヒルシュが言った。「しかし、われわれは彼に謎はもはや謎でも何でもなくなった、二千年間の殺人の研究において巧妙な殺人の考案者にはならないだろうと知らせてやることはできます。私が彼に手紙を書きましょう」

彼は私の書斎に入ると、半時間ほどタイプライターを打っていた。彼はその日の午後に手紙を投函した。翌朝、マーク・ヒルヤーは手紙を受け取った。手紙の内容は知らないが、彼が家政婦を介して手紙を受け取った時のことをオリヴァー・ベインズは述べた。

郵便配達が到着した時、ミセス・ホッフは書斎を掃除しているところだった。彼女がテラスに向かっているヒルヤーに手紙を手渡すと、彼は書き物をする手を止めて手紙を開封した。ほんの少し読んだだけで、彼の顔色が死人のように蒼ざめ――あまりの様子にミセス・ホッフは心配になって引き返した。さらに彼が手紙を読み進めると、彼の顔に醜悪な赤い斑《まだら》が表れた。彼は二枚目には目をくれようともせずに、手紙を細かく引き裂き、紙片を大きな灰皿に投げ入れた。手の震えが激しいので、マッチの頭を側薬に当てることがなかなかできなかったが、彼は激しく震える両手でマッチを着火して、引き裂いた紙片を燃やした。

まだ怒りが収まらないかのように灰皿を摑むと、彼はタイルに向かって投げつけた。一瞬、彼はハリスンズ峡谷の方を見ながら立ち、その両手を握ったり開いたりしていた。

するると、彼の息づかいが苦しそうになった。彼は助けを求めようとして振り向いたが、椅子にたどり着く前に倒れた。胸と首をかきむしりながら、彼はあえいで言った。

「薬……私の薬を……」

心臓の薬は薬入れにはなく、ベッド脇のテーブルにあった。ミセス・ホッフが薬を探し当てるまでに二、三分かかった。薬を見つけて戻ってきた時には、ヒルヤーは事切れていた。

私にはいささか衝撃だったことは認めなければならない。しかし、デ・ヒルシュはヒルヤーの死を冷静に受け止めた。

「ウトヴェーグル！」と彼はハンガリー語でコメントした。「要するに、自白したも同然ということです」

住所変更
Change of Address

「あの家は」ミセス・ホリンズが断定的に言った――彼女は独断的な女性だった――「殺人にしか向いていないわ」

目に陽気な輝きのある小男のホリンズ氏はくすくす笑った。

「本の読み過ぎだよ、ジョカスタ」彼は言った。「実際、実にいい家に見える。もちろん、少しは修理する必要がある。さもなければ、今時あんな家が借りられるはずがないじゃないか。そうでしょう、ミスター・スマイリー？」

ポート・オロの町の不動産業者スマイリー氏は指をぱちんと鳴らした。

「まさしくその通りですよ、ミスター・ホリンズ！」彼は言った。「この家が最高の状態だったら、とうの昔に借りられていましたよ」

外側のこけら板に染みが浮いている二階建ての家に修理が必要なことは否定できなかった。屋根には緑色のこけが生え、正面のポーチは崩壊しそうだった。ミセス・ホリンズはそのことを言い立てた。

「些細な点だよ、お前、些細な」ホリンズ氏が言った。「断崖になんともうまい具合に溶け込んでいるじゃないか！　正面の海岸がどれだけ広いか見てみたまえ！　太平洋の波が押し寄せて砕けるさまを見たまえ。ドドーン、ドドーン、ドドーン！　潮風の香りをかぎたまえ」

彼は大きく息を吸い込んだ。

「新鮮な空気、閑静で、人里離れている！」彼は言った。「カリフォルニアの気候！これは驚いた、もう新しい人間に生まれ変わったみたいだ」

長身で骨張ったミセス・ホリンズがふんと鼻を鳴らした。

「新鮮な空気というのが腐った魚の臭いというのなら、その通りね」彼女は言った。

「断崖について言えば、日に二、三時間を除いて、日光がさえぎられるわ。海に関しては、太平洋といったらいつも青い海だと思っていたけど灰色じゃないの。海岸は……」

しかし、小男のホリンズ氏は不動産屋の後についてきびきびと動き回った。

「決める前に家の中を見よう」彼は大声で言った。「ここにはかまどがあるとおっしゃいましたね、ミスター・スマイリー？」

スマイリー氏は彼らにかまどを見せた——地下室の剝き出しの地面からの湿気によってさびは浮いていたものの、しっかりしていた。

「この辺りの家でかまどがあるのは二十軒に一軒もないでしょう」スマイリー氏が強い印象を与えようとして言った。「この物件の大きな特色です。いつ突然の寒気が襲ってきたとしても、かまどに火を入れれば、ぬくぬくぽかぽかというわけです。それに、湿気を除去したいと思ったら、たいしたことではありません。床にセメントを張ればいいのです」

「そうだ!」ホリンズ氏は言った。「セメントの床。その通りだ! それですべてが解決する。さて、二階を見ようか、なあ、お前。とはいえ私はもうこの家が気に入った——とても」

スマイリー氏は前より楽観的になって、家の他の部分も見せた。

「わかっただろう、お前」一通り見終わると、ホリンズ氏は妻に言った。「悪くない、なかなかのものだ。部屋はとても素敵な広さで、キッチンは実にモダン、配管系は詰まりもなく、床はきしんだりしない——いくらか塗装したり磨いたりすれば、魅力的な家、実のところちょっとした愛の巣になる」彼はダンスのステップさえ踏んで見せた。それほど喜びが大きかった。「この家にしますよ、ミスター・スマイリー、この家を借ります！」

「それについては私に相談してくれてもいいんじゃない」ミセス・ホリンズが言った。

「たぶん私もここで暮らすことになる以上。他に物件があるのであれば……」

「それが、ないんだよ」ホリンズ氏が言った。「ありますか、ミスター・スマイリー？　カリフォルニアのこの辺りに、こんなに海辺に近い場所には他に借りられる家がないんだ！」

「このお値段では他にございません」スマイリー氏が声高に言った。「このお値段ではお得ですよ、ミセス・ホリンズ、掘り出し物です。もちろん、月三百ドル、あるいは四百ドル出すというのであれば……」

「問題外だ。まったく問題外だ」ホリンズ氏が歌うように言った。「なあ、この家は売り物ではないのかね？」

「売り物かですって？」スマイリー氏は首を振った。「市場には出ていません、ミスター・ホリンズ。所有者が売りたがらないのです。現在はシアトル在住です。引退した金物屋でした——名前はウィルスン。健康のために四、五年前に移住してきました——ちょうどあなたのように。しかし、その後、彼は奥さんと別れました。二人がけんかして、奥さんはテキサスにいる妹さんと一緒に暮らすために出て行ったんです」

「テキサス?」ホリンズ氏が歌うように言った。「素晴らしいところだ、テキサスは。広くて、荒々しい。しかし、カリフォルニアとは違う。だから彼は売らないんだな?」

「ひょっとすると妻の気が変わって戻って来るかもしれないと言うんです」ミスター・スマイリーは言った。「その時に備えて、家を持っていたいのです。感傷的ですな。しかし、前回手紙を書いた時から気が変わったかもしれません。彼に問い合わせてみましょう」

「是非とも」ホリンズ氏は言った。「お願いしますよ、ミスター・スマイリー。彼の返事を知らせてください。それまでの間、私たちはこの家を借りるということでいいな、ジョカスタ? 明日引っ越しをして、一緒に新生活を始めよう、トゥラ・ラ、トゥラ・ラ!」

ミセス・ホリンズは彼を一瞥した。

「あなたったら、フィラデルフィアを発ってからとてもおかしいわよ」と言って鼻を鳴らす。「アンドルー、あなたまさかここに六か月以上滞在するよう私を説得できると思っているのではないでしょうね? あなたと結婚して実業家として成功させてあげたのに、絵を描くという結婚当時のくだらない趣味を再開しようなんてばかな考えを持っているのではないでしょうね？」

「絵を描くだって？」ホリンズ氏は非常に驚いた様子だった。「画家になりたいという私のささやかな考えのことを言っているのかね？　まったく、いったいどこからそんな考えがわいてきたものかね、お前？　数年前に、そういう考えがいかに現実的ではないか、君が教えてくれたじゃないか。いや、とんでもない――しかし、私はここが気に入り、たぶん君も気に入ってくれると思う。君がそう言うなら六か月契約としよう。しかし、結局、君は気が変わって、ここに居続けることになることに賭けてもいい」

ミセス・ホリンズは唇を固く結んだ。

「私はそうはならないわ」彼女は言った。「あなたとの約束はカリフォルニアで六か月過ごす――その後はフィラデルフィアに戻ることよ。この家が売り物かどうか持ち主に尋ねないでもけっこうよ、ミスター・スマイリー。私たちが滞在するのは六か月だけ、それ以上は一分間だっていないわ」

「いずれわかることだ、お前、いずれな」ホリンズ氏は朗らかに請け合った。「あの波の音に耳を傾けたまえ、ただ耳を傾けるんだ。ドドーン、ドドーン、ドドーン！　気候が肌寒くなったら、体を温めるかまどがある！」

彼らは翌日入居した。しかし、滞在を続けてもミセス・ホリンズは、この季節にしてはずっと曇りがちだったカリフォルニアの気候にも、家にもなじむことはなかった。建物はしっかりしていたが、湿気が多いのは否めなかった。

「アンドルー、あなたご自慢のかまどを使い始めなければならないわ」二、三日経った晩のこと、彼女は突然言い出した。「寒気がするの。この家は私たち二人にとって命取りになるわよ、そうに決まっている」

「私にはとっても快適なんだがね」ホリンズ氏は新聞の後ろから言った。「だが、君が気分が良くなるのなら、ちょっと火を起こそう。もしかすると、ちょっとばかり湿っているかもしれないが、君がかまどに注意を向けてくれた以上は」

「単なる湿気ではないわ」ミセス・ホリンズは陰気な声で言った。「この家にはどこかしら悪いところがあるわ。夜になって目を覚ますと、それを感じるのよ。何か私たちの知らないことがあるんだわ」

「チッチッ」ホリンズ氏が舌先で音を出しながら、腰を上げて、地下室に下りていった。「君の想像力に負けるわけにはいかない。たぶん、しばらくの間、そういう不可解なことは頭から追い出した方がいい」

地下室に降り立つと、ホリンズ氏は火を起こし始め、まもなくかまどには陽気に火が燃えさかり始めた。彼はしばらく、まるで考え事をしているかのように、チェリーレッドの火室を覗き込んだ。やがて、上の空でつま先で土の床を蹴りながら、地下室の周囲を見回した。しばらく考えた後、彼はシャベルを取りに行って、かまどの奥の隅にかなり大きな穴を掘り始めた。主に湿気を一か所に集めることで有用だった。ジヨカスタがどうして手間取っているのかと地下室に向かって呼びかけるまで、彼は作業を続けた。すると、彼はシャベルを放り出して、まくった袖を下ろし、階段を上って再び新聞を手に取った。

翌日、ようやく太陽が顔を見せた。しかし、不思議なことに、陽射しも暖かさも、家の雰囲気を変えることはなかった。少なくとも、ミセス・ホリンズにとっては。

「アンドルー」次の晩、彼女は再び言った。「この家は気に入らないわ。引っ越しをしなければ」

「しかし、賃借契約書に署名してしまったんだよ、お前」ホリンズ氏は野球の報道を読みながらつぶやいた。「六か月だ」

「この家を出るのよ。私なら方法を見つけるわ」

「一分の隙もない賃貸契約だぞ」

「破棄できるわよ。口実なら見つかるわ。所有者の奥さんのミセス・ウィルスンに手紙を書けば、この家の来歴について必ず聞き出すことができるわ。きっと、この家の評判を傷つけるようなことがあると思うの。もちろん、旦那の方は話すはずがないわ。私が正しかったら、賃貸契約を破棄する充分な口実になる。……あの不動産屋が、奥さんは今テキサスに住んでいるって言ったでしょう?」

そう言うと、彼女は書き物机に向かった。

翌日の午後、ホリンズ氏はスマイリー氏が家の所有者から返事を受け取ったか尋ねに、車で町に行った。

「今頃はいつ返事が届いてもおかしくありません」スマイリー氏はもみ手をした。

「今日にも。あそこがお気に召しましたか?」

「もう私の気分ははるかに改善された」ホリンズ氏は言った。「しかし、家内はヴィラ・ヴィスタが気に入らないようだ。いつもフィラデルフィアに帰ると脅している」

「都会暮らしをしていたらお気に召さないでしょう」スマイリー氏はうなずいた。

「今朝、所有者の奥さん、ミセス・ウィルスンの住所を教えてほしいとお越しになりました。私が知らないと言った時の奥様の様子をお目にかけたかったですよ。手に負えませんでした」

彼は首を振った。

「女というものは！」彼は言った。ホリンズ氏がうなずくと、二人はニヤニヤした。

翌朝、ホリンズ氏は地下室に下りて、排水孔を調べた。しばらく考えた後、彼はそれをかなり深くした。作業を終えると、彼は見に下りてくるように妻に言った。

「水はその穴から排出されるのだと思う」彼は言った。「配水管に割れ目を作ってしまったと思う」

ミセス・ホリンズは穴を覗き込んだ。

「思い過ごしよ、アンドルー。とにかく、繰り返しますけど、私たちはここに留まるつもりはないわ。いいこと。さあ、また穴を埋めてちょうだい。ひどい臭いだわ」

「わかったよ」ホリンズ氏はうなずいた。「これから埋めるつもりだ」

そう言うと、シャベルを頭上高く振り上げてから、かなりの力で振り下ろした。

穴の中にミセス・ホリンズは転げ落ちた。しばらく、彼女のつま先はぴくぴくと単調なリズムを刻んでいた。やがて、最後にびくっと震えると、彼女は動かなくなった。

彼女は悲鳴一つ上げず、何の音も発することなく、つぶやきもしなかった。仮に何か物音を立てたとしても、誰が聞くというのだ？　砕ける波、海カモメ、海岸の丸石か？

一時間後、ホリンズ氏は穴を埋めた。彼は土をしっかりと踏み固めた。あらかじめ、彼は少量のセメントを混ぜておいたので、短時間で地面はまるで岩のように硬化した。

彼は道具を洗って片づけた。それから、ミセス・ホリンズのトランクの荷造りをした。宝石を含めて、何一つ見逃さないように注意して。最後に、彼はトランクを車に載せて町に運び、駅でフィラデルフィアに送り返すよう手配した。

ところが、荷札の宛先は大きな保管倉庫の住所だった。彼はすでに、無期限での保管を手配していた。

次に彼はスマイリー氏の不動産屋に立ち寄った。

「家内が出て行きました」彼は言った。「説得できなかった。大げんかになって、家内は出て行ったんです。仲直りできるかどうか」

スマイリー氏は首を振った。

「女性はあの家がとにかく気に入らないんです」

「もしかすると、あの家が女性を気に入らないのかもしれない」ちょっと気の利いた言い方をして、ホリンズ氏が示唆した。

自分のその言葉に満足して、彼はヴィラ・ヴィスタに戻ると、自分一人で夕食を用意した。そして、素晴らしい睡眠を享受した。

翌日、ホリンズ氏が昼食を終えるところに、スマイリー氏が姿を見せた。

「所有者から電話がありました」スマイリー氏が言った。「ほんの一時間前です。今は喜んで売る気になっているようです。現金払いです。ちょっとした法的問題を抱えていて、弁護士を雇うお金が必要みたいです」

彼は価格を告げた。ハミングしながら、ホリンズ氏は売買契約書に署名し、小切手を切った。

不動産屋が立ち去ると、ホリンズ氏は幸せな気分で書き物机に向かった。彼は紙とペンを取り出して、うきうきしながら、長いこと中断していたが、決して忘れることのなかった、画家になるという野望を再開するために必要な品々のリストを作り始めた。キャンヴァス……イーゼル……絵筆……絵の具……キャンヴァス台……テレピン油……。長いリストになったが、彼はそれをいささか満足しながら口笛混じりに注意深く書き上げた。

作業が終わった時にはお茶の時間になっていた。幸せそうに彼はお茶を淹《い》れ、一人きりで飲むことは何ら気にならなかった。ジョカスタの声は二十五年間彼の耳に鳴り響いていたが、今や何も聞こえず、甘美なまでに、美しいまでに静かだった。静寂がかくも素晴らしいものだったとは！

お茶の後、ホリンズ氏は町まで出かけて、リストを渡して、すべての品を注文して届けるように指示した。彼は潮風を胸一杯に吸い込み、波の戯れやカモメの急降下を見て楽しみながら、海岸を通って帰宅した。何度か、彼は丸石を海水面にむかって滑らせるように投げ、一度などは浜辺に打ち上げられた小魚を助けてやった。

家に到着すると、彼は立ち止まった。

郡の保安官と二人のたくましい助手がつるはしとシャベルを持って、彼を待っていた。

「力ずくで押し入りたくはないのですよ、ミスター・ホリンズ」保安官は言った。

「令状がないのでね。しかし、入れてくださるでしょうな？　まさか法の執行をじゃましたりはなさらないでしょう？」

「ええ」長い間を置いてから、ホリンズ氏は言った。「ええ」彼はドアの鍵を開けた。

「どうぞ、保安官」

「お前たちも入れ。……地下室はこっちですか？」

「いや、そこは上着のクローゼットです。こちらです」

「行くぞ、お前たち。どこを掘ればいいかわかっているな？」

彼らは姿を消した。まもなく、下からつるはしをふるう音が聞こえた。

「どうやってわかったのです？」やがて、ホリンズ氏はハンカチで眉をぬぐいながら尋ねた。「私には本当に想像もできないんで……」

「あなたの奥さんです。頭の切れる方ですなあ。昨日、話してくれたのです」

「家内が……昨日何を話したのです？」

「最初は、単なる女の想像の産物だと思いました。女性というものがどういうものかご存じでしょう。頭に何か考えが浮かぶと、何でもないことに騒ぎ立てる」保安官は忍び笑いをした。「どうせそんなところだと思ったのですよ、最初は」

「残念ながら私には理解できないのだが」ホリンズ氏の顔は蒼白だった。

「奥様からお話を伺ってないのですか？　これは驚きだ。奥様はミセス・ウィルスンに手紙を書こうとしたのですよ――ご存じでしょう、以前ここに住んでいた、家の持ち主の奥さんです」

「ええ……ええ、知っています」

「それで、奥様は郵便局でミセス・ウィルスンが変更した住所を見つけられなかったんです。彼女はテキサスに住んでいると思われていました――ところが、すべての郵便は自動的にシアトルのミスター・ウィルスンに転送されていたのです」

「住所変更がない？　しかし、それが……」ホリンズ氏が話し始めた。

「それがどうしたかですって？　われわれもまさに同じ事を言ったんです。すると奥様がわれわれを激しく難詰したのですよ」またしても忍び笑いを漏らした。「ええ、そうなのです！　奥様は言われました。夫と別れた妻が、夫に自分の郵便物を取られたくないことは、どんなばかでも知っている――妻は住所変更をして、自分の郵便物を自分で受け取るものだ。住所変更していないということは、と奥様はおっしゃいました。ミセス・ウィルスンは死んでいると。そして、もしもミセス・ウィルスンが死んでいるなら、ミスター・ウィルスンが彼女を殺して、彼女が出て行ったという話を作り上げたに違いないと」

「ウィルスンが！」その言葉はホリンズ氏の口から悲鳴のように出た。「彼が奥さんを殺したのですか？」

「その通りです。いいですか、奥様はわれわれにしつこく言い続け、驚いたことに、とうとうわれわれは説得されてしまったのです。私は昨夜シアトルに電報を打ち、地元の警察がウィルスンを尋問しに行きました。彼はわれわれが死体を発見したと思って、あっけなく何もかも白状しました。確かに、まさにあなたの奥様が疑った通り、彼は妻を殺害し、かまどの奥の隅を特別に深く掘って埋めたのです。……ところで、奥様はどちらにいらっしゃいますか？　奥様に称賛の言葉を差し上げたいのです」

消えた乗客
The Vanishing Passenger

昨今、犯罪と推理の物語が大流行なので、私は甥ジョナサン・デューク（デュークには公爵の意味がある）の災難について記録して、自分の文筆の道に復帰することにした。

一九二九年以来、私の書いた作品が活字になったことはないが、私の経験はジョナサンの数々の冒険を記録するのにぴったりだろう。私は作家で、公爵夫人《ザ・ダッチェス》のペンネームで四十五編以上の波瀾万丈の物語を、初めて筆を執った一九一四年から、気まぐれな大衆の趣味に見捨てられる一九二九年までの間に出版した。

私がこの決定を下したのは、ジョナサンと私が特急二十世紀号に乗ってハリウッドに向かう途中のことだった。四十一冊目の作品『キャシーにキスはない』が映画化され、ジョナサンがミス・ベティー・バントンの相手役を演じることになったのである。

十五分間というもの、ジョナサンは台本をめくりながらあくびを連発していた。彼が台本を置いても、私は驚かなかった。

「ダッチェス」彼は言った。「特別客車に行って、何かつまめるものを探そうよ——気分転換の軽食としてということだけど」

「あなたは台本に目を通さなければならないのよ、ジョナサン」

「くだらないよ、ダッチェス、それに書き直す必要がある」

「確かに、くだらない作品だわ」私は顔をこわばらせて言った。「でも、彼らは三万ドル支払ってくれた。それに、あなたを出演させることにも同意した」

「歌う探偵としてね！　そんなの聞いたことある？　それに、本にはそんな登場人物はいない！」

「登場人物の誰一人として原作小説と同じではないのよ。それに、プロットも異なっている。私はとやかく言うのは嫌いです。今はあなたが一人前の立派なキャリアを始めなければならない時期で、今回の仕事はあなたのチャンスなんだから」

「ぼくもそう思う」嫌悪感を隠しきれずに通り過ぎていく景色を眺めながら、彼はうなずいた。「それについては特別客車で話そうよ」

その娘に会ったのは特別客車から数えて二輌目の客車でのことだった。娘は小柄で、濃い茶色の髪をして、ジョナサンがかつて〝ダイナミックな容姿〟と形容した、きりっとした顔と曲線的なスタイルをしていた。彼女は狭い通路に立って、自分の特別室に入ろうとしていた恰幅の良い中年の紳士と面と向かっていた。二人は口論していたが、われわれが近づくと、男は娘の横をすり抜けて、ドアをばたんと閉めた。彼の最後の言葉が聞こえた。

「きっぱり言っておくぞ、ミス・アンドルーズ、ノーだ！」

娘は閉じたドアをねめつけた。

「あんたなんて老いぼれのドードー鳥だわ！」と彼女は言うと、振り向いて、われわれを見た。ジョナサンは彼女が誰なのかわかった。彼が面識があることは私もわかっているはずだった。魅力的な若い女性と知り合いになることは、彼がこれからしっかりしたキャリアを積むのと同じくらい可能性があった。

彼女の名前はペギー・アンドルーズだと知らされた。父親は著名な、奇矯で金遣いの荒い演劇プロデューサーのマルカム・アンドルーズだ。まもなく、われわれ三人はそろって特別客車に腰かけて軽食を注文し、ペギーはかっとなっていた理由をわれわれに説明した。
二、三か月前のこと、父親の最も当たった演《だ》し物の『夏の歌』が、二百万ドルの総利益を上げて、シカゴで幕を閉じた。最終的な決算を行った結果、まるまる十万ドルが消えていることが判明した。証拠の示すところによれば、どうやらマルカム・アンドルーズが使い込んだようで、債権者たちは彼に対する逮捕状を出すよう要求した。彼の公判は明日シカゴで開始されることになっており、有罪判決は確実と思われた。

ペギーが口論していた恰幅の良い人物はホレス・ハリスンといい、証言のためにシカゴに向かう途中の筆跡鑑定の専門家だった。

「あの老いぼれのドードー鳥ときたら！」ペギーは黒い瞳を炎のように輝かせながら同じ言葉を繰り返した。「パパを有罪に見せている書類は偽造よ。ハリスンはそのことを知っているはずです――でも、偽造なのかそうでないのか、どう証言するのか、わたしに話そうとしないんです。口外しないと宣誓したと言って！　あの人のオフィスにも入れてもらえませんでした。だからわたしは外でうろうろしていたんです。彼がこの列車に乗ったので、わたしも乗りました。今日になって、彼が特別客車を出たところで捕まえたんです。わたしの目の前でドアをばたんと閉めたのをご覧になったでしょう」

「卑しくて無情なタイプの男だ」ジョナサンが相づちを打った。

「せめて彼がどんな証言をするのかわかったら！」そう言って、ペギーは飲物を飲み干した。「もしかしたら、偽造ではないと言うつもりなのかもしれないわ！　偽造された文書を見ても、そうとはわからないほどぼんくらに見えるし」

彼女が立ち上がった。

「戻ってあいつに口を割らせてやる！」と声を上げた。「シカゴまで三時間しかないから、最後のチャンスだわ。今話すか——あるいは、その償いをするかよ！」

一緒に行くというジョナサンの申し出を断って、彼女は出て行った。

「ダッチェス、もしもまた本を書くことになるなら、うってつけのキャラクターだね」ジョナサンが言った。「父親そっくり——寛大で、思いやりがあり、衝動的で何をするか予想できない」

私は彼に、すでに彼女を探偵小説に起用することを考えていると答え、あなたには中心的なキャラクターになってもらうと提案した。彼は私のことを怯《おび》えた目で見た。

「そんな、ダッチェス！　ぼくはヒーローなんて柄じゃない！　昔、あなたはぼくに、恋に夢中で、少しばかりましな男に恋人を奪われるろくでなしの役を振ったじゃないか！」

「幸いなことにね、ジョナサン」私は彼に言ってやった。「探偵小説のヒーローは今では私が物を書き始めた時代より幅が広くなっているのよ」

「でもね、アガサ伯母さん」——彼が私のことをアガサ伯母さんと呼ぶのは本当に動揺した時だけだ——「現実的じゃない、それに尽きるよ！　とにかく、ぼくは探偵役はやらない」

「親愛なるジョナサン」私は答えた。「あなたは他の誰よりも探偵らしい。他人のトラブルに巻き込まれないだけの意志力がないわ。あなたは何もかもなげうって自分に縁もゆかりもないトラブルに巻き込まれるのよ」

甥はむっとしてみせただけだった。

「それに、私は現代作品における探偵を詳しく研究してきたわ。あなたはそのいずれとも異なっている。それは一つの強みなのよ」

「せめてフィリップ・マーロウに少しでも似ていたらと思いたいな」彼は心を傷つけられて言い返した。「それに、ちょっぴりエラリー・クイーンとペリー・メイスン風なところが加われば」

「あなたはハードボイルド探偵でも、頭脳的な探偵でも、世慣れた探偵でもない」私は指摘した。「二十九歳の立派な大人で、時には確かに有能なところも見せるけど……」

「礼を言いますよ、ダッチェス、気休めを言ってくれて！」

「あなたは実に未熟なところを見せてもくれる。とりわけ、若い女性の前では」

「若くて、魅力的な女性と言ってください」

「若い女性は誰でも、あなたには何らかの魅力を感じるようだけど……」

「一本取られた《トウーシエ》！　まったく、ダッチェス、せめてあなたがもっと若い時に知っていたら」

「……それに、あなたには或る種の肉体的・精神的な資質があり、それが欠けていたら……」

「〝それが欠けていたら〟ですって！　『少女新聞記者グロリア』の作者ダッチェスがそんなことを言うなんて！」

「……私としてはあなたの特徴を無理にでも創り上げなければならなかったことでしょうね。私の兄である、あなたのお父さんのヘクターは、頭は良いけど、落ち着きがなく外向的だったわ。そうでなかったら、テキサスで油田を掘り当てることも、若いイタリア人オペラ歌手と結婚することもなかったでしょう。あなたは兄の肉体と精神性、落ち着きのなさを受け継ぎ……」

「それにお金もね。それを忘れないでくださいよ、ダッチェス」

「……それに母親の美貌、気質、声を受け継いでいる。この組み合わせはどうしたって三つのものを引きつける――若い女性、年輩の女性、そしてトラブル」

ジョナサンはそれには答えずに、ウェイターに合図をした。私は腰を上げた。

「ここの空気は息が詰まるわ。私は展望台に出て、あなたを主人公にする最初の短編のプロットを練るとするわ」

特別客車の展望台でメモをほんの少し取ったところで、どこからともなく飛んできた男物の帽子がデッキの後ろから格子扉に当たって、そこに貼り付いたようになった。手に取ってよく見ると、縁がフェルト帽のようになっている濃い灰色の帽子だった。車掌に渡そうとして私が特別客車に戻ると、ペギー・アンドルーズが戻っていて、再びジョナサンと話していた。またしても彼女は興奮している様子だった――先ほどよりもさらに。

「わたしがノックしても返事がないのよ、ジョニー！」彼女がそう言うのが聞こえた。「でも、いるのは音でわかるわ！　特別室にいるのは確かで、それもうめき声を上げていたわ」

「ひょっとすると、盲腸にでもなっているのかも」ジョナサンが思いつきを言った。「あるいは似たような病気に」

「単なる彼のジョークですよ」私は取り乱した娘に言った。「一緒に様子を見に行きましょう」

ハリスン氏の特別室はほんの二輌先だった。近寄ると、特別室Aと表示されている閉じたドアの向こうから、かすかなうめき声がはっきりと聞こえた。

「確かにうめき声を上げているわ、ジョナサン！　はっきり聞こえる。ドアを押し破らなければならないかもしれない！」

その瞬間に通りかかった車掌が私たちの仲間に加わった。車掌はマスターキーを出したが、驚いたことに特別室Aには鍵がかかっていないことがわかった。

「つまり、何かがドアを押さえているんだ！」ジョナサンが声を上げた。彼は車掌と一緒に体重をドアにかけた。ドアが一インチほど開き、その隙間から低いうなり声がはっきりと聞こえた。

「ハリスンはドアの前の床に倒れているんだ！」甥が叫んだ。彼と車掌は再度一押しした。ドアが少し開いて、ジョナサンが隙間から体をねじ込んだ。次の瞬間、彼はドアを外側から大きく開けることに成功した。筆跡鑑定の専門家であるハリスンが右脇を下にして横たわり、目をかっと見開き、絶望的な様子でわれわれを見つめて、無言で訴えかけていた。

「床が血まみれだわ」ペギーが弱々しい声で言った。

「胸にナイフが刺さっている」ジョナサンが言った。「ハリスン、聞こえるか？　至急、この列車に乗っている医師を捜して連れて来なければ」

筆跡鑑定専門家の唇が動いた。その唇から言葉が、微かな、遠くからの声のように聞こえた。

「女……女の声……」

「それから！」ジョナサンが促した。「その女は誰？」

「ドアを開けた……」単語のそれぞれは、まるでこれが最後であるかのように発せられた。「私は思った……ミス・アンドルーズ……刺した」

彼は口を開けたまま、必死に口を動かしていた。やがて、体がだらんとなって、狭い部屋の血まみれの床にうずくまった死体に過ぎなくなった。

「死んだ」ジョナサンが言った。

「警察を呼ばなければ！」車掌――名前はスティーヴンズだった――が口走った。それから言わずもがなのことを付け加えた。「これは殺人事件だ！」

それから、あっと声を上げて、ドアを押し破った時にドアの下に挟まった小さな布を摑んだ。

「ハンカチだ！」車掌が耳障りな声で言った。「婦人物のハンカチだ。血に染まっている。イニシャルがある――Aだ。彼が女の声を聞いたと言っていました！これは手がかりですよ、ええ」

「手がかりなんかじゃないわ」ペギー・アンドルーズがかすれ声で言った。その顔は血の気がなく蒼白だった。「手がかりなんかじゃありません。それは……それはわたしのハンカチです。なくしたに違いないわ！」

　半時間後、私の特別室で、ペギーは腰を下ろしてすがるような目でジョナサンと私を見ていた。

「ジョニー――ミス・デューク！」彼女は懇願した。「わたしが殺したなんて信じないと言って！」

「もちろん、きみはやっていないさ！」ジョナサンが優しく言うと、彼女の頬がぱっと朱に染まって彼は報われた。私は笑みを浮かべてうなずいたが、言質を与えなかった。証拠はかなり強力だった。私はすでに将来のために事実を整理していた。
（A）ペギーはハリスン氏に対してとても腹を立てていた――実際、われわれは彼女がハリスン氏に対して声を荒らげているのを聞いた。
（B）ハリスンが死の直前に話したことは、彼が女の声を聞いてドアを開けたということだ。それから、「ミス・アンドルーズ……刺した……」と言った。
（C）われわれは故人の特別室を調べて、引っかき回された後のブリーフケースを見つけた。ペギーの父親に関係している書類が盗まれたことは明らかだ。これについては、動機があるのはペギーだけだ——きわめて重要な要点だ。

(D)明らかに凶器であるナイフを持つのに使用され、その後偶然にも死体の傍らに落ちていたハンカチはペギーの持ち物だった。

「きみがハリスンを刺さなかった以上、ペギー」——ジョナサンは短いブライアー(根をパイプ材に使う植物)のパイプを取り出して、火をつけた——「何者かが刺したはずだ。だが、それは誰だろう?」

「あの小男よ!」ペギーが勢い込んで言った。「灰色のスーツを着た小男だわ!」

「灰色のスーツを着た小男って、誰のことだい?」

「わたしたち全員がハリスンの特別室の前で出会った時、通り過ぎた男よ。小柄で、灰色のソフト帽を少し目深にかぶって、灰色のスーツを着ていたわ」

「そんな男がいたような気がする」甥は認めた。「その男がどうしたんだい?」

「彼もミスター・ハリスンを尾行していたみたいなの! わたしがハリスンに会おうとしてオフィスに入れてもらえなかった時に、外でうろついていたって言ったでしょう。同じ小男を二度見たわ。あの男もうろついていたわ——それに、わたしと同じくハリスンに目を光らせていたことは断言できる。車輛の中ですれ違った時、どこかで見覚えのある男だと思ったの。そういうわけだったのね」

ジョナサンが答えようとした時、車掌のスティーヴンズが入ってきた。心配そうだが、きっぱりした態度だった。彼はシカゴ宛てに電報を手配したと述べた。シカゴまでノンストップで、二時間後には到着する予定だ。警察が列車に来て、ハリスンの死体を運び犯人を連行することになっている。

「その犯人とはミス・アンドルーズのことです！」スティーヴンズが細身の体を権威と尊大さでふくらませて言った。「彼女が殺したのです！」

「かもしれない」ジョナサンは最大限人当たりよく言った。「一方では、ハリスンの旧敵がこの列車に乗っているという情報もあります」

「旧敵ですって？」スティーヴンズ車掌は疑わしげに片頰を引っ込めた。「その男の名前は？」

「名前はわかりません。小男で、灰色のスーツを着て灰色の帽子をかぶっています。わたしたちがニューヨークを発ってからずっと列車に乗っています」

「ありえない！　そんな男がいたら、見たはずだが、私は見ていない」

「でも、ご覧になったはずです！」ペギーが声を上げた。「わたしたちも、ミスター・ハリスンのドアの前で目撃し、それから十五分と経たないうちにミスター・ハリスンは殺されたんです」

スティーヴンズ車掌が通路に姿を消して耳障りな声で怒鳴ると、二、三秒後には彼がビルと呼ぶ、短軀で栄養満点、赤い頰をした副車掌を連れて来た。問われて、ビルはうなずいた。

「あなたのおっしゃる小柄な男のことは知っています。一〇三号車の特別室Bにいます」

「どうしてそれを先に言わなかったんだ?」スティーヴンズが詰問すると、ビルは答えた。

「あなたに訊かれなかったからです、レン」

このやりとりの後で、われわれは直ちに一〇三号車に向かった。そこはハリスンが殺害された客車と特別客車の間の車輛だった。

特別室Bは空《から》だった。

われわれは全員、そこに行けば犯人が両手を血に染めてわれわれを辛抱強く待っていると期待したのに、無人の空間をぽかんと見つめる羽目になった。

「お前は頭が変なんだ、ビル!」車掌が怒りを爆発させた。「この部屋には誰もいない。かばんさえないじゃないか!」

しかし、ビルは自分の発言に固執し、そのことは灰色のスーツを着た小男がニューヨークからこの部屋にいたというポーターの証言で裏打ちされた。

「直前の停車駅で下車したに違いありません」ビルが示唆した。「今、ここにいないことが確かである以上」

「しかし、それは殺人の半時間以上も前のことだ！」スティーヴンズ車掌が勝ち誇ったように言った。「つまり、まだ誰も証明していませんが、たとえそいつがハリスンの旧敵であったにせよ、犯罪が行われる前に列車から下車したとすれば、その男が犯人のはずがありません。さあ、いかがです？」

ポーター、ビル、それに私はうなずいた。ジョナサン一人が不満そうで、そのことは彼がこの問題に全力で知的能力を発揮している確かな証拠だった。ペギーは今にも泣き出しそうだった。

「もしかしたらその男は下車したのかもしれませんが」ジョナサンが決然として言った。「もしかしたら下車していないのかもしれない。列車内を捜索する必要がありますす」

スティーヴンズ車掌はこの考えに対して消極的だった。ペギーが逮捕され、その後無実であることが証明されたら、鉄道会社に対する巨額の損害賠償請求訴訟が起こされるのは必至だとジョナサンが断固たる口調で指摘して、車掌はやっと引き下がった。

副車掌のビル、ポーター、ペギーの三人はいずれも灰色のスーツの小男の顔を知っているので、ジョナサンと一緒に出て行った。私は小男には気づかなかったので、誰もいない特別室に残った。自分も何か手伝おうと申し出たが、ジョナサンに断られたのだ。

私はこの機会に新たにメモを取り、その最中にジョナサンとペギーが戻った。ペギーの顔は血の気がなくて、引きつっていた。

「列車にはいませんでした」ペギーは声を震わせながら言った。「あらゆる場所を捜したのに——貨車と急行車輛も」

「ビルとポーターは検札をしているふりをして、すべての特別室とコンパートメントに入った」ジョナサンが補足説明をした。「化粧室もです。灰色の小男は体が透明になるスーツを着て姿を消したのです」

「でも、列車から降りたはずがないわ！」ペギーが叫んだ。「ちょうどあなたと会った時に、あの男を見たもの。私たちが会ったのは前の停車駅を出てからだった。彼は列車に乗っているはずよ」

ジョナサンは私の向かいの座席に腰を下ろすと、通り過ぎる風景を憮然として眺めた。

「ペギーが犯人ではないと仮定している以上、灰色の小男が犯人と考えなければならない」彼は言った。「われわれはまだ彼が列車に乗っていると仮定しなければならない。さもなければ、彼が犯人ではあり得ないから」

「彼が列車から飛び降りたというのは考えられないの?」と私は尋ねた。というのも、私にはそれが完全に正しいことは明白に思えるから——仮にその小男が有罪であるとすればだが。前に挙げた事実を考慮すると、私は彼が有罪であると認める用意はなかったが、もちろんペギーのために小男を発見したかった。

「彼は飛び降りたんだわ」私はその考えを突き進めていった。「帽子が脱げて、展望台に吹き飛ばされてきた」

　私は一時間前、つまり不幸なハリスン氏が氏の苦しみにあえいでいるのを発見する直前にデッキで回収した帽子を高々と掲げた。私が状況を説明している最中にジョナサンが帽子を摑み取った。

「サイズは六・五だ!」ジョナサンが声を挙げた。「柔らかいフェルト製の、いわゆるフェルト帽で、濃い灰色! あの小男の帽子だ! ペギー、これがあの小男の帽子じゃないかい?」

ペギーは確信を持てない様子で帽子を調べた。

「さあ」とうとう彼女は言った。「これが女物の帽子だったら――でも、同じに見えるわ」

「小男は飛び降りたんだわ」すでにこの問題について頭の中で解決していた私は繰り返して言った。「その時に彼の帽子は吹き飛ばされた。小男はかつて軽業師だったのでしょう――大衆演芸《ヴォードヴィル》の。しかし、ヴォードヴィルがすたれて、軽業師は仕事にありつけなくなった。この男は簿記係になった。ペギーの父親のオフィスで職を得て、帳簿を偽造し――もちろん、彼は偽造者でもあった――ハリスンが帳簿を調べていることを知ると、自分の偽造が突き止められるのが怖くなった。そこで彼はハリスンを尾行して列車に乗り、彼を殺害して、列車から飛び降りる。軽業師だったから、安全に飛び降りるのは簡単だ。それから――ま、こういうわけね」

ペギーとジョナサンは二人とも、賞賛の念を隠さずに私を見つめた。

「そうに違いないわ、ジョニー！」ペギーが声を上げた。「パパは老齢の芸能人を何人も雇っているもの！　そのうちの四、五名は小男よ。パパは身長が低いから、虚栄心から自分よりも背の低い人間を雇うのね。それに――そうよ、そのうちの何名かはヴォードヴィル出身だわ。一人くらいは以前軽業師だったとしてもおかしくない！」

「ダッチェス」首を振りながら、とうとうジョナサンが言った。「あなたの本がどうしてあんなに成功を収めたのかがわかりましたよ。あなたは問題の核心に一気に迫るんです」

「確かにそう思うわ、ジョナサン」私はうなずいた。

「でも、彼が列車から飛び降りたのならば、どうやって見つけたらいいの？」ペギーが顔を曇らせて言った。「それに、仮に小男を見つけ出したとしても、居場所を突き止めた頃にはパパを救うのは手遅れだわ。おまけに、警察は小男を見つけようともしないかもしれない。車掌の証言があるし、車掌はわたしが犯人だと自信満々だもの！」

「さらに、何とも不運なことに」私は言わずにはおれなかった。「ハリスンのいまわの際《きわ》の言葉が『ミス・アンドルーズ……私を刺した』だから。陪審員に対する印象は非常に悪い」

「ハリスンが言いたかったのは」ジョナサンが言った。「『ミス・アンドルーズが呼んでいるのかと私は思った。私はドアを開けた。何者かが私を刺した』ということだ。しかし、彼はすべての単語を声に出せたわけではなかった」

するとジョナサンがぱっと立ち上がった。

「しかし、ハリスンは『女の声が聞こえた』とも言った。これだ！　これこそわれわれが見逃していた手がかりなんだ！」

「どういうこと、ジョニー？」ペギーが尋ねた。

「ほら！」そう言うと、ジョナサンはやや私の方に近い座席のずっしりしたクッションに駆け寄った。彼は何かをつまみ上げて、われわれに見えるように掲げた――女性の一本の長い黒髪で、気流を受けて少しよじれていた。

「女性の髪だ！　さあ、あなたたち、このコンパートメントはどんな匂いがする？　何かの匂いがしないかな？」

われわれは匂いを嗅いだ。確かに、空気中にエキゾチックな匂いが漂っていた。

「あの新発売の香水、ウルフ・コールだわ！」ペギーが叫んだ。

「そして」ジョナサンが付け加えた。「あなたたちは二人ともウルフ・コールを使っていない、そうでしょう？」

ペギーは首を振った。私は期待を込めて待った。

「ということは」ジョナサンが言った。「この特別室には最近、灰色の小男だけではなくて、香水ウルフ・コールを使っているブルネットの女性がいたことになる。彼女は小男の共犯に違いない。ハリスンにドアを開けさせた——その声をハリスンはペギーの声と思ったんだ。灰色の小男は列車から飛び降りたかもしれないが、ブルネットの女性が飛び降りていないことはかなり確信を持って言える。そこでわれわれがなすべきことは、彼女を見つけることだ」

「でも、どうやって？」ペギーは当惑の表情を浮かべた。「この列車に乗っているブルネットの女性は百人はいるわ。その全員に対して、『あなたは人殺しに関わっていますか？』って訊くことはできないわ」

「消去法によってやろうと思う」甥は言った。「ウルフ・コールを使っている女性はほんの二、三人しかいないだろう。ペギー、きみは、それにダッチェスも、列車の通路を前から後ろまで歩いて、その、容疑者を嗅ぎつけるんだ。ぼくは後から行って、その……女性たちを尋問する」

言葉の節約という現代的傾向によって、その後に起きた出来事の詳細を自分好みのやり方で語ることはできない。とはいえ、魅力的な若い女性受けするジョナサンのいくつかの手法が明らかになり、実に興味深かった。

事前準備として、ペギーと私は列車を前から後ろまで歩きながら、観察し——そう、私はさほど古風な人間ではなく、昔ながらの素朴な話し方はできないので——匂いを嗅ぎ回るしかなかった。

最初の車輌では一人だけ容疑者を発見した——三十歳くらいの魅力的なブルネットで、明るい色の、襟ぐりの深いサマードレスを着て、鮮やかな洋紅色《カーマイン》の爪の手入れをしながら、一人で座っていた。

車輌の後ろで、ジョナサンは彼女がウルフ・コールの香水を使っているというペギーと私からの合図を確認した。それからわれわれが連廊（客車の前後にある出入り用のスペース）に引っ込むと、ジョナサンがゆっくりと彼女に近づいた。彼が彼女の前に来た時、列車が揺れた。彼は彼女の座席まで投げ出され、一瞬そこに留まって気を落ち着かせた。やがて彼は体を起こし、速やかに謝罪すると、われわれの方に急いで来た。

「彼女じゃない」彼は言った。「次だ」

次の車輌にはウルフ・コールの香水をまとったさまざまな年齢のブルネットが三人いた。しかし、いずれも夫と子供連れだったので、ジョナサンは除外した。

その次の車輌には香水を使っている二人の若い女性がいた。どちらも魅力的で、一人は大きな角縁めがねをかけ、もう一人は〈女性の魅力《ハー・チャーム》〉と題する雑誌を熱心に読んでいた。

雑誌を読んでいる若い女性は車輌の端近くにいた。ペギーと私が飲料水を取りに行くふりをしている間にジョナサンが彼女に近づいた。

「失礼ですが」彼は最大限魅力的な物腰で尋ねた。「ミス・ウィルスンでいらっしゃいますか？」

ブルネットの女性は雑誌を下ろして、くすくす笑った。

「一号車のお友だちからメッセージを預かっています。ミス・ウィルスンはこの車輌にいて、髪はとても美しいブルネットだと伺っていますので……」

ジョナサンは黙り込んだ。娘は再びくすくす笑った。

ジョナサンはため息をついた。

「間違いでしたら大変失礼いたしました」とつぶやくと、女性から離れた。

彼女はくすくす笑うのをやめて、彼が立ち去るのを大きな絶望した目で見た。やがて、彼女もため息をついて、再び雑誌を取り上げた。

ジョナサンは次の有力候補者へと移った。こちらは小柄で豊かな胸をしていて、ウルフ・コールの香りを発散し、数ヤード離れた距離にいても微かに魅力的な香りがした。

ペギーと私が彼女の後ろの空《あ》いた席にさり気なく腰かけると、ジョナサンが行動を開始した。

「失礼ですが」彼は保険外交員そこのけの笑みを浮かべて再び言った。「ミス・ウィルスンでいらっしゃいますか？」

娘はうなずいた。

「ええ」彼女の声はハスキーだった。「ローラ・ウィルスンです、ミスター——ええと……」

「デュークです」明らかに意表を衝かれてジョナサンは言った。「ええと、ジョニー・デュークです」

「おかけになって、ジョニー」その誘いは官能的な熱を帯びていた。「どこかでお会いしたわね。ニューヨークかしら？」

「ぼくは……違うと思います……」

「それならシカゴに違いないわ」角縁めがねをはずして、ぱちんと音を立ててたたんで、ごてごてと飾り立てたハンドバッグにしまった。「さあ、これであなたのことがよく見えるわ、ジョニー。めがねをかけているのは女の敵から身を守るためよ」

「ああ——名案ですね」いつの間にかジョニーは彼女の隣の空席に座っていたが、彼女との距離を取り始めた。「用心するに越したことはありません」

「それこそいつもメイベルにあたしが言っていることよ。あたしのルームメイトなの。

あたしはレイクストーン・ホテルで暮らしています。ローラ・ウィルスンよ。七一一号室。レイクストーンにいらしたことは？」

このとき、私は立ち上がった。

「どうやら」私はペギーに言った。「たぶんジョナサンにとって新たな興味深い交際の始まりとなる以外、成果は出そうもないわ。彼がその……尋問にうんざりしたら、私は展望車に戻ったと伝えてください」

軽蔑の表情を貼り付けたペギーは返事をしなかった。物思いに沈みながら、私は特別客車に戻り、セーターを編んでいた小柄で朗らかそうな、いささか年輩のご婦人の隣席に腰かけた。彼女は鉄縁のめがねをかけて、大部分は灰色になっていたが、中には本来の黒髪も混じっている髪を、古風だがよく似合う丸パン状に束ねていた。最近では、これほど健全な人間にはなかなかお目にかかれない！

「人間というものには本当に腹が立つわ！」私は声に出して言った。彼女は興味深そうに顔を上げた。

「そうじゃない人間なんていますかしら？」彼女も同意見だった。「でも、それが人間性というものだと思いますわ」

「この列車には人殺しが乗っているんです。あるいは少なくとも殺人の共犯者が。それなのに誰にも見つけることができないときている」私が言った。「まあ、大変！」彼女は編み針を落として、目を丸くして私を見た。「冗談をおっしゃっているんでしょう？」

「冗談ではありません」私は答えた。「もしもその女が見つかるものなら、私には完璧な傑作ミステリが書けますよ。しかし、彼女はしっぽを出さない」

「あら、あなたにミステリ小説の題材を提供するために、その人がしっぽを出すとはとても思えませんわ」私の新しい知人は指摘した。

もちろん、それはその通りだが、私には何の慰めにもならなかった。たぶん、私は理性的に考える気分ではなかったのだろう。

「その女はブルネットで、大胆な香水をつけています――今でもその香りがしている気がします――それに、大衆受けするよう運命づけられている名探偵にとって、きっとそれが充分な手がかりになるはずです」私は愚痴をこぼした。「しかし、そうだろうか？　いや！　少なくとも、ジョナサンにとっては違う」

「まあ！」隣の女性はわくわくして声を上げた。「まるで映画みたい。詳しくお話しして」

そこで私は彼女に話をした。仮に小説を書くことはなくなるにせよ、少なくとも一人の興味津々《しんしん》の聞き手を得たことになる。

彼女は魅入られたように話を聞き、私が話し終えると、大きなため息をついた。「驚いたこと」彼女はつぶやいた。「お話を聞いて、怖くなって周囲を見回しそうになったわ。その共犯者は私の隣に座っていたかもしれないのね」

「そんなはずはありません」私が指摘した。「あなたの隣に座っているのは私ですから」

「あら、わかっているわ」彼女は即座に言った。「でも、おわかりでしょう。私の知る限りでは、あなたがその共犯者、あるいは殺人者その人かもしれないのよ」

この考えに私はしばし無言になった。私はこれが小説の結末に使えるかどうか検討していると、ジョナサンが入ってきた。彼は疲れ切って不愉快な様子だった。ペギーは一緒ではなかった。

「車掌がペギーを特別室に閉じ込めたんです」と説明した。「半時間後にはシカゴに到着しますから、車掌としては危険を冒すわけにいかないのでしょう」

「残念だね、ジョニー」

「まあね……」彼は肩をすくめた。「あなたが仕立て上げようとした名探偵にぼくはなれなかったな。だから……」

その時、彼は言葉を失った。その目は遥か彼方を見つめるかのようで、鼻にはウサギの鼻のようなしわを寄せて――極度の放心状態に陥った時の子供時代の癖だ。「何か冷たい飲物でも飲んだ方がいい」彼はいきなり放心状態から覚醒した。「何か元気づけの飲物を注文させてください、あなたとご友人の方に……」

「ミス・コリンズよ」私たちがおしゃべりしている間に、彼女が自己紹介したので、そう伝えた。「甥のジョナサンです。ミス・コリンズはエヴァンズヴィルにお住まいよ。お兄さんはそこで大学教授をしているの。私はジンジャー・エールをいただくわ」

「私には普通のレモネードを」ミス・コリンズが朗らかに言った。「私はちょっと古風なものですから」

「それでは」ジョナサンがウェイターに合図するために体をひねってバランスを崩し、全体重がミス・コリンズの足にかかった。気の毒な女性は金切り声を上げた――それに続いて深くて低い罵声が車輌全体に響き渡った。

「この不調法なでくの坊！　おれの足の上に――」それから――顔は土気色で――冷静さを取り戻した。彼女は編み物袋の中に手を入れた。しかし、ジョナサンの方が早かった。彼は手を伸ばしてミス・コリンズの羽根と花をあしらったメアリー王妃風のつば広帽子と古風な丸パン状の髪をひっつかんだ。どちらも見事にはずれて、その下から丸い、髪を短く刈った男の頭が現れた。

〝ミス・コリンズ〟はいよいよ婦人にはあるまじき罵声を上げて、編み物から取り出した手には自動拳銃を持っていた。

ジョナサンのつま先が男の手首を蹴り上げた。銃は十二フィート先に落下した。それからジョナサンが〝ミス・コリンズ〟を立ち上がらせて、そのあごに鋭い一撃を加えた。〝ミス・コリンズ〟はふらふらになり、ジョナサンは拳を上げて勝利宣言をすると、私に向かって一礼した。

「ご覧の通りです、ダッチェス」彼は言った。「包装の上、あなたにお届けしました、殺人犯一名、FOB——車上にて発見《ファウンド・オン・ボード》」

シカゴに到着し、荷物を乗り換え列車に積み替えて初めて、私はジョナサンに質問する機会ができた。

「ジョナサン」われわれがプルマン車輌のデッキに立って、ウェスト・コーストに向けて出発するのを待っている時、私は鋭い声で彼を問い詰めた。「私には依然として完全には理解できないのだけど……」

「初歩的なことですよ、親愛なる伯母さん《マイ・ディア・アーント》」慌ただしい声で言った。「殺人犯は高速列車から姿を消しました。しかし、軽業師だけが、それも若い軽業師ですが、たぶん列車から飛び降りることができたでしょう。あなたの発見した男物の帽子には中に短い灰色の髪が二本ありました——したがって、若い軽業師ではありません。

ですが、アンドルーズのかつてのヴォードヴィルの友人とおっしゃった時、あなたは正しい道をたどっていたのです。彼にはヴォードヴィルの友人が十二人いました。〝ミス・コリンズ〟はそのうちの一人です——もっとも、従業員ではなくて、『夏の歌』の債権者でしたが。

彼の本名はヴォーンで、彼もかつてはヴォードヴィルに出ていて——その、まさかとは思うでしょうが、女装の男性俳優だった。彼が偽造を引き受け、仲間の債権者から金をだまし取り、罪をアンドルーズになすりつけた。その後、ハリスンが調査しているという話を聞いて怖くなった。彼は列車に乗り、必要となればハリスンを殺害し、証拠を隠滅する準備をした。

もちろん、彼は窓から飛び降りたりはしなかった——帽子を窓から投げただけだった。風が吹き戻して展望デッキに当たり、それをあなたが見つけたのです。男物のスーツと靴を入れなければならないハンドバッグに男物の帽子まで入れるのは難しかったのです。

ヴォーンは女の声音を使ってハリスンのドアをノックしました。ハリスンがドアを開け、ヴォーンがハリスンを刺します。それからヴォーンはドアを閉めて、急いで奥に入ると、女の衣装に着替え、かつらをかぶり、香水を振りまき、帽子を窓から放り投げ、そこから出て行きました。

一人の男が安全に高速列車から姿を消す、それが唯一の方法だったのです――女に変装することが」

「でも、ブルネットの共犯者はどうなったの？」私が尋ねた。

「共犯者などいなかったのです。ぼくは最初からずっと、犯人は女に変装している男だということがわかっていました」

「なるほど。どうしてか訊いていい？」

「きわめて単純なことですよ、ダッチェス」彼はにやりとした。「われわれが発見した長い黒髪ですが……」

「それが？」

「その端には、通常の髪が頭部から抜け落ちた時にある毛根の代わりに接着剤が付いていたのです。言い換えれば、かつらから取れた髪だったのです」

「まあ」時々、ジョナサンは私が思っている以上に頭が良いと感じることがある。

「でも、どうしてそのことを私たちに話さなかったの？」

「あなたが熱心になるあまり、それを口走ってしまうことを危惧したのです。実際には、あなたは一歩退いて事態を見守り、ぼくを観察することで満足していましたが」

「ふふん」私は非難するような目で彼を見た。「あなたはあの若い女性全員を、あれほど親密に尋問する必要があったのかしら？」

「あれは女たちを間近で見るためでした」ジョナサンがにやにやして言った。「おわかりでしょうが、ぼくは慎重に彼女たちの本当の性別を確認しなければならなかったのです。ぼくが話しかけた人たちは本当に女性でした」

遺憾ながら私は少し鼻を鳴らしてしまった。

「さて、これでいくつかの事柄は説明できるわ」私は認めた。「でも、ヴォーンは古くさい、丸パン状に束ねた灰色のかつらをかぶっていた。あなたが捜していたのは若いブルネットだったけど」

「ぼくのミスです」ジョナサンが認めた。「お気づきでしょうが、かつらは非常に丹念に作られていました。大部分が灰色でしたが、その中にほんの何本かの黒髪が混じっていました。純然たる偶然によって、コンパートメントで発見したのは黒髪の一本で、そのことでぼくの推理にミスが生じたのです。幸いなことに、ウルフ・コールの香水は正しい証拠でした」

「でも、だからといって」――列車が動き始めた時、私が彼の折り襟を掴むと、彼は私から逃れようとした――「私がいまだにわからないのは、最終的にどうしてあなたが、灰色の髪をした小柄なミス・コリンズのような、あんなに優しそうで、無邪気に見える人物を疑うに至ったのかということね」

「ぼくの方は、あなたが直感的に殺人犯の隣に座ったのかと思いましたよ！」彼が言い返した。「でも、ぼくはあの人を疑ったわけではなかったのです。しかし、小柄で、母親を思わせる〝ミス・コリンズ〟からウルフ・コールの香りがしたのです。あれは若い女性用の香水です。兄が大学教授をしているような年輩の女性が身にまとう香水ではありません。しかし、ヴォーンは変装の補助として香水を使いたいと考え、どこかの女性店員に勧められた香水を買ったのです。

〝ミス・コリンズ〟がわれわれの捜している〝女〟に違いないとわかると、ぼくは彼の足を踏みつけました。苦痛と驚きが通常はああいう変装を台無しにしてしまうものです――今回もそうでした。以上です。盗まれた文書は彼の手荷物から見つかったので、ペギーの父親の容疑はそれで晴れるでしょう。では、ハリウッドでお会いしましょう」

「ジョナサン！」私は大声を上げたが、彼はすでに立ち去っていた。彼はプラットフォームに飛び降りて、しばし車輛と平行に走った。

「ハリウッドよ！」私は彼に向かって叫んだ。「映画が！」

「脚本の書き直しに二週間はかかります！」彼が叫び返した。「その時が来たらぼくを捜してください」

彼はすでにどんどん後方に遠ざかっていた。

「今夜はペギーと会って夕食です。彼女にプレゼントを買わなければ」彼の声はいよいよ微かになり、その姿はプラットフォームから遠ざかっていった。「あなたはどう──考えますか──ウルフ・コールの大壜などは？」

私は感心しないと答えたが、その声は列車の汽笛にかき消された。

非情な男
Hard Case

モリス老人は非情な男として知られていた。一人息子のハリーが、めったにお目にかかれないほど見事な畜牛の代金を運んで帰る途中、銃を突きつけられて射殺されたのはハリーの十八歳の誕生日のことだった。モリス老人は何の感情も見せなかった。脅したり、悲嘆に暮れたりせず、捜査が進んで犯人の正体に関する手がかりが何も得られないとわかると、自分の小さくて孤独な農場に戻って必要な仕事を続けた。

ハリー・モリス殺しはその場限りの事件ではないことが判明した。翌年、さらに三人の男がコチノ川流域で射殺された。そのうちの二人は殺された時、現金を運んでいた。三番目の人物はアイク・カーターという農場主で、その直前に友人から大金を預けられ、発見された時には頭と胸に六発の弾丸を受けていた――このことは犯人が期待したほどの金額がなかったことに激昂して、銃に込めてあった弾丸を空《から》にしたことを示していた。

しかし、これは犯人の正体に関しては何の手がかりにもならず、それ以外には有用な手がかりは何一つ発見されなかった。郡の保安官は高齢で、意気地がなかった。彼はただ座ってやきもきするだけだった。二人の保安官助手サム・パーとジョー・グリーンは、意欲はあるものの、マン・ハンターとしての資質に欠けていた。二人は精力的で、幅広い捜査範囲を網羅したが、一年経っても、いまだに殺人犯の手がかりを何一つ発見できなかった。そこで、コチノ川流域で現金を運ばなければならない人間は、もはや一人で旅をすることはなかった。

ところが、幸運が人生で初めて微笑みかけた時、モリス老人は終生の習慣を守って、財を守るよう頼んだり、助けを借りたりはしなかった。

大金は妻の所有していたオクラホマ油田の小さな土地に対する予想外の申し出によるものだった。長いこと顧みられることがなかった土地が価値を持ち、モリス老人がコチノ・センター銀行で現金化した小切手は紙幣にしてみるとかなり見栄えがした。

モリス老人は不運に対して何の感情も示さなかったが、幸運に対しても同じだった。彼は出納係が枚数を数えた紙幣を受け取ると、親指の大きさにしっかりと巻いて、輪ゴムで留めた。現金をシャツのポケットに入れて、ボタンをかけると、午後の前半は必要な買い出しをして過ごし、それから四輪荷馬車に乗って、自宅までの三十マイルの旅に出発した。

　その頃には州の人間の誰もが彼の大金のことを知っていたので、保安官は現金を銀行に預けるか、せめて誰かを警備のために同行させるよう説得したが無駄だった。モリス老人は頑固で、首を激しく振ったので、保安官はさじを投げた。命中したら人間を真っ二つにするほどの鹿弾《しかだま》を込めた旧式の十番径（直径約二十ミリ）の散弾銃以外には身を守る手だてを何も持たずに、老農場主は馬の脾腹《ひばら》に鞭をくれて出発した。

　コチノ・センターを出発して三時間、あとほんの一時間かそこらで夜になる時刻にアルカリ性の不毛の地を横切っていると、馬に乗った一人の男の姿が目の前に出現した。

　モリス老人は散弾銃に手を伸ばした。やがて、近くに寄ると、男は保安官助手のサム・パーであることがわかり、武器を摑んだ手を離した。

　サム・パーは四輪荷馬車が近づくまでその位置に留まっていた。やがて、彼は馬をモリス老人の脇に寄せて並んで進んだ。

「ハーミット・マウンテンの山腹によそ者がいるという通報がありました」彼はモリス老人に言った。「保安官に伝えると、ちょっと偵察に行って、とりあえずあなたがこの道を通過するのを見守るようにと彼に言われました。あなたが荷馬車で進んでいる間に、私はロッキー・トレイルを越えてきました。しかし、誰も見かけませんでした」

「ありがとう」モリス老人はぶっきらぼうに言った。

「町の噂ではあなたは莫大な現金を運んでいるのだそうですね。この流域を一人で現金を運ぶなんて、怖くないんですか？」サム・パーが好奇心に駆られて尋ねた。

「どうして、このわしが？」農場主が訊き返した。脇に置いてある散弾銃に手を触れた。「ここに昔のアンディー・ジャクスンがある。鹿弾が込めてある。相手を真っ二つにしてやる」彼はここで口をつぐんで、アルカリ土壌につばを吐いた。「それに、そうしてやらねばならんのだ」

「しかし、仮に殺しを続けているその男があなたを待ち伏せしていたら？」サム・パーがなおも言った。「岩陰から撃たれたら？　ちょうど息子さんがやられたように」

息子の話が出ると、モリス老人の色あせた青い目に暗い怒りの色が浮かんだ。しかし、しわの寄った顔の表情は変わらず、口調は抑揚がなかった。

「そいつには残念なことになる」老人は言った。「わしは金を隠した。生きている人間には誰も見つけられない場所に」

「道の途中に隠したということですか？」

農場主は首を振った。

「あなたが持っているのですか?」

モリス老人はうなずいた。「一週間探したって見つからないだろうな」自慢するというのではなくて、事実を率直に述べているという風だった。それから、言い添えた。

「しかし、ハリーは待ち伏せされたわけではなかった。至近距離から撃たれた。顔に硝煙が付着していた。顔見知りの男に撃たれて、怪しいとも思わなかったのだろう。さもなければ近くに寄せ付けなかったはずだ」

馬のひづめの音が大きくなった。一瞬後、四輪荷馬車の車輪が長い露出した岩に乗り上げてがたがた鳴っていた。サム・パーがさりげなく馬を荷馬車の右手に寄せていたのだ。今度はいきなり、歩調をゆるめてモリス老人に近づき、農場主が彼の意図に感づく前に、ホルスターの四五口径を引き抜いた。

「その点ではあんたの言うとおりだ、爺さん!」と怒鳴った声の口調は変わっていた。

「おれがあいつを射殺したんだ。その散弾銃に手を触れるな!」

モリス老人は手を引っ込めた。サム・パーは前かがみになって散弾銃をかっさらい、サドルホーン（鞍の角状延長部）の上に釣り合いを取って載せた。

「さあ」彼が命令した。「金を出せ」

老農場主は動かなかった。動じることなく保安官助手に目を向けた。「お前だったのか、サム」彼は言った。「わしには確信が持てなかった。ひょっとしたらジョー・グリーンかもしれないと思った。ハリーの顔見知りで、怪しいと思わなかった人物であることはわかっていた。お前たち二人の助手は誰にも跡をつけられることなく移動できることは突き止めていた」

「御託《ごたく》はいい」サム・パーがぶっきらぼうに言った。「金を渡すんだ」

「見つけてみろ」モリス老人が誘った。「お前に見つけられるものならな」そう言うと、彼は岩に向かってつばを吐いた。

サム・パーは毒づいた。そして、農場主を四五口径で狙いながら、馬から下りると、旧式の十番径を岩に立てかけ、荷馬車の後ろに積んであった一巻きのロープで老人を縛った。

それから、彼は金を探した。

四十分後、はあはあ息を切らしながら、彼はやめた。モリス老人の所持品が岩だらけの荒れ地に散乱していた。保安官助手は小麦粉の袋を切り裂いて中身をぶちまけ、コーヒーの袋を空《から》にし、豆とベーコンの中を探した。荷馬車を一インチ刻みで調べた。馬具も何もかも。もちろん、真っ先に農場主を探した。

しかし、何も見つからなかった。モリス老人が銀行から受け取った紙幣はいまだに見つからなかった。

荒い息づかいで、顔を真っ赤にして、変節漢の助手は散弾銃を持って、再び馬に乗った。

「おれはあの金が欲しいんだ、モリス」彼は怒りに歯を食いしばりながら言った。「どこに隠したのか言え。さもないと、砂漠でばらばらにぶっとばしてやるぞ」

モリス老人はロープでがんじがらめに縛られていたが、最大限肩をすくめてみせた。「やればいい」彼はどうぞとばかりに言った。「撃てよ。だが、お前には絶対に金は見つからない。それこそお前の手には入らないんだ」

サム・パーは歯を食いしばった。額に青筋を立てていた。

「神かけて、見つけ出してやる！」彼は怒鳴った。

彼はモリス老人の散弾銃を肩に構えて、ずっしりと弾丸の装填された古い銃の衝撃に備えて、引き金を引いた。

古い銃はすさまじい音を立てて、硝煙を彼の顔に浴びせた。一瞬後、サム・パーは岩に投げ飛ばされ、彼の馬は走り去った。

モリス老人は、ずたずたになって血を流し、身をよじりながらうめき声を上げている男を見下ろしたが、老人の表情は変わらなかった。

「わしが自由の身だったら、たぶんお前の命を救ってやれたんだがな」縛《いまし》めの中で身をよじったり、くねらせたりし始めながら、老人は言った。

爆発はサム・パーの顔からほんの数インチのところで起こった。しかし、彼はまだ口から言葉を発することができた。

「きさまが……」

「もちろん」モリス老人は言った。「わしだ。わしがやったんだ。お前に罠を仕掛けていたんだ。法的な証拠は絶対に得られないとわかっていたからな。

なあ、サム、わしはアイク・カーターが金を持っていないと知った時に犯人が鉛の弾丸でアイクを蜂の巣にしたことから、かっとなって見境がなくなる性格であることを知った。そこでわしは、そいつがかっとなって、わしの散弾銃を使ってわしを真っ二つに吹き飛ばしてしまう場面を思い描いた。それに、仮に犯人がお前かジョーのどちらかであるとしたら、証拠が入手できた頃には手遅れになってわし自身が行動できないと思った。そこでわしはお前が自分で罠にかかるようにしなければならなかった。わしは間違った人間を射殺する危険は避けたかった。

もちろん、散弾銃が暴発することはわかっていた。言ってみれば、そうなるよう計画したのだ。何だ？　どうしてお前に最初から金を見つけることができないで、わしを撃って逃げようとすると確信できたのかって？　簡単だ、サム。わしは巻いた札を散弾銃の銃身に詰めたんだ。弾薬のすぐ前にな。発砲した人間の顔に向かって暴発するはずだ」

地面に倒れた男はさらに何か言おうとしたが半分吹き飛ばされた口から言葉が出ることはなかった。その代わり、新たに血が流れ出て、サム・パーはがっくりと倒れた。

モリス老人は死に行く男を見下ろしながら、自分を縛っている結び目を解くのに忙しかった。その顔には何の感情も表れていなかった。

コチノ川区域の人間は、老人が非情な男であることを知っている。

一つの足跡の冒険
The Adventure of the Single Footprint

私がヒルトップに到着した時、州警察のオリヴァー・ベインズ警部補は芝生の種をまいたばかりの区画にある一つの足跡の前でしゃがみ込んでいた。大きな角縁めがねの小柄な写真係が、ベインズに要求された手の込んだクローズアップの構図に苦々しい抗議の声を上げながら、フィルムに足跡を記録していた。仕事が終わると、写真係はその場を立ち去ったが、ベインズはしばしそのままの姿勢で足跡を見つめてから、立ち上がって、五フィート七インチの体を伸ばした。

「ここには君向けの話の種があると思ってね」と挨拶した彼の大きな赤ら顔は重々しかった。「しかし、所見は自殺だがね」

「電話では自殺とは聞かなかったんだが。とても不思議な事件のようだった」

「ああ」ベインズはハムのような手を、ローフォード・ホームズの狩猟小屋と五エイカー（およそ二万平方メートル）の見事に植林された土地――その土地は今や州警察官や地元の警官、その他そこに立ち入る口実のある人間たちに踏み荒らされていた――を取り囲む、高いワイヤーフェンスに向けて振った。

フェンスは強い印象を与える遮断壁だった。高さ十フィートで、天辺にはV字型に有刺鉄線が張られていた。その両側六フィートの範囲にあった木々や藪《やぶ》はすべて除去され、垂れ下がってフェンスに触れそうな枝は伐採されていた。

「あれには電流が通っている」ベインズが言った。「ホームズ銃砲鉄工会社の人間が戦時中に新型小火器の試作品試験をここでやっていたんだ。フェンスが切断されたり、ショートしたり、何か触れても、大音響で警報が鳴る。このシステムは絶対確実というお墨付きがある。警報は昨夜は鳴らなかった――つまり、フェンスに細工はされなかったことになる。そばの地面には何の痕跡もない。とにかく、たとえはしごを使っても、フェンスに触れずに、警報を鳴らさずに、フェンスを乗り越えることはできない。

というわけで、昨夜、外部からの侵入者はいなかったように見える。そして、誰も侵入しなかったとすれば、ローフォード・ホームズの死は他殺ではない。彼は自分の銃で自殺したことになる」

「それなら、いったいどうしてあなたはこの足跡にそんなに興味を示しているんだ？」

ベインズは足跡に目を向けた。その足跡は――実際には半分だけの、深く沈み込んだつま先だけの足跡だったが――互いに十二フィートほど離れた二つの板石の中間にあった。大きな松の木から垂れ下がる枝が芝生に影を落とし、最近になって新たに種をまいたため、地面は露出していて、やや柔らかく、そうでなければ足跡は残らなかっただろう。歩道の向こうには草が繁茂していて、足跡は取れなかった。

「昨夜まではこの足跡はなかった」ベインズは言った。「日没時に水をまいた庭師がそう断言している。屋敷に向かって走った人間の足跡だ。幅は狭く、つま先だけだから、あまり情報は得られない。これが、昨夜この敷地に外部から一人の人間が侵入したことを示す唯一の証拠だ。他の証拠からは、誰にも警報を鳴らすことなくフェンスを乗り越えることはできないことが分かるだけなので、足跡は庭師がつけたものに違いないということになる。しかし、庭師は違うと主張している」

ベインズは立ったまましばし物思いに沈み、上《うわ》の空で親指の脇で団子鼻をこすっていた。やがて、下の谷を通る貨物列車のもの悲しい汽笛が聞こえると、これという理由もなくうなずいた。彼はホームズ銃砲鉄工会社社長ローフォード・ホームズが中の書斎で座ったまま脳に弾丸を受けて死んでいる狩猟小屋へと向かった。

「行くぞ」彼は言った。「ここに来た以上、死体を見たいだろう。医師の話では死亡したのは真夜中だそうだ。昨夜は庭師夫妻と、常勤スタッフである執事のレイモンドを除いて他には誰もいなかった」

「どうして彼らのうちの誰かが殺すはずがないと？」

「庭師夫妻は九時半に床に就いた。二人は互いのアリバイを証言し、彼らにとっては快適な職場で動機もないので、私は彼らの証言を信じている。レイモンドはホームズのところで十五年間勤めていて、相当な給料をもらっているから無分別なことはしないだろう。彼も除外される」

「前から何者かがここに潜んでいたのでは？」

「朝になったら見つかっただろう――フェンスは人を侵入させないのと同時に、中にいる人間を外に出さない。いずれにせよ、ホームズは昨日、レイモンド一人を連れて不意にここに車でやって来た。途中、グレン療養所に立ち寄った――そこは精神を病んだ甥のジャックが収容されている療養所で……」

「ジャック・ホームズなら知っている」私が口を挟んだ。

「ほう？」ベインズの小さな青い目がきらりと光って私を見た。「よく知っているのか？」

「カレッジの寮で一年間、同室だった。私は大学院の勉強をしていて、かなり年上だったが、仲良くやっていた。彼は長身で利発、ディベートと野球が得意だったな。どういうわけか、彼は出世すると思っていた」

「カレッジ時代以後、何か彼について知っていることは？」

「概要だけだ――ここヒルトップで父親が亡くなったこと、ジャックの戦歴、負傷、復員してからの精神障害――新聞で読めることばかりだ」

「ふむ。とにかく、ローフォード・ホームズは車を止めて、ジャックの様子を訊くと、ここに乗りつけた。到着は六時で、フェンスにはすぐに電流が流された」

「彼は何を恐れていたのだろう？」

「特にこれといったことはない。もちろん、彼を殺してもいいと思っている敵は何人かいた――かつて雇っていた人間、彼がだました同業者、彼と関係していた女性の兄弟などだが――われわれの知る限り、そのうちの誰一人としてホームズを追い回していたわけではない。彼は自分が安全だと思いたかっただけなんだ。

　彼は夕食を摂ってから、読書しに書斎に行った。ホームズが本を読んでいると、十一時にレイモンドは下がって、床に入った。その後の一時間のどこかの時点でローフォード・ホームズは死亡した。しかし、銃声であれ悲鳴であれ、誰も耳にしていない。

……さて、ここが家だ。鍵はかかっていなかった。ローフォード・ホームズは電気フェンスに頼り切っていた」

われわれは天然石の石段を上り、開いたドアを抜けて、広いホールを突っ切り、そこから渓谷の向こうにバークシャーの峰々の息を呑むような景色が見渡せる、はめ殺しの窓のある小さな部屋に入った。しかし、注目すべきは部屋の中の光景の方だった。戸口の向かいにある読書灯の脇に安楽椅子があり、豚のようにひどく肥満した男が座っていた。彼の頭はグロテスクに片側に傾き、小さな目は開いたまま何かを見つめるかのようだった。右のこめかみの傷口が黒く変色していた。

死体は前傾姿勢を保っていたが、死体の両腕は椅子の肘かけの脇で垂れていた。そして、だらんとした手のそれぞれの真下、絨毯の上に三二口径の自動拳銃が一挺ずつ落ちていた。

「今朝八時にレイモンドが発見した時にもこの状態で、明かりはまだ灯っていた」ベインズが言った。「非の打ち所のない自殺の場面だろう？」

「銃が二挺あったのか？」私は声を上げた。「二挺拳銃の殺人者なら聞いたことがあるが、二挺拳銃の自殺者なんて今まで聞いたことがない！」

「左側の銃からは発砲されていなかった。不良品の弾丸が銃身に詰まっていた」

「つまり、発砲しようとしたが、弾丸が詰まったので銃を落とし、もう一挺の銃を使ったということなのか？」私が尋ねた。「どうなんだ？　自殺なのか、そうじゃないのか？」

　ベインズは大きなため息をついた。

「違う」彼は言った。「自殺とは私は思わない。銃が二挺あったからでもなく、足跡のためでもない。しかし、私には自殺のようには感じられないんだ」

「しかし、自殺ではないことを証明する証拠は何もないんだろう？」

「足跡だけだ。君ならそれを証拠と呼ぶのではないかね？」

　彼は戸口の横の鏡板をはめた壁を指し示した。側柱から数インチ離れた場所の鏡板に小さなへこみがあった。その真下の磨いた床に、もう一つの、より大きくて浅いへこみがあった。

「執事の証言によれば、昨日はなかったそうだ」

「これはどういう意味だろう？」

「君の見立ては、私のと五十歩百歩だと思う」ベインズは暗い顔をして死んだ男を見つめた。男は会社の創業者である兄ハリスン・ホームズとは著しく異なっていた。太った男の死体の頭上の壁に掛かった肖像画から、長身で白髪、生真面目なハリスン・

ホームズが超然と見下ろしているかのようだった。

「この事件は自殺として記録されるだろう」しばらくしてベインズが言った。「ちょうど、彼の兄の死が事故死として記録されたように」

「ハリスンのことか？」私は声を上げた。「ジャックの父親だろう？　戦時中に断崖から落下したんだったな。まさか彼も殺されたと言うつもりではないだろう？」

「私は君に何かを言うつもりはない。しかし、戦時中、欠陥のあるホームズ社の弾薬が戦場で大量に使用されたんだ。ハリスンは製造主任で弟のローフォードと、何名かの監督者を内々で尋問するためにここに連れて来た。その尋問の最中に、弟と散歩に出かけている間にハリスンは崖から落ちた」

「つまり、ローフォード・ホームズは欠陥弾薬の責任者だったと？　彼はその事実が外に漏れないように兄を殺害したと？」

「誰も証明した者はいない。実際、欠陥弾薬について誰も公式には非難していないんだ。ただ、生産が中止されただけだ。しかし、兄の死後、ローフォードが会社を引き継いだ。当時、ジャックは頭に大きな負傷をしてイタリアの病院にいた。……彼は兵役を免除してもらうことも可能だったが、志願した。少佐にまで昇進した」

私はうなずいた。ジャックのそういった経歴は新聞に掲載されていた。

「君は何が言いたいんだ？」

オリヴァー・ベインズは私に微笑みかけた。彼はこれまで私が書き上げた犯罪実話の多くの題材を提供してくれて、その報酬として有名になった——有名になるのを嫌がる警察官はいない。しかし、太った妖精のような顔とスタイルの影に、ベインズは挫折した劇作家の心を隠している。あたかも人生は、適度に演出すれば、私の書くどんな小説よりも驚異に満ちていることを示せると証明するかのように、彼は謎めいた風を気取るのが好きなのだ。

「ジャック・ホームズがどのようにして精神を病んだかを、君に話そうとしているんだ」彼は返答した。「今まで不思議に思ったことはないのか？」

「ああ、もちろんある。私は調査するつもりだったが、やらなかった」

「そんなものだ。さて、あれは彼の叔父のせいだった」彼はわれわれの前で無言のまま体をだらんとしている死者に向かって身振りをした。「父親が死んで一年後にジャックが退役した時には、ローフォードが会社を経営していた。ジャックは会社を取り戻そうとしたが、この抜け目ない男は手を尽くして社則を設け、実質的に自分を恒久的な社長の座に据えた。ジャックはしてやられたんだ。

ジャックは落ち込み始めた。ローフォードが父親を殺したのではないかと疑い、叔父が欠陥弾薬の背後にいたことを確信し、会社を乗っ取ろうとしていることを知った。しかし、そのいずれに対してもジャックは何一つできなかった。そこで彼は自分には解決できない葛藤から逃れるために心のレールを踏み外し、療養所に収容されなければならなくなった」

「彼の狂気はどんな形で現れたんだ？」

「自分のことを別人と考えている」

「別人とは誰だ？」

「別のホームズだ」

「どのホームズだ？　オリヴァー・ウェンデル（オリヴァー・ウェンデル・ホームズは医師で作家。同名の息子は最高裁判所の判事）か？」

「いや、オリヴァー・ウェンデルではない。君たち推理作家にとってホームズといったら一人しかいないと思ったが」

「ちょっと待った！」私は声を上げた。「まさか彼は自分のことを……」

「そのまさか」ベインズが忍び笑いをした。彼はこの瞬間に私を誘導していたのだった。「彼は自分がシャーロック・ホームズその人だと思っている」

「しかし、そんなことは……」私は「そんなことはあり得ない」と言おうとした。しかし、もちろん、あり得ないことはなかった。大勢の人間が自分たちのことをナポレオンやユリウス・カエサル、チンギス・カンだと思い込んでいる。

「医師によればまったく自然なことだそうだ」ベインズは話を続けた。「少年時代、ジャックは長身痩軀で、鷲のようなかぎ鼻をしていた。フルネームはジョン・シャーウィン・ホームズ（ジャックはジョンの愛称）。遊び仲間からシャーロック以外に、何と呼ばれると思う？

　彼はそれが気に入っていた。シャーロック・ホームズは親戚だと自慢していた。全作品を読破し、シャーロック・ホームズが登場する戯曲を書いて、自ら出演した。もちろん、それは単なるお遊びで、それからは卒業した。しかし、復員した時には負傷と戦闘神経症から心はがたがたになっていて、叔父に真っ向からぶつかって自分の無力さを悟った。そこで楽しい少年時代に精神的に退行してしまったのだ。ジョン・シャーウィン・ホームズであることをやめて、彼は別の人物――偉大で重要な人物、つまりシャーロック・ホームズになった」

「なんということだ！」

「私は迷っていたんだが……午後、彼に面会に行かないか？」

「彼に面会？　どうして？」

　ベインズは、われわれの間近で何も見えない豚を思わせる小さな目でこちらをにらんでいる、死んだ男の巨体に再び目をやった。

「ここにいてもわれわれにできることは何もない」彼は言った。「しかし、もしかすると、ジャックを訪ねれば、叔父に彼を治療させることができるかもしれない」

「しかし、叔父は死んでいるんだぞ！　どうやってジャックを治療できるというんだ？」

「死んだことによって」ベインズが答えた。

グレン療養所はヒルトップの南およそ四十マイルのところにあり、バークシャーに五十エイカーの敷地を持っていた。サマーリゾートと見間違えかねない中央の大きな建物は、敷地内に建つ独立した一戸建て住宅に囲まれていた。裕福であるというだけの収容者は本部棟にいた。一戸建て住宅は、裕福なだけでなく、言うまでもなく暴力をふるうことのない患者のためのものだった。

収容者の大部分は日中、付き添いを伴って敷地内を自由に動き回ることが許されていた。行動の自由は高い煉瓦の壁で制限され、昼夜を問わず二人一組の守衛がパトロールしていた。しかし、守衛がこれみよがしに姿を見せることはなく、壁は木々や花咲く低木によって目隠しされていた。リゾート地の雰囲気はめったに損なわれず、害のない気まぐれは無理のない範囲で大目に見られた。

グレン療養所では、ベインズが観察したところによれば、自分がジョージ・ワシントンだと思えば、ワシントンの私邸マウント・ヴァーノンに見立てた屋敷で暮らせるし、ポール・リヴィア（アメリカ独立戦争の英雄。真夜中の騎行によってイギリス軍の行軍を味方に知らせた）だと思えば〝真夜中の騎行〟さながら白馬を乗り回すこともできた。

ベインズが小柄な写真係をせき立てて多数の写真を用意させてから、われわれはベインズの車でヒルトップから出発し、到着したのは午後遅くになってからだった。われわれが出発した後、フェンス内の敷地における捜査活動は終わった。殺人の証拠は足跡が一つ見つかった以外には何も発見されなかった。

グレン療養所に着くと、ベインズは本部事務室に二十分間姿を消した。その後、われわれは、二百ヤード離れた場所にある瀟洒な英国風コテイジに車で移動した。楓の木に囲まれ、裏庭には一ダースの蜜蜂の巣箱があった。

「ここにジャックがいる」ベインズは車を止めながら言った。「彼が外出しなくなってからもう一年以上になる――さっき訊いてみたんだ。ここに収容されてから、叔父と面会したことがない。時々、ローフォードが立ち寄って様子を尋ねるが、叔父を見るとジャックが凶暴になるので、二人が顔を合わせたことはない」

「彼を治療するために君が温めている突拍子もないアイディアをそろそろ聞かせてく

れてもいいだろう?」

「突拍子もないなんてことはない。医師たちがオーケーを出したんだ。いいかね、彼の叔父はジャックの前に立ちはだかった揺るぎない壁だった。叔父が死んだと教えてやれば、その壁はもはや存在しないわけだから、彼は正常な状態に回復するかもしれない」

「それなら少し待って、彼が叔父の死を報じる新聞の切り抜きを見せてやればいいじゃないか?」

「それは直接的過ぎる。平衡を失った精神は、通常の世界からの情報に対して防護壁を設けるんだ。だから私は防護壁のない部分から忍び入るつもりだ」

「意味がわからないな」

「こういうことだ。私はこれからシャーロック・ホームズに事件解決の助力を仰ぎに来たスコットランド・ヤードのベインズ警部としてジャックに会う――遠い親戚関係にあるローフォード・ホームズ殺しの事件だ」

私はベインズの劇的センスさえも満足させる反応を見せた。それからこう言った。

「うまくいくかもしれない――自分の助力を求める君の話を信じるほど気がおかしくなっていたらな」

「彼は信じるよ。前にも私が頭を抱えている事件のことを口実にして立ち寄ったことがあるんだ。彼が何らかのヒントを与えてくれなかったとしたら驚きだ。妄想の外では、あるいは中でも、彼の頭脳は見事な働きを見せる。

一年以上前から私は彼に興味を抱いていたが、それは彼がここにいるのは多少とも私にも責任があるからなんだ。私が州警察官の一人と巡回中に時速八十マイルで走行している自動車とすれ違った。ハンドルを握っていたのがジャックだった。彼は自分はシャーロック・ホームズで、自動車とその犯罪者逮捕における使用法に関する執筆中の専門書のために、異なる自動車の速度比較の試験をしていると言った」

「その時の君の顔が見てみたいよ！」

「偉そうな態度を取る男だなと私は思った。しかし、私の名前を知ると、まるで生き別れの兄弟に出会ったようになった。ホームズ譚の一つにベインズという男が登場するらしい」

「その通りだ。ベインズ警部というのが「ウィステリア荘の冒険」（『最後の挨拶』収録の短編）に登場する。頭の切れる警察官だ」

「知っている。読んだよ。とにかく、われわれはジャックを家に連れ帰り、一か月後、彼はここグレン療養所に収容された。彼には頭脳明晰な期間もあるが、今は自分が本当のシャーロック・ホームズではないと少しでもほのめかされると発作のようなものを起こす。だから慎重に行かなければならない」

「用心するよ。しかし、私に何をしてほしいんだ?」

「君はドクター・ワトスンの役を演じるんだ」

「ドクター・ワトスンだって!」

「その通りだ。君は髪がブロンドで、体型は小太り、イギリス人に見えるから、彼は君のことを旧友と思って受け入れてくれるだろう。しかし、君は彼がロンドンを去ってから会っていない。裏にある巣箱は見ただろう?」

「ああ。やれやれ、まさか君は彼が……」

「彼は隠退している。ここはサセックスのコテイジで、彼は養蜂をしている。身の回りの世話をするのはミセス・ハドスンで、彼の世話をするためにロンドンから来ている。さあ、入るぞ。ドクター・ワトスンになりきってくれ――質問をして、あまり賢くないコメントをするんだ。だが忘れないでくれ、真剣に役を演じるんだぞ」

(われわれは〝真剣に役を演じ〟た。その結果、私は以下の部分に示すメモにおいて、失礼を顧みず面会の様子を〝真剣に〟書いて――現実と役の間で絶望的な混乱が起きないようにした)

ベインズのノックに応えてミセス・ハドスンがコテイジのドアを開け、われわれを見て顔を明るく輝かせた。

「どうぞ、ベインズ警部！」彼女は高らかに言った。「それに、ドクター・ワトスンも！　ミスター・ホームズはあなたから電話を受けてずっとお待ちかねでしたわ。皆さんを書斎に案内するようにとおっしゃいました」

ミセス・ハドスンはかしこまってわれわれの前を歩いて、小さくて、信じられないほど散らかった住処に案内した。

「すぐにミスター・ホームズをお呼びします」彼女は言った。「裏のミツバチの巣箱のところにいるんですよ――ヴィタミンの違いによって蜂蜜にどのような影響が出るのか試験しています」

彼女が部屋から出て行くと、私はその機会を捉えて書棚から部屋中に散乱し、床の上にピサの斜塔のように積み上げられている本や書類を検《あらた》めた。ホームズは以前から乱読家だったが、その習慣はここに来ても続いていることは明らかで、見たところ本は二十以上の異なるテーマにまたがっていた。

新聞も雑誌もすべて英語によるものだった。大きな流れるような筆跡で書かれた何枚もの筆記用紙が机上に散らばっていた。つい最近参照したばかりのように、その上に二冊の本が開いたまま置いてあった。それはシェルドンの『人間の体型の多様性』（一九四〇年刊）と『気質の多様性』（一九四二年刊）だった。玄関ホールから足音が響いてきて、すぐにホームズ当人が入って来たので、それ以上観察することはできなかった。彼は古いツイードの服を着て、養蜂家専用の手袋とヘルメットを脱ぐと、それを無造作に部屋の真ん中に落とした。

「ワトスン！」彼は声を上げて、私の手をしっかりと握り、忘れもしない表情で私に微笑みかけた。「大騒ぎしたことを許してくれたまえ。めったに訪問客はいないし、田舎の空気のおかげで健康が大いに増進したので、自分のエネルギーのはけ口が見つからないんだよ」

彼は古いモリス式安楽椅子（背を傾けることができる安楽椅子）に身を翻すように腰を下ろした。この時になって私は彼の顔がやせてやつれ、年齢以上に老けて見えることと、目に以前には見られなかった猛々《たけだけ》しい輝きが宿っていることに気づいた。それ以外の点では、彼は最後に会った時以来ほとんど変わっていなかった。

「ワトスン――ベインズ警部」彼は戸棚からボトルと三つのグラス、炭酸水噴射器を取り出しながら言った。「君たちには何か気分を爽快にするものが必要だと思うな。長い旅だったし、道中事件のことを話していて喉が渇いただろう」

「事件？」私は尋ねた。「どの事件のことだい、ホームズ？」

「それはまだぼくには言えない。しかし、君は片方のポケットに書類の束を突っ込み、もう片方には削り立ての鉛筆を四本入れているから、きっとメモを取るつもりだろう。そして、君が小説に書き上げようと願っている事件に関するメモでなかったら、いったい何だと言うのかね？」

「ああ、当然だな」私は口ごもるように言った。ベインズは私に向かってにやりとした。ホームズは三人用の飲物を注いで、それぞれに炭酸水を注入した。

「旧式の炭酸水製造器からは大きな進歩じゃないか、そうだろう、ワトスン？」ぴかぴかの炭酸水製造器をもてあそびながら、彼は言った。「君はいつ爆発するかといつも内心びくびくしていたね。……さて、紳士諸君、われわれ相互の関心を適切に表現するアメリカ英語の流行語で言えば、犯罪に乾杯！」

われわれ全員が飲物を飲み干すと、ホームズはベインズ警部の方を向いた。

「ベインズ」彼は言った。「事件はきっと不可解で興味深く、おまけに重要なものだろう。だが、実のところ、ぼくは引き受けることができない。ぼくは隠退の身だからね」

「しかし、まだどんな事件についてあなたにご相談に伺ったのかご存じないじゃありませんか、ミスター・ホームズ！」ベインズが抗議した。

「興味津々《しんしん》の事件に違いない。さもなければ、ワトスンが自分の才能を使うに値しないと判断しただろう」ホームズが私の方を一瞥《いちべつ》して言った。「不可解と言うのは、そうでなければ君は来なかったはずだから。重要な事件でなければ、君はワトスンを同行してまで圧力をかけてぼくに事件を引き受けさせたりはしない。しかし、犯罪捜査において個人が活躍した時代は過去のものだ。現在の犯罪学は組織活動の科学だ。全連隊が電話と顕微鏡に張り付き、女性の全軍がファイリングキャビネットに張り付く——今日ではそうやって犯罪者を網にかけるんだ。一人の熟練者が扱える、慎重に選び出したわずかな事実などは、現代の犯罪者相手の戦いにおいては、まったくちっぽけな火砲に過ぎない。ぼくは全盛期を生き延びて、そのことがわかるくらいの頭はある」

「そういうお考えではないかと危惧しておりました、ミスター・ホームズ」ベインズが残念そうに言った。「それでも、あなたに手を貸していただきたいのです。一つには、私の信じるところによれば、この事件があなたの遠い親戚に関係しているからです」

「本当なのかね？」太い眉が上がり、鷲鼻がふくらんだ。「親戚はかなり少なくてね。

さて、どの親戚のことかな？　そして、その人間は犯罪者なのか、被害者なのか？」

「銃砲会社のローフォード・ホームズです」ベインズが言った。「彼が殺害されたのです」

「殺害された？」ホームズの顔がぱっと輝いた。猛々しい色がその目から消え去ったように見えた。「ふむ、確かにローフォード・ホームズは親戚だと思うが、正確に何親等にあたるのかは確認したことがない。いつ死亡したのかね？」

「昨夜、ここからおよそ四十マイル離れた狩猟小屋で」

「詳しく話してくれたまえ、警部」ホームズは安楽椅子に背を預けると、年代物のブライアーのパイプに刻みタバコを詰めて火をつけた。

　それからベインズはローフォード・ホームズの死の状況について慎重に詳細な説明に入った。パイプを吹かしながら、ホームズは注意深く話をたどりながら耳を傾けた。ベインズはつま先の足跡一つと書斎の木造部分に二か所の怪しいへこみがある点を除いて、手がかりが皆無であることを強調した。死体が発見された時の位置、右手の下には発射されたばかりの銃が落ちていて、左手の下には銃身の詰まった銃が落ちていたことをベインズが説明し終えると、ホームズは居住まいを正して、パイプをコンコンとたたいて吸い残しを落とした。

「不思議だ！」彼は言った。「確かに不思議だ！　いくつかの可能性があり、いずれも何らかの魅力がある。君はこの謎をどう見るかね、ワトスン？」

「私には殺人を立証するような事実が何も見えない」私は答えた。「まるで自殺のように見えるのに、どうして自殺だったと仮定できないんだ？」

「では、銃身の詰まった第二の銃のことを、君はどう説明する？」ホームズは微かな笑みを浮かべながら私を見て尋ねた。

「おそらく、ローフォード・ホームズは銃を調べていたんだ——工場が出荷した欠陥弾薬の調査のために別に保管されたのかもしれない」私は答えた。「他にもそのような欠陥弾薬で勇敢な男が何人も死んだことで、突然後悔の念に襲われて自殺したのかもしれない」

「ブラヴォー！」ホームズが拍手した。「見事な仮説だ。まったく君らしいよ、ワトスン。しかし、現実の目的よりも文学的目的に似合っていると、ぼくは思うな。それで、ベインズ、公式見解はどうなんだ？——当局は何らかの結論に到達したんだろう？」

「公式な説明は」ベインズが暗い声で言った。「ローフォード・ホームズは異様に落ち込んだ気分になって、両手に銃を一挺ずつ持ち、同時に二発の弾丸を発射することによって自殺しようと決心した。一方の銃からは発砲されたが、もう一方は弾丸が詰まった。それで椅子の両側に銃が落ちていたことが説明できる」

「巧妙だ、実に巧妙だ！」ホームズはうなずいた。「だが、君は信じていない、そうだろう？」

「ええ、私は信じていません。ローフォード・ホームズは自殺するような人間じゃありません。さて、仮にあなたからこの私の仮説はどうなのかと尋ねられたら、ミスター・ホームズ、せいぜい私に言えることは、この事件は復讐による殺人に見えるということだけです。犯人はホームズ銃砲鉄工会社の欠陥弾薬によって生命の危険にさらされた、かつての軍人かもしれない。あるいは、銃身の詰まった銃で友人を亡くした人間かもしれない。

　その人間は無用の銃を持ち帰って、責任者――この事件では社長のローフォード・ホームズです――に対する復讐を決意する。目的の男を殺害すると、自殺に偽装し、もう一挺の銃を落として正義が成し遂げられたことの微妙なメッセージとしたのです」

「明らかにその可能性はある」ホームズは認めた。「つまり、もしも……どちらの銃も軍に出荷された武器なのかね？」

ベインズは顔を曇らせた。

「いいえ」彼は認めた。「そこがこの仮説の問題点なのです。ローフォード・ホームズを殺害した銃は彼自身の持ち物で、いつも机の引き出しにしまってあったものでした。もう一挺の出所はわかりません。製造番号はなく、どうやら刻印される前に工場から持ち出された物のようです。もちろん、ローフォード・ホームズ当人ならば製造番号の付いていない銃を入手することは容易です――そこでわれわれは再び自殺説に戻ってしまうのです。しかし、私は自殺など信じていません」彼は頑固な言葉で話を締めくくった。

「ぼくもだ。ホームズ一族の血筋は進取の気性に富んでいて、自殺に逃げ込んだりしないのは君が正しく述べた通りだ。さて、ベインズ、君は興味をそそる判じ物を持っている。好奇心を刺激されて手がけてみたいところだが、誘惑に乗るわけにはいかない。ぼくは隠退したんだ。ぼくの手助けがなくとも、君はきっと事件を解決できる」

「それほど自信が持てたらいいのですが」ベインズが顔をしかめて言った。「問題は、足跡一つと木造部にある二か所のへこみだけしか手がかりがないことで、これでは充分とは言えません」

「確かに、心もとない手がかりだ。しかし、親愛なるベインズ、たとえ足跡一つであっても、充分注意を払って調べれば、多くのことが明らかになるものだ」

ベインズは顔を輝かせた。「ひょっとすると、私のために証拠をご覧いただけるのではありませんか？」彼がほのめかした。「必ずしも現場に行かなければならないわけではありません。見事な写真を持って来ました」

ホームズはためらったが、私がすかさず口を挟んだ。「写真を見るくらいなら何の害もないだろう、ホームズ？　おそらく何もわからないだろうが、見るだけならいいじゃないか？」

ホームズはむっとしたように見えた。

「君の言うように、ワトスン、いけない理由はない」彼はうなずいた。「それでは君の持ってきた足跡の写真を見ようじゃないか、ベインズ。それから、持ってきているならば、書斎の木造部にある二か所のへこみの写真も。ワトスンは疑っているようだが、たぶん写真から何かを引き出すことはできるだろう」

ベインズは持参の使い込んだブリーフケースを引っかき回して、まだ生乾きの写真を片手いっぱい取り出した。

「ここに事件の起きた場所全体の写真があります」彼は希望を込めて言った。「敷地、家屋、電流の通ったフェンス、死体の位置……」

「おいおい!」ホームズが声を上げた。「君は徹底しているな、ベインズ。他には手がかりはないと言ったから、その言葉を信用してしまったよ」

ホームズに冷やかされたベインズは写真を引っかき回して六枚を選び、それをホームズに手渡した。三枚は足跡——一枚の拡大写真と周囲の光景——だった。他の三枚は書斎の木造部で発見された二つの小さなへこみで、いずれも二フィートの距離から撮影した拡大写真だった。

ホームズは机から読書用の大きな拡大鏡を取り出して、後者の三枚の写真に最初に取り組んだ。まもなく、彼は写真を私に回すと、椅子に深く座って、指の先で椅子の腕をとんとんとたたいていた。

「示唆に富んでいる、実に示唆に富んでいる」彼はつぶやいた。「ぼくたちの初期の時代に写真術が充分に進歩していたら、列車に飛び乗ったり、二輪馬車に乗ったりといったことを、どれほどやらずに済んだことだろう。そうだろう、ワトスン?」

「あり得ることだね」私は同意した。「しかし、これらの印が示唆に富んでいる点については、私には不注意なメイドがほうきの柄を落としたとしか思いつくことはないのだが」

「おいおい、ワトスン!」ホームズが私をいさめた。「ベインズによれば、あの印は殺人事件の前はなかったそうじゃないか。すると、その印は殺人の最中についたことが論理的に示されるだろう?」

「まあ、そうだな、そう思うよ」

「磨き込まれた木造部に二つのへこみ、一つは壁に、もう一つはその真下の床に――この位置関係から君に思い当たることはあるかね?」

「何かが壁に衝突して床に落下したのかな」

「ブラヴォー、ワトスン、われわれは進歩しているぞ! 明らかに何か重い物体だ。そして投げられた物だ。偶然落下した物ではこの二つの印はつかない」

「そうだろうな。だが、それは何だろう?」

「いったい何だろう? 少し前に戻ろう。それが何であれ、誰が投げたんだろう? 誰が投げたに違いないだろうか?」

「そりゃあ、ローフォード・ホームズだよ、たぶん。彼の椅子がドアに面していた」

「まさしく、ローフォード・ホームズだ。では、いかなる状況で見事な木造部に向かって無謀にも重い物体を投げつけたりするだろうか? もちろん、侵入者に対してだ。したがって、ローフォード・ホームズは不意を襲われたのではなく、自分の身を守ろうとしたんだ」

「しかし、彼は何を投げたんだろう？」私が尋ねた。「へこみからわかることがたくさんあるならば、きっとそれが何なのか君にはわかるはずだよ！」

「その情報についてはへこみは必要ない。故人が投げたとしたら、発砲することに失敗した銃を投げたとしか考えられないだろう？　投げるしか役に立たなくなった銃を。どうかね、ベインズ？」

「見事です、ミスター・ホームズ、実にお見事です！」ベインズが称賛した。

ホームズは肩をすくめた。「それほどでもないさ」

「私は反対だ！」私が言った。「仮にローフォード・ホームズが手に銃を持っていたとすれば、殺人犯が来るという何らかの警告を受けていたことを意味する。しかし、その場合、どうして彼は通常机にしまってあったもう一挺の銃を使わなかったんだ？　ベルを鳴らして執事を呼ぶとか、大声を上げるとかしなかったのか？　銃を発砲するのに失敗した彼は、どうやって自殺を偽装するように殺され、しかも争いの痕跡がなかったのだろう？　どうやって……」

「まあまあ、ワトスン、落ち着けよ」ホームズが制止するように手を挙げた。「君は物事を複雑にして論点を曇らせている。ところが、ぼくにはすべての問いに答える一つの仮説を提示することができる」

「それはどんな仮説なんだ?」私は声を上げた。

ホームズはしばし考え込んでいた。やがて彼は首を振った。

「だめだ、ワトスン。他のデータがなければ、結局のところこれは当て推量に過ぎない。君はぼくが当て推量というものに対してどう感じているか知っているだろう。この二つの小さなへこみからさらに突っ込んだ推論をするには、もっと事実が集まるのを待たなければならない。今度はベインズの興味を大いにかき立てた足跡に注意を向けよう」

そう言いながら、彼はつま先の足跡の写真を取り上げた。数分間、彼は拡大鏡越しに写真を調べた。やがて彼は写真を置いた。

「さて、これにはずっと多くの情報が含まれている!」彼は明らかに気をよくして快哉を上げた。「君はこの足跡の価値を過小評価したね、ベインズ。犯人の名前やスーツの色、それに、ああ、国籍や政治信条を語ってはくれないが、それ以外の点では犯人の人物、人柄に関する総合的な見方を、敷地に出入りした方法に関する充分な情報を含めて、語ってくれると思う」

「何ですって?」ベインズは背筋を伸ばして、信じられないという様子でホームズを見た。「一つの足跡の写真から、あなたはそれらすべてを読み取れると?」

「もしもこれが半分ではなくて足跡全体ならば、たぶんそれ以上のことが読み取れると思う」ホームズは穏やかに返答した。「論理のみを導き手として、この写真にアプローチして、どんな結果が得られるか見てみよう。われわれの手にしているのは何か？　種をまいた地面に深くめり込んだつま先の足跡だ。真っ先に想定できるのは、この足跡は駆け足で走った人間がつけたということだ。同意するかね？」

「同意？」ベインズが訊いた。「ああ、はい、同意します、ミスター・ホームズ」

「しかし、足跡をつけた人間が走ったのは家に向かって﹅﹅﹅﹅﹅であって、家からではなかった、したがって、その人間は逃げていたわけではない。それに、いかなる種類の騒ぎも警報もなかった」

「その通りです」ベインズが慎重に同意した。「ええ、男が逃げていたはずはありません」

「しかし、殺人が起きる前に男が家に向かって走る理由などあり得ない。われわれが想像する男の行動はすべて人目を忍んでいる人間のそれだ。したがって、彼が走っている目的は逃げるのでも攻撃するのでもない。それ以外に、足早に走らなければならない理由としてどんなことが考えられるだろうか？」

ホームズは口をつぐんだが、ベインズも私も答えなかった。しばらくして、彼が話を続けた。

「一つの可能性が思い浮かぶ」彼は言った。「彼は勢いをつけようとして走っていたのかもしれない」

「勢い？」私はぽかんとして尋ねた。「どうして勢いなんか？」

「まったく、どうしてだと思うかね？　もう一度写真を見ようじゃないか。松の垂れ下がった枝の影が芝生に投影されている。そういう枝の一本が写真に写っている――問題の足跡の真上十二フィート（約三・七メートル）くらいのところだと思う」

「確かに」ベインズがその言葉を裏打ちした。「およそ十二フィートといったところです」

「これでわれわれのイメージは完成した！」ホームズが声を上げた。「つま先の足跡は実に深くて、男が走っただけでつけられるものじゃない。男は実際には走っていたわけではないことを、われわれは自信を持って断言できる。彼はジャンプしていたんだ。その足跡は、実のところ、地上十二フィートの高さの枝に跳び上がった男がつけたものなんだ」

「どでかいジャンプだ！」私は声を上げた。

「君は野暮な言い方をしたが、まったくどでかいジャンプだ、ワトスン。最近、君の英語は確かにいよいよアメリカ英語になってきたんじゃないか？　たぶん、ギャング映画を数多く観ている影響だろう。しかし、スポーツマンであれば可能なジャンプだ」

「しかし、もしも枝をめがけてジャンプしたとしたら、その理由は？」私は尋ねた。

「まさか、木の中に隠れようとしたのではあるまい？」

「もちろん、違う。警報は鳴らなかったし、隠れる必要はなかった。しかし、この写真では、その松の枝は通電フェンスに近いもう一本の木の枝と絡み合っている。そしてその枝は今度は——写真では見えないが、そうに違いないはずだ——フェンスの向こう側に伸びている他の木と絡み合っている。つまり、われわれの殺人犯は木々の枝をかいくぐって外の木の一本に登ると、フェンスよりも高い位置にぶら下がって移動して地面に降り立ち、自分の仕事が終わると、同様のやり方で外に出たんだ」

「やりましたね、ミスター・ホームズ！」ベインズが快哉を叫んだ。「やった！　それが唯一の解決です！」

「しかし、そんなことをするにはターザンみたいな人間でなければ！」私は異議を唱えた。

「となると、われわれはターザンのような人間を想定しなければならない」ホームズが断言した。「ベインズが言ったように、それが論理の許す唯一の解決なんだ」

「しかし、あなたの言葉では、ミスター・ホームズ」ベインズが口を挟んだ。「足跡から犯人の人相、それに人柄までわかるということです。あれはただの冗談だったのでしょう?」

「冗談だって?」ホームズが鸚鵡《おうむ》返しに言った。「ぼくはそういう事柄に関して冗談を言ったりはしない。われわれの分析をさらに推し進めてみよう。一つの足跡は互いに十二フィート離れた二本の歩道の中間にあった。直前の足跡は板石の上と仮定していいだろう。さもなければ、跡が残ったからね。われわれの犯人が走る時の歩幅は少なくとも六フィートある——長身の男の歩幅だ。同様に、問題の枝まで跳び上がるためには長身の男でなければならない。つま先の足跡は幅が狭い。幅の狭い足は骨が小さいこと、すらりとした体型の男であることを示す。同時に、体重のある男には、木の間を抜けるこのような大胆な移動は不可能だ。したがって、われわれはかなり確信を持って、犯人は長身でやせ形であると言える。また、明らかにスポーツマンだ」

ベインズはうなずいて称賛を示した。

「あの足跡から引き出せるものは何もないと思っていました」彼は言った。「しかし、あなたは私の考えが間違いであることを証明された。でも、まさか、ミスター・ホームズ、これ以上のことはわからないでしょう?」

「ほんの少ししかわからない」ホームズは謙虚に言った。「実際、長身ですらりとした体型、スポーツマンという以外にわかることは、われわれの追い求めている男がおそらく少食で、強い酒はたしなまず、時たま神経過敏症と不眠症に悩まされるということだけだ。さらに大胆に補足すれば、おそらくポーカーよりもブリッジが得意で、知的で、細心の注意を払って計画を立てることができるが、それと同時に感情的で、時には無謀になることのある人物だ。たまに社交的になり、スポーツを好んでいるが、それ以外の時はむら気で、一人で気晴らしをする。しかし、こういった些細な事実以上のことは、ぼくには引き出せない」

「おいおい、ホームズ」私は憤慨して声を上げた。「君はでっち上げているんだな。足跡から人間の内的性格を読み取れるだなんて話で私を納得させられないぞ!」

ホームズはくすくす笑った。

「君が過去に時々やったように、あまりにも初歩的だと思われることを恐れて」彼は言った。「自分の推理を開陳するのに二の足を踏んでしまう。しかし、君がどうしてもと言い張ることはわかっているから、なんとかやってみよう。

犯人は長身ですらりとした体格であることはわかった。犯行の状況から、その男の知性、計画立案の能力、そして確実に感情的になりやすく向こう見ずな性格であることが推論できる。

それ以外の点――気質、ブリッジの腕前、強い酒が嫌いなこと、不眠症の傾向があること、その他の些末な点――については、シェルドンによる二冊の素晴らしい研究書『人間の体型の多様性』と『気質の多様性』から、ほぼ逐語的に繰り返しただけだ。机の上に置いてある。今朝、読んでいたところだ。

先ほど君がその本に目を向けたことに、ぼくは気づいていたよ、ワトスン。君も読むべきだ。細かい点には立ち入らないが、シェルドンは全人類がいくつかの肉体的な類型とその亜類型に分類されることを発見した。それぞれの類型は、彼が確認したところでは、それに対応する気質と生理的な属性が予想できるという。

この場合、われわれの追求の対象について論理的に推論できることから、われわれは彼を、シェルドンが発見した、不眠症になりやすく、強い酒に弱い云々といったグループに分類できるのだ。以上だ――簡単そのものだろう」

ホームズは立ち上がった。

「シェイクスピアはシェルドンよりも数世紀前に生まれているが、シェルドンの結論をシェイクスピアが知らなかったわけではない。シェイクスピアは、やせて野心的なカシウスのことを〝ああいう人間は危険だ〟（『ジュリアス・シーザー』第一幕第二場に相当するせりふがある）と実に的確に述べている。そして、不朽の名作『ハムレット』においては、われわれが考えている犯人と明らかに家族的類似のある殺人犯を正確に描いている。

　われわれは殺人犯を描写するのにかなり自由奔放に文学的隠喩を使ってきたようだ、違うかね？　ターザンみたいだったり、ハムレットみたいだったり――まぜこぜの人格だ！　しかし、きっとそういう人物だと、ぼくは確信している。

　さて、君も自分の仕事に精を出したいだろう、ベインズ？　シェルドンの著作がもっと広く知られるようになれば、犯罪にまつわるあらゆる事実を列挙するだけでいい。それをコンピューターにかければ、そらっ！　犯人の正確な描像が出てくるというわけだ。だが、まだ今は警察が自分たちでいくらかの仕事をこなさなければならない。だからぼくはもう君たちをこれ以上引き留めないよ。どうなったか知らせてくれ。興味津々で結果を待っている。それから、ワトスン、是非ともまた来てくれ。君の良き奥さんが許してくれれば、今度はもっと早く」

　というわけで、われわれは彼と別れた。長身痩軀の男が戸口に立って、深くくぼんだ目を輝かせながら、筋張った手を振って別れの挨拶をしていたのが、私の思い出す最後の印象だった。やがて、ドアが閉まると、『一つの足跡の冒険』は終わった。

われわれがグレン療養所から車で走り去る間、ベインズは無言だった。私のサマー・コテイジに到着した後まで、私自身のコメントは彼の当たり障りのないぼやきを引き出しただけだった。やがて、オリヴァー・ベインズは椅子にゆったりと身をゆだねると、不機嫌な顔で私を見た。

「この足跡から私が言えることは」彼は不正確にホームズの言葉を引用をした。「犯人は長身で、やせていて、スポーツマンで、感情的で、不眠症で、強い酒が嫌いで、ブリッジがうまいということだけだ」

「君はジャックが言ったことを真剣に受け取っているのではないんだろう？」

「もちろん、真剣に受け取っているさ！　彼の言葉は正しい、言葉の一つ一つが！」

「しかし、ジャックは精神を病んでいるじゃないか！」

「ハムレットもそうだった」ベインズは私を不思議なものを見るような目で見た。

「〝家族的類似〟に関する言葉が印象に残らなかったというのか？　たとえハムレットの血縁において叔父が父を殺害し、叔父を殺害するためにハムレットが狂気を装ったとしても？」

「何だって？」私は呆然として彼を見た。「しかし……しかし……」

「わからないのか？　ジャックがローフォード・ホームズを殺害したんだ」

ベインズは私の表情を見て上機嫌になった。「すると君は、われわれが彼を治療するためにあそこに出かけたと本気で信じていたのか！　もちろん、あれは君に迫真の演技をしてもらうための冗談に過ぎない。もしも君が本当のことを知ったら、君には絶対に隠しておけないだろう。私はどの程度までジャックが認めるか見届けたかった——そして、ジャックはそのことを知っていた！　だから彼は何もかも認めたんだ。どっぷりシャーロック・ホームズを演じ、どんなうすのろでも見逃さないように自分のことを論理的推理によって慎重に描写した」

「ありがたいことだ！」私は口を挟んだが、皮肉は通じなかった。ベインズは話を続けた。

「最後に、念を押すように、彼はハムレットについての話を付け加えた。この私に向かって、大まじめな顔をして言ったんだぞ！」

「すると、精神を病んでいるというのは——？」

ベインズは手を伸ばして、書棚から私のバートレットの引用句辞典を摑んだ。

「シェイクスピアは最初にこう述べている……これだ。『ハムレット』第二幕第二場だ。〝気ちがいの言葉とはいえ、筋が通っておるわい〟（小田島雄志訳）。私はこれまでずっと、このせりふのことを〝気ちがいにも筋道があるわい〟だと思っていた、……いいかね、彼が少年時代にシャーロックを演じていたことを知ってから、私は何もかもおあつらえ向き過ぎるという違和感を抱いていた。しかし、彼が医者たちを欺いていたとすれば、誰に尋ねたらいいんだ？　私は彼にずっと目を向けていたが、理由はわからなかった」

「しかし、ジャックにできたはずがない！　彼は一年以上もグレン療養所に収容されていたんだ」

ベインズは鼻を鳴らした。

「グレン療養所では誰もがそう考えた」彼は言い返した。「もしも彼がぶら下がりながら木々の間を渡ってヒルトップに侵入することができるならば、同じようにしてグレン療養所から脱走して戻って来ることができる。そう、手順は簡単だ。

昨夜、彼は叔父がヒルトップへ向かう途中で立ち寄ったことを知った――たぶん車を見たのだろう。夜のうちに彼はコテイジを抜け出し、木に登って塀を乗り越え、外に出た。ヒルトップを通って谷を登る鉄道がある。彼はただ単に徐行している貨物列車に飛び乗り、ヒルトップで下車し、山頂をめざして、木の間を縫うようにしてすでに知っている経路を走り抜けた。このことはずっと前に計画したので、すでに銃は隠してあった――工場からやすやすと持ち出した、製造番号を刻印していない銃で、戦時中に生産した不良品の弾薬を装塡してあった。

彼は家に忍び込んで叔父の不意を突き、叔父に銃口を向けながら、机の引き出しからローフォード自身の銃を取り出した。それから、彼は自分が持って来た銃を叔父に渡すと、ローフォードに自分に向けて撃ってみろと言った」

「彼が何をしたって？」

「彼が自分でそう言ったんだ。ローフォードは銃を撃ったに違いない。そして、発砲できないことがわかると、銃を投げ捨てた。そもそもジャックが銃を渡さなかったら、ローフォードが銃を持っていたはずがないだろう？　まさか君は、ローフォード・ホームズができそこないの弾薬を込めた銃を手近に用意しておいたなんて考えないだろう？」

「しかし、ひょっとすると弾薬は発射したかもしれないんだぞ」

「その点はジャックが一か八か賭けていたんだ。もしも弾薬が発射したら、ジャックは殺される。発射しなかったら、彼がローフォードを殺す。私の見るところ、彼はその弾薬は多数の気の毒な兵士を死に追いやった物と同様に質の悪い弾薬であることに賭けていたんだ。叔父を裁くのに運命の手さえも借りるのは、彼がトランプをやる時のやり方だ。

銃は弾薬が詰まってしまった。ローフォードは銃をジャックに向かって投げつけた。ジャックは横に身をかわして叔父のみぞおちを一撃して気絶させたが、これは何の痕跡も残らない。それから、殺人を自殺に偽装するための演出をする」

「それで第二の銃を置いていったのか？」

「ただ置いたのではない。あれは復讐が成し遂げられたことを示す印――父と他の人間、戦友たちに対する復讐――であり、処刑であって殺人ではないことを示す芸術的な仕上げというものだ。仕事を終えると、彼は再びフェンスを越えて、夜が明ける前にグレン療養所に戻った」

「君はあそこに行く前からそれがわかっていたのか？」

「とんでもない。木を利用することについては私が自分で思いついていた。しかし、以前にもやったことがあって経路を知っていたのではない限り、夜中に木の間を縫っていくことは誰にもできないだろう。このことは、土地に親しんでいる人間、木登りをしたことのある人間であることを意味する。まるで子供みたいだ――あるいは、子供のまま成長した大人か。ただ一人当てはまるのがジャック・ホームズだった。そのことに気づくと、それ以外の大半の点についてもすぐに考えをまとめることができた。細部まで理解するのに傑出した頭脳は必要ない」

「事件を捜査した他の人間は気づかなかったよ」

「それでも、私が傑出した頭脳の人間というわけではない」

「いつ彼を逮捕するんだ？」

「彼を逮捕するって？」ベインズは哀れむような目で私を見た。「まず第一に、私には今言ったことの一語だって証明できない。第二に、彼にはアリバイがある。彼は精神療養所の中に鍵をかけて収容されていた。患者の一人が脱走して殺人を犯したことなど、療養所の人間が認めるとでも君は思っているのか？　そんなことは不可能だと確信を持って断言するだろう。

それに、私がすべて証明できたとしよう。ジャックは法的には正気の人間ではないことが三、四名の医師によって立証されている。医師たちは自分たちがまんまとだまされていたことを認めるだろうか？　ジャックは単に療養所を変えて、それで話はおしまいだ」

ベインズは帽子に手を伸ばした。

「君たちミステリ作家は完全殺人についていろいろ書いているが、こういう事件にはこれまで遭遇したことはないだろう。殺人犯として、ジャックは完全無欠な殺人を犯した。そして、探偵として、たった一つの足跡から自分自身の有罪を論理的に導いた。

われわれは、彼がやったこと、なぜやったのか、どうやってやったのか知っている――それなのに、彼には指一本触れることはできない。彼はやがて〝治癒〟して、いずれ大立者になるだろう。ひょっとしたら州知事にだってなるかもしれない。見守ろうじゃないか」

ベインズは耳まで深く帽子をかぶると、ドアに向かった。

「ハムレットとの家族的類似とはね！」彼はドアを閉めながら鼻を鳴らした。「どんな目をしているんだ！　家族的類似とはね！」

一か月後のウォーターフォードの『新聞』からの切り抜きを付けておく。

銃器製造会社の跡取りが復帰

戦争後遺症の治療を受けていたジョン・S・ホームズが昨日、ウェイヴァリー・ストリートの自宅に戻った。

ホームズ氏の父親が創業したホームズ銃砲鉄工会社の重役会の特別会議は、投票の結果、氏を社長として会社のトップの座につけることを決定した。ホームズ氏の叔父であるローフォード・ホームズの一か月前の死去以来、社長職は空席だった。

ホームズ氏は直ちに新しい社長職に就任する予定である。

三匹の盲《めしい》ネズミの謎
The Mystery of the Three Blind Mice

助けを求めるものすごい金切り声で、毛布を体に巻いて安眠していたところをたたき起こされ、動悸が激しくなったことを、この先ずっとアンディー・アダムズは忘れないだろう。

「助けてくれ！」叫び声はアンディーの寝室に鳴り響いた。「助けて！」

まだ半ば眠っているアンディーにとって、その声はまるで部屋の中に巨人がいて怒鳴っているかのようだった。

「彼が私を撃った！」アンディーが目を覚まそうとしていると、声は叫んだ。「犯人はたぶんネズミ《マイス》……」

ここで声が消え入った。やがて、聞き覚えのない声が再び話そうとした。一語一語にぞっとするほど力を込めているようだった。

「犯人はたぶんネズミ……」

やがて、声は息切れしたように静かになった。最後の言葉はマ-イ-イ-イ-ス-ウ-ウ-ウと聞こえた。

やみくもに手探りしていたアンディーの手がベッド脇のランプのチェインに触れた。チェインを引き、周囲を見回すと、そこはまったく見慣れない部屋で、声が聞こえたのは壁にかかっているスピーカーからだと気づいたが、その一方で、彼の頭は荒唐無稽な問いを発していた。

いったいネズミに撃たれることがどうやったらあり得るんだ？　と彼は自問し、自分がどこにいて、どうやって来たのか思い出そうとしていた。

やがて、彼は思い出した。……

「北アメリカでただ一つの本物の幽霊城なんだ」ポーターフィールド・アダムズは言った。

身長は自分と同じくらいだが、ひょろっとやせている息子のアンディーは畏怖と興味の混じり合った目で周囲を見回した。二人は床と壁が石造りで、天井には巨大な古い梁《はり》が通っている大きな部屋にいた。部屋の端には大きな暖炉に火が燃えさかっていた。

床には動物の毛皮が敷かれていた——シマウマ、ライオン、虎、キリンだ。壁には大きな獲物の頭部が飾ってある——水牛、イボイノシシ、虎、ライオン、白岩ヤギ、ヒョウ、その他に二十頭もあった。

アンディーが今まで入ることになろうとは夢にも思わなかった部屋だ。

感謝祭前夜は、晩の九時までまったく平常通りだった。彼の母は病気の妹と一緒にフィラデルフィアにいて、彼と父だけが家にいた。二人はチェスをしていた。アンディーは一ゲーム勝ち、一ゲームを落とし、電話が鳴った時にはチェックメイトをかけられることを確信していた。

通常は偽造や横領事件、古い文書や遺言状等の法的有効性の立証を専門としている探偵のポーターフィールド・アダムズが残念そうな顔をして戻って来た。

「仕事だ」彼は言った。「断ろうとしたんだが、押し切られてしまった。荷物を詰めるんだ。数日間滞在することになりそうだ」

父と一緒に仕事をする！　アンディーは興奮のあまり、パジャマや歯ブラシ、着替えのシャツをバッグに投げ込むも同然に詰め込んだ。それから、車を一時間運転してニューイングランド南部のなだらかに起伏する田園地帯を抜けて、最後にはアンディーが今まで見たこともない風変わりな邸宅にたどり着いた。高さは二階分しかなく、コの字型に建てられていたが、天然石を切り出した巨大なブロックから成り、数百年の歴史を感じさせた。両側には一種の方塔があった。そして、何よりも驚くべきことは、邸宅が水をたたえた幅三十フィートの濠《ほり》にぐるりと囲まれていて、屋敷に行くには跳ね橋を渡るしかなかった点である。まるで本で写真を見た古城のようだった。

跳ね橋が下がると、二人は車で橋を渡り、コの字型の建物の両翼に挟まれた空き地に車を止めた。やがて、ロビンという名前の、赤い上着にぴっちりした赤いズボンの小男——執事であることは明らかだった——が二人を広い居間に案内した。

その時になって、彼の父はこの屋敷はまごうかたなき城であり、しかも幽霊が出ると話し始めた。

アンディーが部屋を見ているとじゃまが入った。頭のはげ上がった、ひどく肥満した男がバッテリーと電動モーターで駆動する精巧な車椅子に乗って、戸口から二人の方に向かってなめらかに近づいてきた。男は車椅子を止め、大きな赤ら顔の小さな目でアンディーと父を軽蔑するような目で見た。

「すると君たちが探偵かね、ええっ？」彼は強いイギリスなまりで言った。「私の目には探偵らしく見えないな。しかも、名前といったら——ポーターフィールド・アダムズときた！　探偵らしい名前とは言えないんじゃないか？」

アンディーは思わずかっとなったが、父は冷静だった。パイプを取り出すと、がっしりした体格の探偵は車椅子の太った男を見て言った。

「たぶん、私がシャーロック・ホームズと名乗ったらご満足なのでしょう。それに、もしかするとあなたもスニッフィー・クラムショーと名乗った方がいいのでは」

一瞬、アンディーは巨体の男が怒りを爆発させるだろうと思った。男は真っ赤になって、雄の七面鳥のように顔をふくらませた。やがて、男は高笑いをした。

「こいつはいい」まるで満足したように、男は言った。「しかし、小僧まで連れて来ることはなかったんじゃないのか？」そう言って、男はアンディーの方をじっと見つめたので、彼は肌がむずむずした。

「息子です」ポーターフィールド・アダムズはパイプを吹かしながら言った。「あなたの問題は切手に関係しているとおっしゃいました。アンディーは切手蒐集家です。相談役として連れて来ました」

「ほほう？」太った男はまるで侮辱するように言葉を延ばして言った。「では、君がもしもそんなに物知りならば、たぶん、キラーとは何か説明できるな？」

不意に質問されたのでアンディーは目をぱちくりさせた。しかし、彼はその答えを知っていることに気づいた。

「キラーというのは、サー」彼は答えた。「消印の一種です」

父親の唇は微笑むように動いた。太った男はゲジゲジ眉を上げた。

「そういうこともある」彼が言った。「では、キラーが消印ではないのはどんな時か教えてくれないか」

「切手が無効にされる場合」アンディーは答えた。「通常、消印として知られる無効印は二つの場合があります。一つは郵便印《ポストマーク》です。もう一つは実際に切手を無効にするもので、消印とも呼ばれます。蒐集家に割引して販売できるように、未使用の切手シートが無効にされた場合には、郵便印は付きません。その場合にはキラーは単なるキラーということになると思います」

太った男の表情は変わらなかった。しかし、火のはぜる音や十一月の風が城の周囲にある多数の樫の木の枝を渡る音が聞こえる、長い沈黙の後に彼が口を開いた時の言葉は礼儀正しいものだった。

「わしは幸せだよ」彼は言った。「仲間の蒐集家に会うことができて。君の専門は?」

「アメリカ合衆国の記念切手です」アンディーは答えた。

「わしの専門は」太った男は言った。「最も価値の高い稀少切手とエラー切手だ。幸いなことに、存在の知られているあらゆる重要な切手については、少なくとも一枚、ものによっては六枚を所持している」

彼はそう言いながら下唇を突き出し、アンディーは理解した。男は彼の知識を試していた。

「失礼ですが」彼は言った。「たぶん、一八五六年に発行された、イギリス領ギアナの一セント・マゼンタのことをお忘れではないでしょうか?」

「それが何だって?」車椅子の男はまるでこれからアンディーに頭突きをしようとしているかのように大きな頭を下げた。

「きわめて稀少で、一枚しか現存が知られていません。スコットのカタログでは五万ドルの値が付いていますが、現在の所有者には売る気がありません。そして、サー、あなたが所持しているのではないことを、ぼくは知っています。だから、あなたが存在の知られているあらゆる重要な切手をお持ちであるはずがありません」

「ああ、君の言う通りだ」男の声は胸の奥から鳴り響くように聞こえた。その顔は再び紫色に染まり、手近のテーブルにあった柔軟性のある犀《さい》革のステッキを掴むと、激しい勢いでテーブルの表面にたたきつけた。

「わしは持っておらん!　あれを手に入れるためならば金はいくら払ってもいい。百万ドルでも。あれを所持している愚か者は売ろうとしないのだ。だが、いつの日か、何とかして手に入れて見せる。さもなければ、わしの名前はナイジェル・メイフェアとは言えん！」

そう言うと、彼はさらに六回もテーブルにステッキをたたきつけた後、息を切らしながらポーターフィールド・アダムズをにらみつけた。

「君が何を考えているのかわかっているぞ、探偵君」彼はうなるように言った。「わしの本名はナイジェル・メイフェアではないと思っているんだろう？　確かに違う。だが、どんなことがあっても、遅かれ早かれ私はあの一セントギアナ切手を手に入れる。そうなったら、きみ、その時こそ、わしは稀少切手の世界一の蒐集家となるのだ！」

彼は大きく息をついてから、大声で怒鳴った。

「ヘンダスン！　どこにいる？　お前に用がある！」

ツイードを着た、長身で温厚そうな男が隣室から入って来た。

「こちらにおります、サー」彼は言った。

「ヘンダスン」ナイジェル・メイフェアはうなるように言った。「こちらがアダムズ、お前がわしを説得して呼ばせた探偵だ。アダムズ、事務弁護士《ソリシター》のバート・ヘンダスン――いや、この国では法律家《ローヤー》と呼ぶんだったな――わしの法律関係のスタッフだ」

二人は握手をした。それから薄茶色の髪をした法律家はアンディーの手を硬く握って握手した。

「お二人が一緒に来られて良かった」彼は言った。「ミスター・アダムズにこれから詳しい事情をお話ししましょうか、サー？」

「いや、いい、まだだ。まずはわしの体から肉を削り取って生きている貪欲《どんよく》なジャッカルどもに会ってもらいたい。パルドはどこだ？」

「今行きます、旦那様」高価な服に身を包んだ、肩幅の広いたくましい男が二階から絨毯敷きの石の階段を下りてきた。

「パルド！」ナイジェル・メイフェアが怒鳴った。「こちらが探偵のアダムズだ。彼の力を借りて、この屋敷にいる人間の誰かを刑務所にぶちこんでやる。もっとも、それ以上わしがひどい仕打ちをしなかった場合にだが」

「はい、旦那様」パルドは言った。彼のアクセントもイギリス風だった。

「パルドはボクサーで、ボディーガードで、運転手でもある」メイフェア氏は言った。

「しかし、だからといって彼がわしからくすねる度胸のあるジャッカルではないという保証はない。……パルド！　義理の妹と、わしの罪を償うためと称して押しつけられた継子はどこにいる？」

「まもなく下りていらっしゃると思います、旦那様」パルドが言った。その口調は訓練を受けた使用人のものであったが、メイフェア氏に向けた顔は憎悪に醜くゆがんでいた。「明日の感謝祭を祝って、ハワード・マイスケンス様が今夜催すパーティーに行くために着替えていらっしゃいます。私に車で送るようお望みです。私が運転しましょうか、旦那様、それともタクシーを呼びましょうか？」

「送ってやれ、送ってやれ」太った男はがなり立てた。「あの破廉恥なこそ泥の家にどうやって行くかなど、わしの知ったことではない。連中がわしにかまわずに出かけること自体でよくわかる。おっと、来たな」

彼が車椅子をターンさせると、アンディーと父親には、イヴニング・ドレスに高価な毛皮をまとった美女が階段を下りてくるのが見えた。血の気のない不機嫌な顔の、タキシードの青年が彼女の脇にいた。二人はメインフロアに降り立ち、そこで立ち止まった。ナイジェル・メイフェアが二人をにらみつけた。

「では、出かけるのか」彼は言った。「前にも話したが、あの男はわしが盗難に遭っても目をつぶっているだろう。これも前に言ったが、あの男はこそ泥やごろつき、ペテン師同然だぞ」

女は肩をすくめた。

「ねえ、ナイジェル、あなたの言葉は滑稽なだけだわ」彼女は言った。「ハワードは素晴らしい人よ。あなたがこれまで仕留めた以上の大物を彼が射止めたうえに、あなた以上に切手の目利きだから、ねたんでいるだけよ」

「それ以上言わないよう用心しろよ、モリー」ナイジェル・メイフェアはうなるように言った。「わしがきみの姉さんと結婚したからといって、わしに向かって好き勝手な物言いをしていいわけじゃない」

「ここは自由の国アメリカよ」義理の妹が言った。「それに、あなたはもはや恐怖に震える王国を支配する料簡の狭い国王ではないわ。まだ話すつもりはなかったけど、言うことにする。近いうちに、このばかげた城から永久にお別れするつもりよ。ハワード・マイスケンスとわたしは結婚するの」

ナイジェル・メイフェアは大きく息を吸い込んだ。アンディーは感情の爆発を予期した——しかし、そうはならなかった。沈黙の中、継子のレジーが口を開いた。

「ぼくも叔母さんと一緒に行きます」彼は言った。「でも、明日はスポーツカーのラリーに参加する約束があります。お知らせしておこうと思って。おやすみなさい、お義父《とう》さん。安らかな悪夢を」

「明日になったら、お前たちのうちの一人は監獄にぶち込まれるかもしれんぞ！」太った男は怒鳴った。

振り返りもせずに二人は部屋から出て行き、その後ろに運転手のパルドが続いた。

「するとあの女はマイスケンスと結婚するつもりなのか？　ほう」ナイジェル・メイフェアは半ば自分に向かってうなるように言った。彼は法律家のヘンダスンを見た。

「もしかすると、あの女かもしれん。もしかすると、わしから切手を盗んだ褒美が結婚なのかもしれないじゃないか？　あるいは、レジーが彼女に代わってやったか――あいつは彼女にべったりだからな。二人ともわしを憎んでいる。この屋敷の人間全員がわしを憎んでいるように。

わしの言葉が聞こえたかね？」彼はポーターフィールド・アダムズに尋ねた。「わしに会った人間は誰もがわしを憎むんだ。いずれ君もわしを憎むだろう、まあいずれわかる」

アンディーは父が今にも笑い出すのではないかと思った。太った男はそれほど自己憐憫に浸っているかのように話した。しかし、父は唇を少しゆがめただけで、探偵の表情は変わらなかった。

「想像ですが、あなたの方から彼らにご自分を憎ませているのでしょう」彼は言った。

ナイジェル・メイフェアは探偵に向かって気むずかしい顔をした。

「失礼なことを言うな！」彼がぴしゃりと言った。「君はここで仕事に雇われただけなのだから、つけあがるんじゃない」

「アンディー」父が彼の方を向いた。「考え直して、ミスター・メイフェアの仕事はどんな内容であれ引き受けないことにした。さあ、車で帰ろう」

「許さん！」太った男の怒鳴り声が部屋中に響き渡った。「くそっ！　お前たちニュー・イングランドの人間は怒りっぽくていかん。ボストン・ティーパーティー事件以来ずっとだ。あの事件の起きたのは二百年近く前のことだというのに。わしの書斎で本題に入ろう。……そして」ポーターフィールド・アダムズがためらいを見せると、彼は言い添えた。「君としても相談料を請求したいだろう」

アンディーが興奮して父の顔を見たので、ポーターフィールド・アダムズはしぶしぶながら笑った。

アンディーは考えていた。もしかすると、ぼくにも本当に力になれるかもしれない。これまで、彼にとって父の仕事はずっと謎めいていたが、もしも切手が関係した事件ならば……。

「いいでしょう」探偵は言った。「行きましょう」

「ヘンダスン、必要になったら呼ぶ」太った男は車椅子を方向転換して、戸口に向かった。ヘンダスンはアンディーと父親に向かってにこやかにうなずくと、ヒョウの毛皮のカヴァーがかけられたソファーに腰を下ろした。

「あの方がひどく騒ぎ始めたら、私が参りますから」と彼はささやくように言った。「ミスター・メイフェアは時にいささか――そう、興奮なさることがありますから」


父の後に続いたアンディーは前よりもずっと小さな部屋に入ったことに気づいた。ところが、その部屋の壁も天然石で、動物の毛皮で覆われていた。床に沿ったスタンドにはいくつもの甲冑《かっちゅう》が並んでいて、壁にはちょうど六頭の獲物――ライオン、虎、白岩ヤギ、黒ヒョウ、水牛、灰色熊――の頭部が固定されていた。アンディーはそれらの生きた動物を動物園で見たことがあるが、飾ってある頭部はその種の中でも特に巨大なものに違いなかった。壁に固定されていても、実に生き生きとしていて、あたかも彼ら全員に飛びかかってばらばらに食い散らされてしまいそうだ。

「ドアを閉めてくれ」ナイジェル・メイフェアが指示すると、アンディーは従った。太った男は犀革のステッキを二脚の椅子に向けて振ったので、二人は腰を下ろした。ポーターフィールド・アダムズは穏やかにパイプを吹かしていて、アンディーは父親をまねて落ち着こうとしたものの、興奮して体の震えが止まらなかった。

「このステッキは」車椅子の太った男は言った。「わしが自分で撃ち殺した犀の革から作った物だ。壁に並んでいる獣の頭は――これもわし自身が仕留めたものだ。ごろつきのハワード・マイスケンスが何と言おうと、最大級の物だ。もしも彼がもっと大きな物を持っていたとしても、汚い手を使って入手した物だ――原住民は罠や何かで捕獲するからな」

激昂する寸前で、彼は冷静になった。

「少しわし自身のことについて話をしようと思う」彼は言った。「わしのことを理解してほしいのだ。自分がどんな人間を相手にしているのか知るのは重要なことだろう、なあ、探偵さん？」

アンディーの父はうなずいた。「役に立つことでしょう」彼は答えた。

アンディーは耳を済ませ目を見開いて、注意を集中した。

「さて」ナイジェル・メイフェアは言った。「わしはご覧の通りの蒐集家だ。ロンドンのスラム街で人生をスタートさせた。あまりいいものじゃない。当時も今も。しかし、若者の頭は鍛えられる」彼は歯を見せ、アンディーはそれがこの男の笑い方なのだと思った。

「その当時、わしは鼻ったれ《スニッフィー》のクラムショーと呼ばれていた。しょっちゅう風邪を引いていて、鼻水が出たからな。当時、わしは壜を集めていた。それを洗って、一壜半セントで売った。金が貯まると、南アフリカに渡った。大きなダイヤモンド会社で仕事を得た。鉱山から監視の目をくぐり抜けてダイヤモンドを持ち出す新手の方法を考え出した。二十一歳になる前に、わしは百万長者になった。それから新しい名前をもらった。ナイジェル・メイフェア。前よりも貴族的な響きがするだろう」

彼は二人の目を覗き込むように見た。

「そうなのだ、諸君。わしは百万長者の紳士ナイジェル・メイフェアになると、金を集め始めた。たくさん集めたよ。人が何か——金であれ何であれ——を集めると、時には法律のいい点を忘れることがある。わかるだろう?」ここで彼は再び歯を見せて鮫のような笑みを浮かべた。

「充分な金が手に入ると、わしは大物の猟獣の蒐集を始めた。あのころは本当のスリルを感じたものだ、大物を仕留めることに。イギリスの貴族の女性と結婚した——公爵未亡人だ。二人で素晴らしい時を過ごした。だが、その後、彼女はインドで虎に殺され、わしは生白い顔をした連れ子のレジーと妹のモリー・レイニアを押しつけられることになった。二人とはさっき会ったな。あの二人はわしから離れて暮らし、わしがスラムで生まれ、連中は荘園屋敷で生まれたからというので、わしのことを見下している。

　さて、わしは熱帯病にかかった。一生体が不自由になってしまった。そこでわしはここ、ニューイングランドに移住したのだ。医者連中に言わせれば、ここの気候は体にいいそうだ。レジーとモリーに金でどんなことができるのか見せてやるために、わしは自ら出向いて城をまるごと買い取った――この城だ。クレイギー城と呼ばれていた。幽霊の出る完璧な城だが、最近幽霊は姿を見せない――たぶん大西洋を横断したのが気にくわないのだろう」

　今や太った男は満足して目を輝かせ、その声は猫が喉を鳴らす音を思わせた。

「そう、わしは城をまるごと買い取ったのだ――大きくはないが、本物だ。それに古い。四百年間、スコットランドとイングランドの境に建っていた。一ダースも所有者が交代した。スコットランド人とイングランド人が常に交戦していた時代には、一度ならず城の床が血にまみれたものだ」

　彼があまりにも幸せそうに語るので、血の海が見えるのではないかと思ったのかアンディーは下を向いて足を動かした。父は『彼に楽しく話をさせてやれ』とばかりに彼に目配せした。父は常々、人は話をすればするほど、その性格や人柄、それに考え方さえもわかると言っていた。

「そこでわしはあらゆる石を運び、元通りに組み立てた。クレイギー城には跳ね橋があった。わしは跳ね橋を維持して、周囲に本物の濠を巡らせた。もちろん、電気設備は加えた。エレヴェーターとかいろいろだ。しかし、それでも、周囲に濠を巡らせた本物の幽霊城に暮らしている人間は北アメリカではわしだけだ。他人が持っていない物を持つことに満足している。本当だぞ、きみ」彼は今度はアンディーに語りかけた。「一人の蒐集家として、友人が持っていない稀少な切手を所持することがどれほど愉快か、君にはわかるだろう。さて、わしは他人が持っていない物を持っている。不自由になった身としては、切手を集めるしかない。誰も持っていないような切手を手に入れるのだ！　最も数多く、最良の、最も稀少な切手を！」

自分の言葉を強調するために、彼は派手な音を立てて犀革のステッキを床に打ちつけた。

「理解できたと思います」ポーターフィールド・アダムズは今、パイプを口から離して言った。「しかし、それでも私には——われわれには——わかりません。何があなたの問題なのか」アンディーは父親が〝われわれ〟と言い直した時、少し胸が高鳴るような誇らしさを感じた。

「そうだろうな。では、壁に近づいてくれ」ナイジェル・メイフェアはステッキを使って指し示した。「あのシマウマの毛皮を引くんだ」

探偵は立ち上がって指示に従った。シマウマの毛皮の後ろには、アンディーが驚いたことに、床の高さから人間の大きさくらいの四角い扉のある、巨大な鋼鉄製の金庫があった。アンディーには、とても精巧な組み合わせ錠が付いているように思えた。

「開けるんだ」太った男はうなるように言った。「君たちが来た時にわしが解錠しておいた。それから、ドアの横にある照明のスイッチを入れてくれ」

ポーターフィールド・アダムズが取っ手を力一杯引くと、金庫の扉が大きく開いた。奥には幅六フィート、奥行き八フィート、高さ六フィートの金庫室があった。壁は全面鋼鉄製だった。中には小さな机と椅子が一脚あり、低いところにかかっている棚には何ダースもの革装丁の本が並んでいた。

「わしの宝の箱だ。車椅子のまま中に入ることができる」ナイジェル・メイフェアは言った。「あそこには百万ドル以上の価値がある切手がある。耐火性だ。盗難防止にもなっている。たとえバーナーを持った軍隊が焼き切ろうとしても、気の毒なことになるだろう」彼は耳障りな忍び笑いを漏らした。「毒ガスだ」彼は言った。「金庫とこの部屋にも流れ出すことになっている。

さらに」彼は探偵に言った。「錠の六文字の組み合わせ文字はわし以外の誰も知らない。六文字だ。どんな強盗でも正しい組み合わせを当てる確率は百万に一つだ。しかし」――ここで彼は犀革のステッキを激しく床に打ちつけ始めた――「何者かが侵入した。この屋敷の人間がわしの金庫に入って、最も貴重で美しい切手を盗みおったのだ！」

「落ち着いてください、サー！」アンディーの父親が鋭い声で言った。「お気持ちはわかりますが、興奮されては私が事実を把握する助けになりません」

「ああ、もちろんだ」苦労して、車椅子の巨体の男は気を落ち着けた。「しかし、君にはわからんだろう、探偵さん。いいかね、連中はわしから盗んだんだ、このナイジェル・メイフェアから！　しかも、わしの一番のお気に入りの稀少な切手を！　蒐集家から切手を盗むのは、金を盗む以上のことだぞ、きみ！」

ポーターフィールド・アダムズは待った。しばらくして、メイフェア氏は再び話を始めた。

「いいだろう」彼は言った。「ほんの半ダースの切手だ。たぶん二万ドルか三万ドルの価値がある。しかし、この家の誰かが盗んだのだ。もしかしたら義理の妹が。もしかしたらレジーが。あるいはパルドか、ヘンダスンが。あるいはロビンが。もしかしたらフランス人のシェフが――いや、彼はただ料理をするだけの男だ。あの男は除外しよう。とにかく、この家の誰かだ。そして、連中はその切手を、近隣ではただ一軒の家である隣家に住む、いまいましいマイスケンスの奴に売ったのだとわしはにらんでいる。あるいは、もしもモリーがやったとしたら、彼女はたぶんそれをプレゼントにしたのだろう。愛のために。ばかばかしい！」

彼は喉の奥から不快な音を立てて、目をアンディーにひたとすえた。

「毎日あそこに入って宝物を見るわけじゃない」彼は言った。「時には数週間も間があくことがある。長いこと盗難に気づかなかったのかもしれない――もしかすると厚かましい泥棒がわしの物を何もかも盗むまで気づかなかったかもしれん！　ただ、ほんの少し前に二人の男が、エラーがある新しい合衆国のダーグ・ハンマルフェルド（国連事務総長を務めたスウェーデン出身の外交官）の四セント記念切手を持っていると報告した――この意味がわかるかな、どうだ？」彼はアンディーに尋ねた。

「ええ、サー」アンディーにはわかっていた。「数名の人間がダーグ・ハンマルフェルドのエラー切手を持っていると報告しました。一人は中西部で何枚か郵便に使用しました。もう一人は、ここ東部にいて、手つかずのシートを持っています。彼はそれに高い値を付けました」

「まさにその通りだ」ナイジェル・メイフェアは言った。「だが、わしは他の人間の付け値の二倍払うと言って、それも入手した。その結果、一九一八年にさかのぼって、中央の飛行機が逆さ向きに印刷された二十四セント航空便切手シートの発見以来、合衆国で初めての重要なエラー切手の手つかずのシートを手に入れることになったのだ。それで、何が起きたか知っているかね?」今や彼は怒鳴るような大声で言っていた。「何が起きたか知っているかね?」

メイフェア氏が言おうとしていることをアンディーは知っていると思った。しかし、太った男は返答を待たなかった。

「あのワシントンの郵便公社総裁の奴め!」彼は怒鳴った。顔を真っ赤にして、ほとんど一語ごとに音を立てて床に向かってしなやかなステッキを振り下ろした。「当初のエラー切手と同じ物を百万枚も増刷することを決定して誰もが持てるようになった。あの切手蒐集は宝くじではないとぬかしおって。まったく、図々しいにもほどがある。いの男は本来のエラー切手をまるごと一シート所有する機会をわしから奪ったんだ。いずれ一財産になるものを! もはや、それがこの家にはないんだ!

ところが」――彼はいまだに声を限りにがなり立てていて、アンディーが心配になるほどこめかみの血管が浮き出ていた――「そのことがあったから、わしは稀少切手とエラー切手の蒐集帳を調べてみた。そして、切手が盗まれていることを発見した。

わしは気が狂いそうになった。そいつの生皮を剝いでやりたい。犯人に罰を下し、償いをさせ、苦しめなければ……」

もはや彼はまさに絶叫していた。しかし、アンディーの父親が彼に近寄ろうとした時、ドアが開いてパルドが駆け込み、続いてヘンダスンとロビンが血の気を失って怯えた表情をして入って来た。

「後は私がお世話します、サー」パルドはそう言うと、太った男をしっかりと支えた。メイフェア氏が口を開いて怒りの声を上げようとすると、パルドは彼の唇に小さな壜を当てた。

「これでだいじょうぶです、ミスター・アダムズ」ヘンダスンが言った。「心臓と神経の薬です。今回の切手の事件であの方は心の底から動揺しました——最初はダーグ・ハンマルフェルドのエラー切手に関する損失、そして今度は切手が盗まれていることを発見したことです」

ナイジェル・メイフェアは平常に戻っていた。彼は依然、息が荒かったが、顔色は紫から普段の赤みを帯びた色合いに戻っていた。

「ありがとう、パルド」彼は言った。「あのレディーと愛するレジナルドを尊い隣人のパーティーに送ってくれたんだな?」

「はい、旦那様」パルドは言った。「大規模で騒々しい、いかにもアメリカらしいパーティーのようでした。マイスケンス様がお二人を送ってくださることになっています。ご用がなければ、私は車の手入れをしに行きます。キャブレターを調整する必要があるもので」

「わしをベッドに運ぶのが先だ」メイフェア氏は言った。「わしはこれから大統領に手紙を書いて、郵便公社総裁に対するわしの意見を述べるつもりだ。あの野郎、新聞に書き立ててやる。アダムズ！」

「何ですか？」

「話の続きは朝だ。必要なことはロビンに申しつけるがいい。パルド、上まで連れて行ってくれ」

「かしこまりました、旦那様」大男は離れた壁際に足を運んだ。彼はボタンを押した。アンディーには岩に見えた物は巧妙に塗装されたドアで、それがスライドして小さなエレヴェーターが現れた。ナイジェル・メイフェアは後ろを振り返ることなく、電動車椅子をエレヴェーターに入れた。

「おやすみなさいませ、皆様」パルドはそう言うと、ドアを閉めた。やがて、彼とナイジェル・メイフェアは姿を消した。

ひとたび彼らがいなくなると、アンディーは今まで息をするのも苦しいほど緊張していたことにいきなり気づいた。メイフェア氏の怒りがあまりにも激しかったので、少年は自分が嵐のようなものに遭遇したような気がした。

法律家のヘンダスンが開いた切手の金庫まで足を運び、扉を閉めて、ダイヤル錠を回した。それから、金庫室内部の照明を制御するスイッチをカチッと押した。

「あの方は本当に動顚しておられた！」彼は言った。「自分の宝箱の扉を閉めずに立ち去るとは。私が扉を閉じてロックしたことの証人になってください。いいですか、あの方はこのばかげた城にいる他の人間と同様に、私のことも疑っておいでなのです」

彼はアンディーに向かって片方の眉を上げた。

「君はミスター・ナイジェル・メイフェアのことをどう思いますか？」ヘンダスンが尋ねた。

「好きになれません！」アンディーは言った。「生涯を通じて、自分の欲しい物を手に入れるために嘘をつき、人をだまし、盗んだことを彼は自慢したようなものです」

「そこまでひどくはありませんよ」ヘンダスンは言った。

「とにかく」ポーターフィールド・アダムズが言った。「今は穏やかに行かなければ。

ご迷惑でなければ、少し教えていただきたいことがあるのですが、ミスター・ヘンダスン」

「どうぞ」

「それからお前はもうベッドに入る時間だ」父親はアンディーに向かって言った。

「私もすぐに行く。今晩はもう何も起こらないだろう、たぶん」

彼は間違っていた。大いに間違っていた。しかし、そのことを知るのは一時間近く経ってからのことだった。


執事のロビンがアンディーを二階に通じる広い階段へ、そして広い通路のすぐ先の部屋へと案内した。そこはだだっ広い部屋で、とても古めかしい家具と、四隅に彫り物のある支柱の付いた二台の大きなベッドがあった。ベッドの一台にはアンディーのパジャマが、もう一台には父のパジャマが載っていた。

「アンドルー様、今晩お休みになるベッドは」執事が言った。「国王が眠られたベッドです。イングランド国王ではありませんが、それでも国王には違いありません。メイフェア様がお持ちのあらゆる家具は、ヨーロッパの様々な王室から買い集められた物です。あの方が歩いたところは国王の歩いたところ。あの方が座ったところは、国王が座ったところです。あの方は……その……そう考えて楽しんでいます」

　かつて国王に、あるいは国王たちの眠ったことがあるベッドで眠ろうとしているのだと思うと、アンディーは奇妙な気分になった。

　彼は窓に向かって歩いて、外を見た。この建物の片翼の黒い影が左側に大きくぼんやりと浮かんでいた。二階の照明がついた。右側にはクレイギー城の東翼があるのがわかった。ずらりと並んだ照明がついていた。

　風がたたきつけるように吹き、濠の向こうに生えている樫の木をなぶっていて、西翼の端のすぐ向こう、かなり遠くで、はっきりとした閃光が現れたり消えたりしているのが見えた。

「あの明かりは何ですか、ロビン?」執事にどう話しかけていいのかわからずに、アンディーは尋ねた。

「ミスター・ヘンダスンの部屋の明かりでございます、サー。西翼の一番奥の部屋です。メイフェア様はお一人で東翼をすべて使われております」

「いや、ぼくが言っているのは遠くの光です」

「ああ、あれでございますか。あれはミスター・ハワード・マイスケンスのお住まいで、パーティーが催されております。ミスター・マイスケンスとメイフェア様はかつては友人同士で、実際、共同経営者でしたが、残念ながら今では敵《かたき》同士になっておられます。お風呂は熱いのがお好みですか、サー？」

この部屋には風呂が付いていて、バスタブが本物の黄金の装飾のある、ピンク色の大理石製で、泳げるほどの大きさであるのを見た以上、アンディーはそうだと答えるしかなかった。

「温度は何度にしましょうか、アンドルー様？」蛇口をひねりながら、ロビンが尋ねた。アンディーはまさか風呂の温度を訊かれるとは思ってもいなかった。熱すぎるか、冷たすぎるか、ちょうどいいかしかない。しかし、彼は動揺を見せまいとした。

「お任せします、ロビン」大の大人が風呂を立ててくれると思うと、いささか当惑を禁じ得なかった。「教えてください」ロビンが蛇口を開け終えると、アンディーは尋ねた。「ミスター・メイフェアは下の階の動物を全部自分で仕留めたの？」

「いえ、違います、サー」小男はキャビネットから大きなタオルを取り出して、使用できるように折りたたたんだ。

「義理の妹様のミス・レイニアが仕留めたのも多少あります。継子のレジナルド様もいくつか仕留めました。一、二頭はパルドが撃ち、わたくしも小さいですが、稀少な種類のチーターを展示する光栄に浴しております」

「つまり、この家の人たちは全員、大物ハンターなんだね？」アンディーがびっくりして尋ねた。

「料理人を除けば全員です、サー。ヘンダスン様も狩猟を少したしなまれます。鹿だけですが」

アンディーはあまり詮索したくはなかったが、探偵というのは質問をして情報を得るのではないだろうか？　父の助けになる情報を得ることができるかもしれない。

「ロビン」彼は尋ねた。「本当に全員がミスター・メイフェアを憎んでいるの？」

執事は咳払いした。

「メイフェア様は人から嫌われるようになさっています、サー」彼は言った。

「あなたはあの人を憎んでいるの？　パルドは憎んでいる？　全員が？」

「もしもメイフェア様がすでに事情を述べていなかったら」小男は威厳を持って言った。「わたくしは話さなかったでしょう。ですが、その通りです。われわれは全員、あの方のことを徹底的に憎んでいます。ミス・レイニアとミスター・レジナルドでさえも」

「ええっ、じゃあ、どうしてここに残っているの？」アンディーは思わず大声で言った。「ここは自由の国アメリカで――他の国じゃないのに」

「そんなに単純なことではないのです、アンドルー様。人間というものは時には……何と申しましょうか、踏み誤り《ミステップ》を犯すものではないでしょうか？　とりわけ、自暴自棄になった時にはよくあることです。メイフェア様は金庫室に、或る種の書類を入れた小さな鋼鉄製の箱を保管し、それでわれわれに忠誠を誓わせているのです」

「つまり、恐喝しているということ？」

「わたくしはその言葉は嫌いです、アンドルー様」

「ミスター・ヘンダスンも？」アンディーは尋ねた。ロビンがうなずく。「ミス・レイニアも？　レジーも？」

「ミス・レイニアとミスター・レジナルドは」ロビンは言った。「まったくの無一文で、借金があります。メイフェア様は二人を支援していますが、二人を手放すつもりはありません。同時に、メイフェア様は奥様が二人に遺した小さな土地を押さえておられます。それがあればお二人は独立することができます。さて、サー、入浴が終わりましたら、わたくしが戻ってお体をお拭きしましょうか？　それとも、ここに留まって背中を流しましょうか？」

「冗談じゃないよ！」アンディーが声を上げた。「ぼくは自分で風呂に入れる。えーと……以上だ」彼は映画で耳にしたせりふを使って話を結んだ。

「かしこまりました、サー。おやすみなさい」

ロビンが滑るように出て行くと、アンディーは小さな安堵のため息をついた。四六時中、召使いにつきまとわれるのは御免だった。

しかし、黄金の装飾のある巨大バスタブでの入浴はかなり愉快だった。こんな贅沢には二度と遭遇することはないと確信していたので、入浴時間を引き延ばした。最終的に、二台ある大きなベッドの一つに潜り込んだ時には、明かりを消す前に眠り込んでしまった。

そして、健やかな眠りからたたき起こされたのは、部屋中にこだまする大音声《だいおんじょう》が聞こえたからだった。

「助けてくれ！」声は叫んだ。「助けて！」

アンディーはベッドからはっと身を起こして、毛布から身をふりほどき、目をしっかり開けようとした。

「彼が私を撃った！」叫び立てたその声はあまりにも金属的でゆがんでいたため、アンディーには誰の声か聞き取れなかった。「犯人はたぶんネズミ……」

やがて、誰とも知らぬ声の主が再び話そうとする前に、声は消え入り、まるで大変な苦労をしているかのように、今度は言葉がゆっくりと出て来た。

「犯人はたぶんネズミ……」

やがて、声は息が切れたように静かになった。最後の言葉はマ‐イ‐イ‐イ‐ス‐ウ‐ウ‐ウと聞こえた。

やみくもに手探りしていたアンディーの手がベッド脇のランプのチェインに触れた。彼は見慣れない部屋を見回し、自分がどこにいて、どうやって来たのか思い出そうとした。

やがて彼は思い出して、ベッドから飛び出した。父のベッドは手つかずだった。彼はドアに向かって駆け出し、ドアをさっと開いて、通路に飛び出した。通路の先で父がドアの奥に姿を消すのが見え、彼は父の後を追った。

「父さん！」彼は大声で呼んだ。「父さん！」

どうやら父には彼の声が聞こえなかったらしい。ドアは閉まった。しかし、アンディーはドアにたどり着くと、ノブをひねってドアを開け、中に飛び込んだ。そこは多数の窓があり、稀少な古いつづれ織りのかかった、だだっ広い部屋だった。父は大きな四柱式のベッドの脇に立っていた。ベッドにはミスター・ナイジェル・メイフェアが脇を下にして横たわり、ぜいぜい言いながら、目を閉じて、片手をそれまでそれに向かって怒鳴っていたマイク——どうやら家中の部屋すべてと連絡できるマイク——のボタンの横に置いていた。ベッドの読書灯は点灯していて、枕の上に書類が散乱していた。

ポーターフィールド・アダムズが振り向いた。

「アンディー！」彼は言った。「何者かがメイフェアを撃った。明かりをつけてベッドに起き上がっていたから、標的として申し分なかった。瀕死の状態かもしれない。医師を呼ばなければ」

父は、メイフェア氏が家中のあらゆる場所に向かって話すことを可能にしたマイクに口を寄せた。

「ロビン！　パルド！」父は声を張り上げた。「すぐにこっちに来てくれ！」

それから彼は体をまっすぐに伸ばした。彼の目は窓を向いた。アンディーが父の視線を追う。窓の中央に弾丸による穴が三つ開いていた。きれいな丸い穴で、それぞれに放射状のひびが入っていた。不思議なものに魅了されたように、アンディーは窓に向かって近づいた。彼は弾丸による穴の一つから外を見てから、視線を直接向けて、再びマイスケンスの家の明かりが彼に向かってちかちか輝いているのを見た。

「父さん」彼は振り返って口を開いた。しかし、話をする前に、両手をグリースで黒く汚したパルドが部屋に飛び込んできた。その後から、赤い上着を引っかけているロビンと、ロビンのすぐ後から、パジャマの上にまだ部屋着を羽織ろうとしていて、片足に寝室用スリッパをつっかけたヘンダスン氏が続いた。

　ポーターフィールド・アダムズはてきぱきと指示を出した。

「ロビン！」彼は言った。「ミスター・メイフェアの主治医に電話連絡してくれ。大至急来るように、そして最寄りの病院から設備の完備した救急車を送らせるよう手配するよう伝えてくれ。パルド、ミスター・メイフェアのためにできることは何でもしてくれ。まだ息はあるが、瀕死の重態だ。ヘンダスン、外部から何者かがこの弾痕をつけた人間がいないか、あなたは敷地をチェックしてほしい。私は州警察に電話をかける。……おっと、それからアンディーだが……ベッドに戻るんだ！」

　アンディーは弾丸がどこから発射されたのかわかっていると言おうとしたところだった。しかし、父がその口調で言った時には議論の余地はなかった。

「はい、父さん」彼はそう答えて、自室に向かった。

　彼がベッドに入った時になって初めて、メイフェア氏を殺そうとしたのがどんなネズミだったのかわかった。

　重傷のメイフェア氏は彼が疑った人間の名前をマイクに向かって伝えようとしたの

だ。彼はこう言おうとしたのだ。「犯人はたぶんマイスケンスだ」しかし、口から発することができたのはマイスという音だけだったのだ。

やがて、アンディーにもう一つの考えが浮かんだ。ひょっとすると、彼は“わしの義妹《マイ・シスター・イン・ロー》”と言おうとしたのかもしれない。それもやはり“マイス”という音で始まる。あるいは、“わしの義理の息子《マイ・ステップサン》”でも。やはり“マイス”だ。

三匹のネズミ《マイス》だ、とアンディーはあくびをしながら思った。そのうちの誰かがミスター・メイフェアを撃った。彼の考えは奇妙な円を描いてぐるぐる回り始めた。……**マイスケンス……マイ・シスター・イン・ロー……マイ・ステップサン……三匹ネズミ《マイス》がいて、そのうちの誰がやったのかわからないから、ぼくたちは盲《めしい》だ……三匹の盲ネズミの謎……。**

とうとう、その夜の興奮にもかかわらず——あるいはもしかすると興奮のゆえに——彼は眠りに落ちた。

アンディーが目を覚ますと、部屋は燦々《さんさん》と明るかった。父のベッドには寝た形跡があったが、父の姿はなかった。アンディーの腕時計は九時半を指していた。やれやれ、切手盗難事件もミスター・メイフェア狙撃事件もすでに解決されているかもしれないな。わからないけど。

彼は顔を洗い、歯を磨き、ウナギのようにするりと服を着ると、部屋から飛び出した。通路で彼は立ち止まった。奥の、ミスター・メイフェアの部屋のドアが開いていた。

誘惑に逆らえず、彼は静かにドアに向かった。ドアにたどり着くと、部屋の中は無人だった。ミスター・メイフェアは、おそらく病院へ運び出されたのだろう。ドアが閉まっていたら、アンディーは中に入らなかっただろう。しかし、開いていたので、思い切って中に入った。

ベッド上方にある彫り物のある頭板には弾丸による穴が一つ開いていた——明らかにはずれた一発の銃弾で、おそらくミスター・メイフェアが助けを求めてベッド脇のマイクに向かって叫ぼうと体勢を変えた時に発射されたものだろう。

誰かが弾痕の横に黒い糸をテープで固定し、その糸はまっすぐに窓に伸びていた。興味に駆られてアンディーは窓に近づき、その糸が第三の弾痕のすぐ横にテープで固定されていることを確認した。それが第三の弾丸による穴であることは容易にわかった。

最初の弾丸はガラスにきれいな穴を開けて、窓の端まで放射状に伸びるひびを作った。第二の弾丸もひびを残したが、それは最初の弾丸の作ったひびで止まっていた。第三の弾丸のひびは、さらに短く——第二の弾丸によるひびに出会ったところで止まっていた。

アンディーには糸の意味がわかった。同じ弾丸でできた二つの穴を直線で結ぶことにより、誰かが弾丸の正確な弾道を決めようとしていたのだ！

アンディーはかがんで、糸に沿って視線を向けた。窓ガラスの穴から糸に沿って眺めると、まさに彼が予想していた通り、その先には、数百ヤード離れた、やや高台にある、煉瓦と木材でできた大きな屋敷の側面のテラスがあった。ミスター・ハワード・マイスケンスの屋敷だった。

アンディーは身を起こして、慎重に風景全体を見渡した。

昨夜の風は凪《な》いでいた。クレイギー城を取り囲む、幅三十フィートの濠の一部が見えた。水は陽光を受けて輝いている。濠の奥には等間隔に植えられた樫の並木があり、次に石塀が、そして三百ヤード向こうにはマイスケンスの屋敷があった。

弾丸は六フィートかそれ以上の視界が開ける二本の樫の間から直接、ミスター・メイフェアの部屋に向かって発射された。

弾道はクレイギー城の西翼の端をおよそ五、六フィート離れたところをかすめていた。アンディーは自分が間違っているかどうか、ひょっとして弾丸はそこから発射されたのかどうか確認しようとして、視線を西翼に移した。

ミスター・ヘンダスンの部屋の、まさに一番端の窓がほんの数インチ開いていたが、角度はまるで違っていた。あそこから弾丸が発射されたはずはない。ひょっとして桟《さん》があれば——だが、桟はなかった。そう、弾丸がこの家から発射されたはずはないし、見える範囲の敷地——砂利敷きのテラスや緑の芝生、眼下の小さな庭、建物と濠の間——のどこからも発砲されたはずがない。

やがて、アンディーの心臓が興奮で高鳴った。西翼のすぐ向こうに、建物にかかっているはしごの下半分が見えた。明らかに西翼の端にかけられていた。はしごの天辺に登って発砲することができないことは容易にわかった。というのも、建物の角を曲がったところにあるので、ミスター・メイフェアの窓を見ることもできなかったからだ。しかし、別の考えが浮かんだ。あまりにもびっくりするような考えだったので、父は思いついただろうかと思った。なんと、彼が正しければ、事件の様相が根本的に変わってしまう！

彼は父を見つけようと慌てて部屋を出た、階段を駆け下りている時、小男のロビンと危うくぶつかりそうになった。

「ロビン」執事を落ち着かせながら、彼は言った。「父さんがどこにいるか知っている？」

「西の書斎にいらっしゃいます、サー」ロビンが指さした。「書き物をされているのだと思います」

「すると、父さんはまだ事件を解決していないの？」

「まだかと存じます」ロビンはそう言いながら、少しも残念そうではなかった。「州警察が来て、われわれ全員が尋問されました。しかしながら、私の印象では、警察は五里霧中のようです！」

「ありがとう、ロビン！」アンディーは執事が指し示したドアに向かった。

しかし、少し開いている別のドアの前を通る時に、彼は足を止めた。

部屋の中には、彼の知っている警官、最寄りの州警察署から派遣されたディック・フィールズ警部補が、長身でかぎ鼻、黒髪の男を尋問していた。あれがハワード・マイスケンスだな、とアンディーは思った。

彼は立ち聞きするつもりはなかったが、何と言っても事件は刑事事件で、アンディーがここにいるのは公式に相談役として依頼されたからではないだろうか？　それに、ドアは開いている。彼は身をかがめて、ドアのすぐ先で、靴ひもを結んだり解いたりを繰り返しながら聞き耳を立てた。

「さて、ミスター・マイスケンス」――フィールズ警部補の声はうんざりしているようだった――「ここに部下が濠から引き上げたライフル銃があります。照準器付きのベルギー製狩猟銃で、おそらく五百ヤード先まで高精度で狙うことができます」

「千ヤードだ」マイスケンスは朗らかに言った。「素晴らしい照準器だよ、そいつは。標的がまるで十フィート先にあるように見える。そう、それは私のライフルだ。他の物と一緒に、記念品室に保管してあった。そこから盗まれたに違いない」

「いつ盗まれたか思い当たるところは？」

「皆目わからない。あの部屋は屋敷の脇にあって、時には数日間出入りしないこともある。昨夜盗まれたのかもしれないし、もしかすると二日前に盗まれたのかもしれない。ふーむ。思うに、誰が盗んだにせよ、パーティーが催されている間に返却するのが怖くて、濠に投げ捨てたんだろうな。何者かが入り込んだのだ」

「ひょっとして、あなた自身がパーティーから抜け出して銃を使ったなんてことはありますか？」警部補が尋ねた。

「メイフェア老人を射殺するためにかね？　あんな風にベッドに起き上がっている人間を撃つなんて、警部補、フェアじゃないな。ああ、私は彼を撃っていない。私は一晩中、お客たちと一緒だった、このことはすでに尋問でご存じだろう」

「しかし、あなたたちは敵同士なのでしょう？」

「違うな。彼は私を憎んでいたかもしれないが、私はむしろ彼を尊敬していた。彼は信じがたい人物だ。本当は、彼が腹を立てているのは、私がミス・レイニアと結婚するからなんだ。実のところ、私がここに腰を据えたのは、彼女の近くにいたかったからだ」

「では、あなたは彼から盗まれた切手を買ったことはないと？」

「切手が盗まれたというのは彼が言っているだけだ。その答えはノーだ」

「ありがとうございました」フィールズ警部補はため息をついた。「ミス・レイニア？」

「何でしょうか、警部補？」アンディーは前夜立ち去るところを見た美しい女性の声を聞いた。

「昨夜の証言に何か補足することはありませんか？」

「何も。私はナイジェルを撃っていません。確かに、私には撃つことができましたし、彼を殺したいという強い誘惑に駆られたことはしばしばありました。でも、やっていません。ずっと他のお客様と一緒にいました」

「しかし、あの照準器付きのライフルを使って、三百ヤード離れたところから撃つことがあなたには可能だったのでは？」

「たやすいことですわ、警部補、簡単でした。お望みなら、私の射撃の能力を喜んで証明しますよ」

「それには及びません。さて。ミスター・レジナルド・ホウィットフォード」

「時間の無駄ですよ、ねえ」レジーの冴えない声が聞こえた。「ぼくもあの爺さんを撃っていません。でも、撃つことは可能だったし、その気になれば撃ったかもしれない。ぼくのアリバイも同じです――他の客たちと一緒でした。さあ、そろそろ朝食を摂らせていただけませんか？　今日の午後、スポーツカーのラリーに出なければならないんです」

どうやら尋問は終わりに近づいているようだった。アンディーは急いで西の書斎に向かった。そこでは父が机に向かって、紙に書き物をしていた。

「父さん！」彼は興奮して言った。「ミスター・メイフェアは……その、あの人は……？」

「彼は入院している、意識不明だ」父は顔を上げて言った。「際どいところだった。命を取り留めたら、数日で話せるようになるだろう」

「どのネズミが彼を撃ったのかわかった？」アンディーはうっかり口を滑らせたことに気づいて、顔を赤らめたが、父親は忍び笑いをした。

「あのネズミ《マイス》の件で、私と警察はいささか途方に暮れたよ、お前」彼は言った。「おっと、フィールズ警部補のお出ましだ。何かわかりましたか、ディック？」

「何一つ」まだ若く、適度に緊張した州警察官は机の前に腰かけた。その時、ロビンがトレイを運んで現れた。トレイにはコーヒーがカップに二杯、ミルク入りのグラス、半熟卵二個、トーストが山と載っていた。彼はコーヒーを二人の男の前に置き、食べ物をアンディーの前に置いた。

「勝手にご用意させていただきました、アンドルー様」ロビンが言った。アンディーは急に空腹を感じて、彼の配慮に感謝した。二人の男が話している間、彼は食べ始めた。

「早急に犯人を逮捕しなければならないんだ、ポーター（ポーターフィールドを略している）」ディック・フィールズはコーヒーをちびちび飲みながら言った。「さもなければ、新聞が何と書き立てることか！　本物の城――それも濠と跳ね橋付きの城――鍵のかかった金庫室――百万長者の切手蒐集家――夜に一発の銃声。被害者は自分が疑っている人間の名前を言おうとしたが、マイスとしか言えなかった！　うわー！　たいした見出しになるぞ！」

「あの金庫室を」ポーターフィールド・アダムズは眉をひそめた。「開けられたらと思うのだが。開けるまでは、何が盗まれたのかわからない。それに、中に手がかりがあるかもしれない」

「ロビンが話してくれたけど、ミスター・メイフェアは自分の使用人たちにとって都合の悪い書類をあそこに保管しているんですよ！」アンディーが口を挟んだ。「たとえ憎まれても、彼は脅して忠誠を誓わせているんです」

「その通りだ」フィールズ警部補は言った。「善人ではないよ、ミスター・メイフェアは。しかし、彼が組み合わせを教えない限り、あの金庫を開けることはできないと思う」

「六文字で開く。メイフェアだけが正しい組み合わせを知っている」ポーターフィールド・アダムズはパイプを吹かしながら言った。「十万回試しても正しい組み合わせに当たらないかもしれない。それでも、明らかに、メイフェアの巧妙さにもかかわらず、この家の誰かが正しい組み合わせを推測して当てたのだ。同じことをわれわれはやらなければならない」

「切手《スタンプス》だ！」突然、アンディーが言った。彼らはアンディーを見た。「つまり」彼はトーストの端を飲み込みながら言った。「六文字の英単語で、彼が関心を持っているものだ。たぶん、それがキーワードだ」

父が首を振った。「なかなかの推測だ、お前」父は言った。「だが、われわれもそのことは考えた。それから、彼が金を稼いだアフリカ、前の奥さんの名前のヘレナ、城とクレイギー、その他いろいろと。うまくいかなかった」

「まあ、今は金庫室のことは忘れよう」フィールズ警部補は言った。「いずれにせよ、彼を狙撃した人物を逮捕できたら、盗人も捕まえられる。明らかに君が昨夜ここに到着したことが、ポーター、盗人を警戒させ、自暴自棄にし、捜査を妨げるためにメイフェアを殺害しなければならないと思わせたのだ」

「どうかな……」探偵はいよいよ眉をひそめた。「もしかしたら、盗人は昨夜、彼を殺害する計画をすっかり立てていて、私がここに来る来ないにかかわらず、実行するつもりだったのかもしいれない」

「つまり、パーティーの夜だったから？」アンディーが尋ねた。「たぶん、ミス・レイニアとレジーが二人とも家を出ている唯一の機会だったのかもしれない。それに、大きなパーティーでごった返して、彼ら、あるいはミスター・マイスケンスにとっても、屋敷を抜け出して、いないことに気づかれることなくミスター・メイフェアを撃つ絶好の機会だった」

「その通り」父はアンディーの推理を聞いてにんまりした。「現場には何人もの容疑者がいて、彼らの痕跡を覆い隠すにぎわいだ。いや、違うな、ディック、この犯罪は計画的だ。出来心の犯罪ではない。さて、ここにスケッチがある――建物の配置と弾道を示している」

アダムズは一枚の紙片をテーブルの中央に押し出し、アンディーとフィールズ警部補はそれをじっくりと見た。

警部補はうなずいた。「お見事」彼は言った。「確かに、これはマイスケンス、レジー、あるいはミス・レイニアが撃ったことを示している。そうだろう?」

「矢のようにまっすぐにね――ただし、その三匹の〝ネズミ《マイス》〟の中から選び出す方法がない。とはいえ……」

「父さん!」アンディーは話したくて身をよじらんばかりだった。「はしごだよ。スケッチに描いてある。ほら、西翼の端に立てかけてある」

「それが?」父は問いかけるように息子を見た。「それがどうしたっていうんだね?」

「ぼくに考えがあります!」アンディーは思わず口走った。「ねえ、試してみない?はしごなんだ!」

「ポーター、君の息子は探偵のようだな」フィールズ警部補は言った。「彼にはしごに関する自分の推理を見せてもらおうじゃないか、それが何であれ」

「もちろんだ」探偵はコーヒーをぐっと飲み干すと、アンディーの肩をたたいた。

「行こう、お前」

屋敷のメインホールの奥にある砂利敷きのテラスまで出るのに、ほんの一分程度しかかからなかった。彼らが建物の西翼の角を曲がると、ずっしりした木製の繰り出し式はしごが二階の窓の桟にかかっていた。

「このはしごはここに一週間置いてある」ポーターフィールド・アダムズは言った。「石工が窓の下枠をモルタルで固定しようとしたが、病気になって、まだ仕事が終わっていないそうだ。さて、君の考えは？」

「はしごを下ろさなければなりません」アンディーが言った。「繰り出し式のはしごかどうか確信が持てませんでしたが、そうでした――四十段あります」

「そうだ。ディック、手を貸してくれ。下ろすのに全員で力を合わせなければ」

はしごは重かった。屋敷から離してまっすぐに立てると、倒れそうになった。しかし、三人ははしごをしっかり摑んで、速やかに下ろした。アンディーは興奮に息を切らし、二重に重なっているはしごを最大限延ばしていたロープを引っ張った。

「今度は」彼は息を切らしながら言った。「これを濠に渡さなければなりません」

「これは驚いた！」ディック・フィールズは彼を賛嘆の目で見た。「ポーター、君も私も、あのはしごを橋として使うことなど思いつかなかっただろう？　他のことはいろいろ考えたが、橋とはね。君の息子は、われわれが自分で思っているほど賢くはないことを教えてくれたよ！」

「確かにそうだな」ポーターフィールド・アダムズはうなずいた。三人がはしごを運び出し、何フィートも残して、三十フィートの濠に渡すと、彼は尋ねた。「これをどうするつもりかね、お前？」

「火事で燃えている家から女性を救うのに、はしごを橋として使うのをニュース映画で観たんです」アンディーは言った。「それを思い出したんです。さあ、見てください」

アンディーは山羊《やぎ》のように敏捷に、はしごの横木をゴム底の靴で跳ねるようにして、身軽に濠を渡って戻って来た。

「わかったでしょう？」彼は大声で言った。「犯人はパーティーに出席していた三人のうちの一人には限らないんです。屋敷の中の人間は誰でも、濠を渡って、ライフル銃を盗みに忍び込み、ミスター・メイフェアを撃ってから戻って、濠にライフル銃を投げ捨て、はしごを元に戻し——潔白を装うことができたんです」

「君にとっては新たな頭痛の種が増えたな、ディック」ポーターフィールド・アダムズは忍び笑いをした。「新しい容疑者、何もかもだ」

「はしごを戻そう」フィールズ警部補が言った。「さて、アンディー」はしごを苦労して元の場所に戻しながら、彼は言った。「推理をすることの危険は、君が見事な推理をして、そこで止まってしまうことだ。自己満足するあまり、推理のキズやさらなる可能性を探そうとしないのはありがちなことだ」

三人ははしごをどしんと下ろして、窓の下枠に寄りかからせ、警察官は手をはたいた。

「君の考えは見事だ、実に見事だ。しかし、さらに考えてみよう。あのはしごの上げ下ろしに、われわれ三人でもちょっと苦労しただろう？」

「はい、サー」そこでアンディーは一瞬でうなだれてしまった。どうしてこんな簡単なことを見逃したんだろう？　「つまり、たとえ一人の人間がこういうはしごを扱えたとしても、長い時間がかかる、特に夜ともなれば、ということですね？　この家の人間にとってはあまりにも時間がかかりすぎますね。特に、発砲のあった二、三分後に、父さんとぼくがロビン、パルド、ミスター・ヘンダスンの全員を二階で目撃しているのですから」

「そこだよ」フィールズ警部補はうなずいた。その時、アンディーに別の考えがひらめいた。ひとたび推理し始めたら、彼の頭脳は思考を停止できないかのようだった。

「仮に彼ら全員がぐるだったら?」彼は言った。「三人全員がです! それなら、はしごの上げ下ろしを速やかに行えますし、彼らのうちの誰かが発砲できます——彼らは全員、ライフル銃の扱い方を心得ています」

「ワオ!」フィールズ警部補が声を上げた。「ポーター、またしてもわれわれの見過ごしていた考えだ! この少年があと二、三歳成長したら、とっつかまえて州の警察学校に押し込んでやる。たとえその考えが正しくなくても、興味深い!」

「というと?」アンディーは今度はいささかむっとして、顔をしかめた。「どうして、この考えはあり得ないんです?」

「あり得る考えだよ、アンディー」父が言った。「かなりいい考えだ。ひょっとしたらうまくいくかもしれない。だが、忘れないでくれ。ミスター・メイフェアが誰かを疑っていたことを。彼にはたぶん、そう疑うだけの充分な根拠があったのだろう。そして、われわれにその人物の名前を教えようとした。彼が最後まで言い終えられなかったマイスのメッセージの、そこが重要なポイントなんだ」

一瞬、アンディーは黙り込んだ。しかし、わくわくするような推理に興奮していたので、長いこと黙っていることはできず、彼は二人の男に最後の問題を突きつけた。

「もしかすると」彼は言った。「ミスター・メイフェアはパルドやロビン、それにミスター・ヘンダスンのことも指して『犯人はたぶんわしのスタッフ《マイ・スタッフ》だ』と言おうとしていたのかもしれません。それならマイスという言葉が口から出たでしょう」

フィールズ警部補がいきなり咳き込んだ。ポーターフィールド・アダムズがうなずいた。

「なあ」父は言った。「もしもお前が弁護側の代理人だったら、われわれには誰も有罪を立証することはできない。しかし、お前の考えは実に見事だが、それでもうまくない理由がまだある。少なくとも、昨夜の状況下では。何だかわかるかね?」

アンディーは一瞬考えた。暗闇と樫の木が風によって揺れるたびに明かりが明滅したことを思い出し、父が言おうとしている意味がわかったと思った。

「つまり、父さん」彼は言った。「ちょうど今みたいな昼間だったらはしごの上を走って渡るのは簡単だけど、風の吹く夜にはそうはいかないってこと？　横木の間に足を踏み入れて、脚を折ったり、濠に落ちたりしてしまうかもしれない。犯人は重心を低くしてはうようにして渡らなければならず、そうなると時間がかかりすぎる——たとえ三人全員が共謀したとしても。父さんに呼ばれて、あれほどすぐに彼らがミスター・メイフェアの部屋に来られたはずがないと」

「そういうことだ」父はご満悦だった。「お前は探偵になるスキルを速やかに吸収している。半時間後に全員がミスター・メイフェアの寝室に集合する予定だ。フィールズ警部補と私は犯人に自白させようとするつもりだ。お前にはそこに立ち会ってじっくり観察してもらうとしよう」

アンディー・アダムズはミスター・ナイジェル・メイフェアの寝室の壁に押しつけられるようにして立っていた。

その部屋は広かったが、かなり人で混み合っていた。父はすでに弾丸で穴の開いた窓のそばに立っていた。フィールズ警部補は通路に至る鍵のかかったドアの横に立った。パルド、ロビン、それに白いコック服を着た太った男は、ベッドの反対側に並んで立ち、反抗的な態度を取るか怯えるかしていた。ミスター・ヘンダスンはアンディーの横の壁に寄りかかって、たばこを吸いながら精神を集中している様子だった。ただ一人の女性であるミス・レイニアはポーターフィールド・アダムズのそばの椅子に臆することなくくつろいで腰かけていた。継子のレジーは、もう一脚の椅子にゆったりと座り、両脚を前に伸ばし、両手はポケットに突っ込んでいる。

「さて、皆さん」フィールズ警部補が言った。「これはミスター・メイフェア狙撃に関する公的な捜査の一部です。ミスター・アダムズはここで犯罪が起きる前の事実に基づいて、自分なりの考えを述べてくださいます。何か質問は？」

誰にも質問はなかった。レジーは何か言おうとしてもじもじしたが、口をつぐんだ。ポーターフィールド・アダムズが手を挙げた。

「まず最初に」彼は言った。「ベッドと窓の間に張られた糸を見てください。これはミスター・メイフェアに向けて発射された弾丸――二発のうちの一発が命中したわけですが――その弾道を示しています。ミスター・マイスケンス、糸を延長するとどこに向かうか見ていただけませんか？」

「喜んで」もじゃもじゃの黒髪をした長身の男が進み出て、しばらく糸の向こうを眺めた。

「弾道は」彼は言った。「二本の樫の正確に中間を通って、三百ヤード離れた、まさしく私の家のテラスにたどり着く」

「そのことに関して何かあなたから言いたいことはありますか？」

「ある」マイスケンスは笑みを浮かべた。「私に言えるのは、これはまったく見事な手際だということだ」

「どういう意味でしょうか？」

「好きなように取ったらいい」マイスケンスは笑みを浮かべて、自分の場所に戻った。「何かおっしゃりたいことは？」

「ミス・レイニア」ポーターフィールド・アダムズは女の方を向いた。「何かおっしゃりたいことは？」

彼女は微かに笑みを浮かべた。

「私はハワードが言ったことを繰り返すしかありません――実に見事な手際だと」

「では、君は、レジー？」ポーターフィールド・アダムズは青年の方を向いて言った。「何かコメントは？」

レジーはわざわざ立ち上がろうとはしなかった。彼はただ片方の頰に笑みを浮かべただけだった。

「あなたはぼくから何か協力を得ることはできませんよ」彼は言った。「爺さんは瀕死で、それは当然の報いだ。彼はぼくたちみんなを脅していた。あなたはぼくやハワードや叔母が犯人だと証明することはできません――ぼくたちは全員パーティーに参加していて、等しく発砲する機会があった。とにかく」――今では、アンディーが驚いたことに、彼は本当ににやにや笑っていた――「なにもかもがばかげている、せめてそのことがわかるほどの頭脳をあんたたちが持っていたら」

「興味深い観点ですな」アンディーの父が言った。「皆さんは全員、ミスター・メイフェアの最後の言葉をご存じでしょう。『犯人はたぶんマイス……』とおっしゃいました。それはマイスケンスかもしれないし、マイ・シスター・イン・ロー、あるいはマイ・ステップサンを意味したのかもしれない」

　彼がそれぞれの顔を見ると、いずれも落ち着いた表情を見せた。アンディーは心配で心臓がどきどきした。父が三人のうちの一人を犯人として見つけ出す方法はなかった。いかなる方法も。

「皆さんは全員に動機がある」探偵は話を続けた。「あなたは、ミスター・マイスケンス、おそらく婚約者を守ろうとして。あなたは、ミス・レイニア、仮に彼の切手を盗んでいたとすれば、彼に盗みを暴かれて、監獄に入れられるのを阻止するため。あなたは、レジー、同じ動機だ」

「動機だって?」青年は鼻で笑った。「ぼくには動機など一ダースもあるよ、探偵さん。残念でならないのは、彼の貴重な金庫を開けるのに必要な組み合わせ文字の見当がつかないことだ。知っていたら、きれいな切手を持ち出して、とうに出て行ったところだ」

「しかし」ポーターフィールド・アダムズは今度はアンディーにさっと目を向けて言った。「私はほぼ決定的に証明することができると信じています——皆さん三人全員の無実を」

彼は興奮のざわめきが静まるまで待ってから、話を続けた。

「どうやって知ったかと言えば」彼は言った。「西風おばさん（後出の作家バージェス作品に登場する）が教えてくれたのです」

彼はアンディーに向かってウィンクした。アンディーが幼かった頃、彼はアンディーに有名なソーントン・バージェスの童話を読んでやったのだ。突然、アンディーは理解した。こんな明白な事実がどうして見えていなかったのだろう？

「これはささやかなジョークです」探偵は付け加えた。「しかし、実際に、昨夜は強い西風が吹いていました。木々は激しく揺さぶられました。ミスター・メイフェアが狙撃された後で、私が窓から外を見たところ、あなたの家の明かりが点滅するのが見えましたよ、ミスター・マイスケンス。強風で濠の向こうの樫の木が揺れていたので、時間の半分は、あるいはそれ以上かもしれませんが、揺れる樫の木のせいでこの窓はあなたの家から見えなかったのです。さあ、いかなる射撃の名人ならば、まだ枯れ葉のたくさんついている樫の木が照準線上を前後に揺れている状態で、強風の日に三百ヤード離れた等身大の標的を仕留めることができるでしょうか？」

「もちろん、できっこない」マイスケンスが言った。「あなたがそのことにいつ気づくだろうと思っていた。まず第一に、狙撃者には風の影響を見積もることができない。第二に、揺れる枝や葉が狙撃者の目を惑わせる。第三に、木によって弾丸が逸らされる可能性が高い。ああ、昨夜はうちのテラスからメイフェア老人を仕留めることなど誰にもできなかった」

「やれやれ！」レジーの顔には実際にしぶしぶながらの敬意の色が浮かんでいた。「あなたたち探偵も思ったほどばかではないんだな」

「ちょっと待った」運転手兼ボディーガードのパルドが進み出て、窓に貼り付けられた糸を延長した先を見た。「もしも弾丸があそこから撃たれたものでないとすると――どこからも届くはずがない。なぜならば、この屋敷の窓から発砲されたはずはないからだ。虚空から発砲されたんだ！」

「そういう言い方もできます」探偵は同意した。「そして、それに気づくと、私はまた別のことにも気づきました。皆さん全員、どうかベッドから充分に離れてください。これからご覧いただくのは、昨夜実際に起きたことの証明であり、再現なのです」

　彼は窓を押し上げて、全員が充分に離れていることを確認した。次に、ベッドの上に大きな白い枕を整え、窓の外にハンカチを振った。すぐさま、アンディーはこれまでの一生で最も意表を衝《つ》く光景を目にした。

　全員が弾丸の突き抜けた窓に隣り合った窓から外を見た。すると、ちょうど建物の西翼の角を曲がったところからはしごが現れて、彼らは一様に声を上げた。

　前にアンディーが見たのと同じはしごだった。今、そのはしごが彼らの視界に入りつつあるのは、それが建物から離れる向きに傾いていたからだ。その天辺《てっぺん》には一人の男が踏ん張りながら立っていた。州警察官の制服を着た男。ライフルを持っている。

　アンディーははしごが壊れてしまうのではないかと思った。しかし、そうはならなかった。よく見ると、一本のコードが一番上の横木と西翼の端の窓の間に見えた。はしごは家からおよそ十二フィートほど離れて傾き——窓の内側の何かと縛り付けてあるコードで固定されて、そのままの位置で止まっていた。

　しかし、いったい誰が聞いたことがあっただろう——誰が考えたことがあっただろう——はしごを建物から離して傾けて立てるなどということを。いわば、虚空に立てかけるなどということを？

　今、はしごの天辺にいる州警察官は踏ん張って、横木に両脚をもたせかけてしっかりと位置を保っていた。彼はライフルを構えた。発砲する。鋭い爆発音が聞こえ、室内のベッドで上で羽毛が噴水のように舞い上がった。弾丸は前夜、ナイジェル・メイフェアが座って読み物をしていたところに正確に命中した。

州警察官がはしごを下りて、その後で中の誰かがはしごを建物に立てかけたのを見ようとする者は誰もいなかった。彼ら全員がポーターフィールド・アダムズを見つめていた。

「これでおわかりでしょう」彼は言った。「どうやって弾丸がどこからともなく――まるで虚空から――発射され、あたかも当たり前のように発射されて見えたのか。あなたのテラスから」マイスケンス氏のために彼は付け加えた。「しかし、あなたのテラスから発砲されたなんてあり得ないことを私はほぼ確信していたので、虚空から発砲された弾丸の謎を解こうとしたのです。そしてとうとう、あのはしごの天辺を建物から離すように振れば、まさに弾道に当たるという考えがひらめいたのです。そして、あのくらいの近距離であれば、たとえ風が吹いていても、ライフル銃について何らかの知識のある人間ならはずすことはあり得ません」

「しかし、そうなると……」パルドが口を開いた。そして、突然、彼らはドアに寄りかかってアンディーの横に立つヘンダスン氏を見ていた。

「そうです、ミスター・ヘンダスン」ポーターフィールド・アダムズの口調は厳しかった。「はしごが立てかけてある窓はちょうどあなたの部屋の窓です。あなたの部屋には長い電気の延長コードがあって――しかも、そのコードは非常に丈夫で――何か熱い物――窓のすぐ内側にあるラジエーターのような物――に縛り付けてあった痕跡がありました。それを支えとして、あなたははしごに乗って、自分を押し出して窓から離れ、その姿勢のまま、いわば鳥が止まり木に乗ったような格好で、中空でミスター・メイフェアを狙撃したのです。

あなた以外に、狙撃時刻からここに姿を見せるまでの三分間にこのことを実行できる人間はいません。しかし、あなたならライフル銃を濠に投げ込んで、コードを引いてはしごを窓に立てかけ、窓から部屋に入り、通路を走ってわれわれに合流することが可能でした。しかも、他の誰かがやったとしても、あなたなら確実に銃声を耳にして、そのことをわれわれに知らせることができた」

「でも、彼はネズミじゃない！」口を切ったのはアンディーだった。「父さん、彼はネズミじゃないよ！」やがて、顔を真っ赤にして、彼は口を閉じた。

「お前は」探偵が言った。「彼の名前がｓで始まっていないと言いたいのだろう。しかし、ミスター・メイフェアはイギリス人だ。イギリス人は弁護士のことを〝ソリシター〟と呼ぶ。彼がヘンダスンをソリシターと呼ぶのをお前も聞いただろう。お前の言う〝ネズミ《マイス》〟はそこから来たのだ。ミスター・メイフェアは『犯人はたぶんわしの弁護士《マイ・ソリシター》だ』と言おうとしていたのだ」

アンディーは息を呑んだ。その通りだ——風、枯れ葉のまだいっぱいに付いた樫の木、そしてソリシターという単語——西翼からおよそ十フィート離して立てかけた時には、はしごさえも。彼はあらゆる手がかりを見て、聞いて、そしてその意味を引き出すのに惨めにも失敗したのだ。探偵になんか絶対になれっこない！

ヘンダスンが力強い腕を彼に回してきたので、アンディーはびっくりした。同時に、何か硬い物が背中に突きつけられた。

「なんと」ヘンダスン氏が言った。「たかが風に裏切られるとは。しかも、本当にとても巧妙な計画だとも思ったのに。さもなければ、メイフェアにあなたを呼ぶように勧めたりはしなかった、アダムズ。ところが、私はあなたのことを、ほこりまみれの書類を調べてほとんど視力の衰えた、猫背の小男だと思っていたから、実際にあなたを推薦することによって、メイフェアに私のことを疑うのは間違いだと説得したのだ。それで彼を殺害する計画を準備するのに必要な時間ができた。さて、この状況では、そろそろ私は別れの挨拶を告げる頃合いだと思う」

そして、アンディーの驚いたことに、二人の背後のドアが開いた。他の人間が誰も動き出さないうちに、弁護士はアンディーをドアから引きずるようにして出ると、ドアを閉め、二人は急速に下っていくエレヴェーターに乗っていた！

「メイフェアの個人用エレヴェーターだ」ヘンダスンが言った。「おとなしくするんだ、きみ。私には銃があるし、使う覚悟はできている。おとなしくしていれば、けがをすることもない」

エレヴェーターは静かに停止した。ドアが開く。ヘンダスンはアンディーを外に押し出し、彼をしっかりと捕まえたまま、部屋に通じるずっしりしたドアに鍵をかけるために、彼を引っ張って部屋を横切った。

「この部屋への唯一の入口で、頑丈な樫材でできている。たっぷり五分時間稼ぎできる」彼はアンディーの手首を摑んで背中の後ろでひねり上げた。「ここで壁に寄りかかっているんだ。腕をへし折られたくなかったら、おとなしくしていろよ」

アンディーは指示に従った。壁から離れて見ていると、ヘンダスンが大きな金庫室の文字合わせ錠のダイヤルを回しているのが見えた。彼は組み合わせ文字を知っていた。一瞬後、扉は大きく開き、弁護士は中の照明のスイッチを入れてから、アンディーを中に追い立てた。彼はアンディーを机の奥の柔らかい椅子に座らせると、机を彼の方に押しつけて、身動きできないようにした。

「さて、きみ」ヘンダスンは言った。「動いたら、君を撃つ時間はたっぷりある。動かなければ、君にはかなりのチャンスがある」

彼は持っていた自動拳銃をアンディーに見せると、ポケットに入れた。片方の目はアンディーから離さずに、低い棚にある数冊の革装丁のルースリーフ式切手アルバムに手を伸ばした。アンディーは動かなかった。彼が机から抜け出す前に、弁護士が銃を取り出すのはわかっていた。速い息づかいで見守るしかなかった。

「最初にこの切手を少し盗んだのは失敗だった」弁護士は言った。「だが、金が必要だった。さあ、計画通り仕事をするか」

長身の男は少しハミングしながらルースリーフ式のアルバムを速やかにチェックし、稀少で貴重な切手が大事に収められているビニール製のシートをはぎ取り、封筒に入れていった。それをポケットに入れるまで、一分間とかからなかった。

「これでよし」彼は言った。「カタログ価格は最低三十万ドルだ。ヨーロッパで十万ドル手に入れる。さて、私は行かなければ。すまないが、君をここに一人で残して行かなければならないようだ。おっと、最後の仕事が残っていた」

彼は棚から鋼鉄製の小さな箱を取った。

「ここに私や他の人間に不利なメイフェアの証拠書類が保管されている」彼は言った。「私が焼却すると知ったら、誰もが喜ぶだろう」

「あなたは逃げられませんよ」声を落ち着かせようとしながら、アンディーは言った。

「ほら！　もうドアを破ろうとしています」

「そのようだ。まあ、やってみる価値はある。なあ、アンディー、私は君をここに閉じ込めることにする。ここにはおよそ五、六時間分の空気があるが、その時間内には誰も組み合わせ文字を解くことはできない。もしも連中が私に四時間の猶予を与えることに同意してくれたら、君のお父さんに電話で組み合わせ文字を伝えよう。さもなければ……そうだな、君が救出された時には、君は何物にも興味を失っていることだろう」

彼は金庫室のドアに近づいて立ち止まった。金庫室の外で、部屋に通じる樫材のドアに斧が振り下ろされる音がアンディーに聞こえた。

「君のことは気に入っていたよ」彼は言った。「私の仮面を剥いだとはいえ、君のお父さんを尊敬する。西風おばさんに言及したのは愉快だった。そこで、フェアにするために、この金庫室の扉を開ける組み合わせ文字をどうやって見つけ出すか、君に手がかりをあげようと思う。私がどうやって解いたかではなく——私にとっては霊感のひらめきだったよ——君が待っている間に解くことができるための手がかりだ。さあ、注意して聞くんだ。君は学校で詩を習っただろう。詩人ジェイムズ・ラッセル・ローウェルが書いた『サー・ローンファルの難問』という詩がある。その詩の中で、学校で学んだ子供ならば誰でも知っている、何が六月を完璧なものにしているかについての非常に有名な一行がある。

さあ、君がその一行を思い出すことができることを願っている。なぜならば、私がこれから君に謎を出すからだ。君が六月のさなかにピクニックに出かけたと想像してみたまえ。献立はソーセージ・パティ、焼き《トースティド》マシュマロ、アーティチョーク・ハート、マスタード・ピクルスにプルーンのホイップ添えだ。君がこの謎を解くことができれば、この金庫室の扉を開ける言葉の手がかりが得られる。君はさらにその手がかりを使って組み合わせ文字を解かなければならないから、君にうってつけの仕事だろう。前からと後ろから考えるようにしてみたまえ。そして、必要ならば、裏返したり、ひっくり返したり。それでもわからないとしても、私には簡単にしてやることはできない。私は長い道のりを逃げおおせて隠れたいからね。メイフェア老人が死ななかったら、私に復讐するためにどんなことだってやるだろう」

そう言うと、彼は金庫室のずっしりした扉を音を立てて閉め、ダイヤル錠を回す音が聞こえた。

彼は密閉された金庫室に一人残された。その場所で——父が救出してくれなかったら——彼は数時間後に窒息死することになる。

アンディーは机を押すと、身を翻《ひるがえ》して金庫室の扉の内側に立った。彼は取っ手を摑むと、パニックに襲われて、全力で回そうとした。心臓はどきどきと激しく鼓動し、息がつけないような気がした。息ができなかった。もう窒息しかかっている！

それから、彼は冷静になった。無理にでも落ち着こうとした。金庫室の空気は数時間はもつ。特に、彼がおとなしくしていれば。それまでに、父さんが何とかして金庫の扉を開けてくれるだろう。彼は信じていた。

本当は、それほど強く信じているわけではないことを認めたくなかっただけだった。しかし、机に近づいて腰を下ろした。机にはヘンダスン氏が稀少な切手を奪っていった切手アルバムが載っていた。彼はそれにはほとんど目もくれなかった。彼はヘンダスン氏が言ったことを正確に思い出そうとしていて、金庫室の扉を開ける単語の手がかりとして彼が残した謎が何を意味するのか理解しようとしていた。

六月の一日についての詩の一行。……何かが彼の記憶に引っかかった。彼は自分自身のいる光景、国語の時間に英語の詩を暗唱している光景を思い浮かべた。詩全体ではない――ほんの数行だった。六月に関すること。……やがて思い出した。

『六月の一日ほど稀なものは何だろう?』

彼が思い出したのはそれだけだった。何の意味もなさそうだった。しかし、謎というものは解かれるまでは無意味に見えるものだ。そして、この謎を解けば自分の命が助かるかもしれない。

そこで彼は詩の一行を書き、その下にヘンダスン氏がピクニックの献立として挙げた、めちゃくちゃなメニューを書いた。


六月の一日ほど稀なものは何だろう?

献立

ソーセージ・パティ (sausage patties)
焼きマシュマロ (toasted marshmallows)
アーティチョーク・ハート (artichoke heart)
マスタード・ピクルス (mustard pickles)
プルーンのホイップ添え (prune whip)

彼はそれをじっと見つめた。見たところ、何の意味もなさそうだ。どの言葉も六文字でさえない！　六月ではないし、ピクニックでもない。今日は感謝祭で、母が亡くなって以来、彼と父は自宅で自分たちが料理した七面鳥をローストしているはずだった。いきなり、目に涙があふれた。止めることができなかった。止めようともしなかった。不意に、父の声が聞こえるまで。

「アンディー！　アンディー、聞こえるか？」

彼はびっくりして周囲を見回した。しかし、扉は開いていなかった。声は机の向こうの小さな丸い格子から聞こえた。メイフェア氏がスタッフを呼ぶために屋敷中に設置したスピーカーだ。

「アンディー、聞こえたらスピーカーの下の赤いボタンを押して答えてくれ。それから私の話をよく聞くんだ」

勢い込んでアンディーは赤いボタンを押した。

「うん、父さん、聞こえるよ」

「助かった！　よく聞くんだ、お前——われわれはヘンダスンと取引をした。彼に四時間の猶予を与える。その後で、彼が組み合わせ文字を電話で教えてくれる。わかったか？　四時間おとなしくしていればだいじょうぶだ。とにかく、空気はそれくらいはもつ」

「ぼくはだいじょうぶだよ、父さん」アンディーはできるだけしっかりした声で言った。

「それまでの間、こちらは組み合わせ文字を見つけようとしている」

「父さん！」アンディーがさえぎった。彼はヘンダスンが与えたヒント、詩の一行と荒唐無稽な献立のピクニックについて話した。長い沈黙が続いた。やがて、父親が疑わしそうな口調で答えた。

「何を意味しているのか私にはわからない」彼は言った。「しかし、州警察から暗号の専門家を呼んで、その方面から検討してもらおう。

　それまでの間、お前はじっとおとなしくしているんだ。われわれは仕事に取りかかる。数分ごとに話しかけるよ。金庫室の扉を焼き切るわけにはいかない——その理由は知っているな？」

「うん、父さん。そんなことをしたら毒ガスが充満するってミスター・メイフェアが言っていた」

「その通りだ。たぶん、お前なら切手帳を眺めて時間をつぶすことができるだろう。

とにかく、気を長く持て」

それは言うのは簡単だが、実行するのは難しかった。アンディーは金庫室の周囲の頑丈な鋼鉄製の壁を見て、それが彼を押しつぶそうとしてゆっくりと動くのを想像した。空気は息が詰まりそうだった。心臓はどきどきして、額に汗が浮かんだ。突然、彼はパニックに襲われて跳び上がり、赤いボタンを強く押した。

「父さん！　父さん！」

「どうした、お前？」

彼は『もしもミスター・ヘンダスンが組み合わせ文字を電話で知らせなかったら？』と訊こうとした。しかし、その答えはわかっていた。彼がパニックに襲われていることを父親に知らせる必要はない。

「父さんの声が聞きたかっただけなんだ」

「わかった、アンディー。ミス・レイニアとレジーが、メイフェアが組み合わせ文字として使いそうな単語を考えてくれている」

「よかった」

心の中で、アンディーは彼らには無理だと確信していた。あの太った男は秘密の単語を自分の頭以外には保管していない。それでも、もしもヘンダスン氏に推測できたとしたら——そう、確かに推測できたことは証明されている。でも、一編の詩がどうして役に立つのだろう？

『六月の一日ほど稀なものは何だろう？……ソーセージ・パティ、焼きマシュマロ、アーティチョーク・ハート、マスタード・ピクルス、プルーンのホイップ添え……』

それらの単語がアンディーをあざ笑うかのように疲れた頭の中で歌いかけているみたいだった。何の意味もない、何の意味も。どうしてどれも六文字ではないのだ！

何かやることを見つけるために、一番手近にあった、ヘンダスンが放り投げた赤い革装丁のルースリーフ式切手アルバムを拾い上げた。外側には大きな堂々たる金文字で次のように刻印されていた。

稀少及びエラー切手
ミスター・ナイジェル・メイフェアの
蒐集品

アンディーはアルバムを開いた。最初のページには次のような見出しがあった。

イギリス領ギニア
一セント・マゼンタ
一八五六年発行

その下には切手を入れるためのビニール製の空《から》のポケットがあり、一番下にはヴォーンという少年に発見されたことに始まり、彼が一ドル半で売った、世界一稀少な切手の来歴が整然と印刷されていた。今では唯一存在するその切手の実物は五万ドルの価値があった。

しかし、メイフェア氏が所持したことがなかったのは明らかだった。切手は他人の所有で、その人物は手放そうとしなかった。それでも、そのページはメイフェア氏がイギリス領ギアナの一セント・マゼンタを自分の物にすると決意していたことを示していた——いつの日か、なんとかして。

アンディーはページをめくった。ほとんど空だった。喜望峰三角切手のエラー切手やモーリシャス島の五枚の重要な稀少切手、稀少で誰もが探求しているアメリカ郵便局長臨時郵便切手、きわめて貴重な一九一八年発行のアメリカ合衆国航空便四枚一組切手の逆さ刷りエラー切手、一八六一年に南部連合が発行した非常に稀少な郵便局長臨時郵便切手の完全揃い、その他いろいろが収められていたページが数ページあった。ヘンダスン氏がすべて奪ってしまった。

最も裕福な蒐集家以外には手の届かない稀少な切手が見られたらと願っていたアンディーは、棚から一冊の切手アルバムを取って、それに目を通した。刻一刻と経過していく時を忘れるのに役に立った。一分経過するごとに金庫室の呼吸できる空気は減っていった。

彼が選んだ切手アルバムはアメリカ合衆国の四枚一組の記念切手の完全なコレクションだった。普通だったらアンディーは興味を示すところだったが、今はあまり長く見ていられなかった。彼は切手アルバムを脇に押しやり、エラーのあるダーグ・ハンマルフェルドの四セントの記念切手を郵便公社総裁が新たに印刷したために、もはや稀少切手ではなくなったと言って、メイフェア氏が怒鳴っていたことを思い出した。

切手アルバムを押しやった時、彼の目は詩の一行と荒唐無稽な献立を書いた紙片に向いた。そして――たぶん彼がちょうど稀少切手について考えていたからだろうが――詩文のど真ん中に「稀な」という単語があることに突然気づいた。それに、ヘンダスン氏も〝六月のさなかに〟と言っていた。いきなり、献立の各行の最初の文字が飛び込んで、一つの単語になった。

六月の一日ほど稀なものは何だろう?

献立

ソーセージ・パティ (Sausage patties)
焼きマシュマロ (*T*oasted marshmallows)
アーティチョーク・ハート (*A*rtichoke heart)
マスタード・ピクルス (*M*ustard pickles)
プルーンのホイップ添え (*P*rune whip)

その瞬間、彼は組み合わせ文字がわかったと思った。メイフェア氏が決して忘れられない単語、それはいつもそのことばかり考えている単語であり、それを金庫室をロックする組み合わせ文字に使用したことは間違いない!

アンディーは赤いボタンをあまりにも強くたたいたので、親指が痛くなった。

「父さん! 父さん!」興奮して彼は父に自分の推理を話した。

「でかしたぞ! 試してみよう。うまくいかなかったとしてもがっかりするなよ」

アンディーは息を詰めて待った。正しいはずだ。そうに決まっている！　だが、扉は開かなかった。今頃は開いていなければならないのに。彼は間違っていたのだ！　彼は赤いボタンを強く押した。

「父さん！」彼は大声で言った。「どうしたの？」

「すまん」父の声は慎重に抑えられていた。「お前の単語はうまくいかなかった」

アンディーは泣き出したい衝動を抑えた。今になっていきなり、息ができなくなった。空気がみんななくなってしまった。窒息するんだ！

一瞬、そうすれば開けることができるとでも言うように、彼は巨大な金属の扉に体当たりして、こぶしでどんどんたたこうとした。彼を押しとどめたのは父の言葉だけだった——今は実際の声ではないが、父がかつて「いつもこのことは忘れるなよ。困難な状況にいればいるほど、冷静になってパニックに陥らないことが重要なんだ」

荒い息づかいで、彼はこぶしを固めて考えようとした。ヘンダスン氏は他にも何か言った。何だったっけ？　手がかりとしてアンディーに与えた謎についての考え方だった。彼は何と言った？　……『前からと後ろから考えるようにしてみたまえ。そして、必要ならば、裏返したり、ひっくり返したり』

「そうだ！」アンディーは声を上げた。「後ろからだ！」

そして、彼は再び赤いボタンを押した。

「父さん！」父を呼んだ。「父さん！」

「何だ？」

「さっきの単語をもう一度試してみて。ただし、綴りを逆にして！」

「逆に？　しかし……ああ、わかった、やってみる」

アンディーは待っている間に、時計が一秒ずつ時を刻むように心臓が鼓動するような気がした。その時計の音は徐々に大きく、そして速くなるような気がした。すると——。

ゆっくりと金庫室の扉が大きく開いて、アンディーははじかれたように外に出て、父のしっかりした腕の中に飛び込んだ。

「父さん！」彼は言った。「父さん！　間違っているんじゃないかと思って怖かった！」

「私もだよ」父親は言った。それから後ろを振り返って言った。「ディック、もうヘンダスンの追跡を開始できるぞ。半時間先を越されただけだ」

「部下がもう道路封鎖をするよう電話している」警部補の声がした。「アンディーと一緒に書斎で話したらどうだ？」

広い書斎に入ると、父は腕をアンディーの肩に回した。

「お前は」父は言った。「本当の探偵がやることをやった。メイフェアの性格を読み、それに沿って誰にも解けない謎に答えたのだ。さあ――どうやって解いたのか話してくれないか？　金庫室の扉を開ける言葉に、どうやって最後には到達することができたんだ？」

　アンディーは歯を見せて笑おうとした。

「それが、父さん……」ヘンダスン氏が提出した謎の中から、どうやって手がかりとなる言葉〝稀な切手〟を見つけ出したのか話しているうちに、彼はまた喜びがこみ上げてきた。

「そして、ミスター・メイフェアが何よりも欲しがっていた物」アンディーが話を締めくくった。「彼は他人の誰も持っていない物を所有したかった。アメリカ初の本物の城、唯一濠のある城のように」

「その通りだ」

「しかし、世界中でたった一枚しかないきわめて稀な切手があります――イギリス領ギアナ切手です。ミスター・メイフェアは持っていませんでした。そこにミスター・ヘンダスンのヒントがあって、ミスター・メイフェアは寝ても覚めても、自分が所有できない、買うことのできない稀少な切手について考えているだろうと、ぼくには想像できたんです。その単語は絶えず彼の頭の中にあったことでしょう。しかも、六文字の単語――それはG‐u‐i‐a‐n‐aでした。金庫室の扉を開く鍵となる単語はそれしかないと思ったんです」

「実際、その通りだった。逆向きにつづられていたがな」

「というのも、ミスター・メイフェアはとてもひねくれた頭脳の持ち主だったからです、父さん。逆向きにつづるのは、いかにもあの人がやりそうなことです。ミスター・ヘンダスンはそのことを教える手がかりもくれました」

「とにかく、アンドルー」――ポーターフィールド・アダムズが息子の名前を正確に口にするのは、とりわけ息子のことを誇りに思っている時だった――「お前はヘンダスンが与えたヒントを利用して見事な仕事をやってのけた。いつの日か、私は自分の事務所の名前をアダムズ・アンド・サンに変えることができたらいいと思うよ。どう思う？」

「最高！」アンディーは答えた。

本書収録作品について

訳者注：トリックに触れているので、本文読了後にお読みください

私は「どうやって物語のアイディアを得るのですか？」と尋ねられることが多い。この質問は答えようによっては非常に難しい質問です。作家は必ずしもいつも自分のアイディアがどこから来たのかわかっているわけではありません。アイディアは生活から、見たり聞いたりしたものから、読んだものから——数多くの様々な場所から得られます。時には、作家が実際にそれと知らずに頭の中で形成され、突然そこに出現し、使われるのを待っているアイディアもあります。

しかし、本書収録の作品はミステリで、ミステリ小説は一般に一つあるいは二つの非常に強力で明確なアイディアを巡って展開するものなので、各作品について私がそれを書くに至った経緯をかなり巧く語ることができます。少なくとも、どうやって書

き始めたのかは教えることができます。
「真夜中の訪問者」を例に取りましょう。或る日、私がニューヨーク・シティーの通りを歩いていたところ、火災避難装置の取りはずされた古い家が見えました。家の正面に火災避難装置のマークがあったのに、金属構造物そのものは撤去されていました。たぶん、新品が設置されるのでしょう。

こういうアイディアが頭にひらめきました。「仮に、火災避難装置が撤去されていることを知らない人間が暗闇でそれを利用しようとしたらどうだろう?」その瞬間、物語が生まれたのです。実際に筆を執った時、私は火災避難装置をバルコニーに変更し、よりドラマティックにするために、バルコニーは実際にはそこになく、存在したこともないが、誰かがそこにあると思わされることにしました。そのため男がバルコニーに足を踏み出そうとした時――。まあ、みなさんはどうなったかご存じでしょう。作品をお読みになったはずだから。とにかく、そのアイディアは私がたまたま火災避難装置は取りはずされていたのを目にしたことから育ったのです。

短編「非情な男」は猟銃の銃口に泥が入ったために発砲したら銃身が破裂したというハンターの話を新聞記事で読んだことから生まれました。このことを考えていると、猟銃の銃身が丸めた札を押し込む場所としてうってつけであることに気づいたのです。

確かに、隠し場所としては尋常ではありませんが、誰も疑わない隠し場所です。しかし、誰かが銃を撃とうとしたら――。

さて、あの作品を読んでおわかりのように、私は自分を殺そうとする犯罪者を罠にかける男を加えなければなりませんでした。しかし、本質的にこの作品は新聞記事の切り抜きから生まれたものです。ジグソー・パズルのように、いつでも追加すべき細部や、変更しなければならない部分が多数あるものです。作家にとって重要なことは、少なくとも私のような作家にとっては、書き出すための発端のアイディアです。

本書に収録されている他の作品は、最初の二つの作品よりずっと複雑です。執筆する時に、追加したりアレンジしたりして私がそこでやったことを何もかも説明するためには、たぶん一冊分の本が必要になることでしょう。ですが、どのようにして書き始めたのか説明しましょう。もしも執筆に興味があるなら、物語を読み返し、一つのアイディアを作品にふくらませる時に私がやったこと、あらゆる作家がやっていることのすべてをメモに取るのです。そのアイディアが実際に物語へとふくらませる核なのです。

「天からの一撃」の基本的なアイディアは、磁場に置かれた硬鋼は永久磁石になることを学んだ高校の物理の授業で得られたものです。このアイディアがふくらみ始めたのは何年も経ってからで、硬鋼は短剣に、磁場は気づかれずに短剣を吊る天井の電磁石に置き換わったのです。このアイディアは他の方法で用いることもできたかもしれませんが、このようにひらめいたのです。

「極悪と老嬢」は私が多少なりとも入念に〝練り上げた〟短編です。このアイディアは、推理小説の愛読者がそこで学んだ考えを使って謎を解こうとしたら面白いだろうという考えからひらめきました。徐々に読者は二人の小柄な老婦人になりました。二人の小柄な老婦人が屈強な犯罪者を相手にして勝利を収めるというコントラストが愉快に思えたからです。

文書がすぐ目の前に隠してあるという、エドガー・アラン・ポオの「盗まれた手紙」流のアイディアを加えて、私は執筆に着手しました。「極悪と老嬢」という題名は、雑誌に初めて掲載したエラリー・クイーンによるもので、読者にとても気に入ってもらえました（舞台劇で、フランク・キャプラ監督で映画にもなった『毒薬と老嬢』のもじりになっている）。

私が子供だった頃の或る冬のこと、凍てつくような天候で洗濯物がかかっているのを見ました。洗濯物はまるで板のように固くなっていました。何年も経ってから、子供たちがアルミ製のボウルに乗って目の回るようなスピードで丘を滑り降りるのを目撃し、固まった雪の上には何の痕跡も残っていないことに気づきました。

このことが作家なら誰もが持っている頭脳の隠された――作家当人が気づきもしないうちに作動している――メカニズムを刺激したのです。すぐに私は凍らせて硬化したシーツでできたそりの一種あるいはトボガンぞりが思い浮かび、人が歩けない雪の上を滑らせるのに使うことを考えていました。私はそこに一見奇跡のように見える人間消失の可能性を見いだし、かくして「ガラスの橋」が誕生したのです。これは推理作家が〝不可能殺人小説〟と呼ぶ作品の一つで、多数の読者のお気に入りとなりました。読者を大いに煙に巻いた作品です。

この作品の場合、物語の説明は物干し綱に凍結した洗濯物を見た少年時代の経験まてさかのぼります。

昔から馴染んできた言い方を使えば、登場人物の運命が髪の毛一筋で吊り下がっているなどと言うことがあります。「消えた乗客」の場合、物語そのものが文字通り一筋の髪の毛に吊られていました。

或る日、男が女に変装することによって特急列車から消失できるというアイディアが頭に浮かびました。しかし、探偵にどうやってその策略を暴かせることができるでしょうか？　私はしばらく考えて、男にかつらをかぶらせればいいと悟りました。そして、かつらでは一本一本の毛髪が土台となる生地に糊付けされています。本物の髪の毛は頭皮に毛根で植わっています。「これだ！《ユーレカ》」と私は思いました。探偵は長い髪の毛を見つけます。女性が関与していると疑います。しかし、髪の毛の端に糊が付いているので、自然の髪の毛ではありません。かくして探偵はかつらを推理し、変装が行われていたことを知るのです。

こうして「消えた乗客」は書き始められました。

「マニング氏の金の木」はとても漠然としたアイディアから少しずつ組み立てなければならなかった短編です。最初に、数年後に回収できるように急いで大金を隠さなければならないという問題に直面した男がどうやってそのジレンマを解決できるかと考えました。

問題を難しくするために、男は大都市の繁華街にいて、お金の隠し場所までほんの数分しかかからないことにしました。携行品一時預かり所に預ける手が使えないのは明らかです。安全な保管箱を借りることはできるかもしれません——ただし、私の計画では男は刑務所に入るので、使用料を払い続けることができません。

では、いったいどこに隠すか？

当時、私は郊外に家を持っていて、或る朝、小さな木を何本か植えました。その時、インスピレーションが湧いたのです。主人公はバスに乗って郊外に行き、植えたばかりの木の下にお金を隠す機会を見つけるのです。

これはまったく素晴らしいアイディアでした。木は生長し、数年後に彼が戻ってきた時にはかなりの大きさになっていて、隠したお金を掘り出すことがとても難しくなっています。このことが私にあらゆる作品に必要なもの——主人公が克服しなければならない困難——を与えてくれたので、私は書き始めました。少しずつ、小さなピースが適切な位置に収まり、とうとう「マニング氏の金の木」が出来上がったのです。

或る秋の日、私は丘陵地帯に灰色の風雨にさらされた陰気な家があることに気づきました——直感的に暴行事件を思わせるような家です。その時、私は「きっと殺人が起きるような家だな」と思ったのです。その後、そのことを考えていて、殺人が一度ならず二度までも起きた家の話を書くことにしました。

物語に驚きと皮肉なひねりを加えるために、二番目の殺人の犯人が最初の殺人のせいで捕まるようにしました。

これは見事なアイディアでしたが、どうやって二つの犯罪を結び付けることができるでしょう? この問題はしばらく私を悩ませました。すると或る日、新しい住所に転居して、郵便局に住所変更カードを提出しました。その時、秘かに自分の妻を処分して転居した男は、疑惑を呼ばないように郵便物を受け取り続けなければならないということに気づいたのです。そこで彼は妻に自分と同じ住所変更を届け出なければなりませんでしたが、妻が実際に他の住所に転居したとしたら、彼女は自分の住所で届けを出すことになります。

またしても二つのアイディアが同時にひらめきました。それ以後、「住所変更」はすらすらと書けました。

短編「三匹の盲《めしい》ネズミの謎」と「一つの足跡の冒険」はどちらもなかなか複雑な物語で、わたしがどうやって物語をふくらませていったのか説明するにはかなりの語数が必要です。とはいえ、両者の背後にある基本的なアイディアを書くことはできます。「三匹の盲ネズミの謎」の場合、最初のアイディアはペンキ職人がはしごを移動させているのを見た時に思い浮かびました。数分間、梯子は傾いて家から離れ、ロープで保持されていました。その瞬間、はしごを登って窓から覗いたら、はしごが正常な位置にあったら見えない物が見えるということに気づいたのです。あるいは――私は推理作家ですから――普通だったら届かない窓に向かって発砲することができるぞと思ったのです。その後ではしごを元の場所に戻せば、誰もはしごが家から離れて傾いた状態になる可能性など思いも及ばないでしょう。

これが「三匹の盲ネズミの謎」の根底にあるアイディアで、その他の細部はすべて物語がふくらむにつれて少しずつ付け加えたものです。

「一つの足跡の冒険」のアイディアは、シェルドン博士による『気質の多様性』と『人間の体型の多様性』と題する二冊の本の記事を読んだ時に思いついたものです。著者は人間の肉体的外見と気質の間にははっきりと関係があるという実に興味深い発見を述べています。単純に言ってしまうと、彼の発見によれば、短軀肥満の人間はその気質において長身痩軀の人間とは類似するはずがないというのです。もちろん、そこには多数のより詳細な事柄がありますが、彼は人間を見ればその物の見方をかなり正確に予想できると述べているのです。

シャーロック・ホームズだったらシェルドン博士の仮説を非常に興味深いものと考え、彼の驚くべき推理を助けるかもしれないという考えが浮かんだのです。さて、短編推理作家のほとんど全員がシャーロック・ホームズ物語を書けたらと願っています。現代のシャーロック・ホームズがシェルドン博士の仮説を利用して、たった一つ残された足跡から犯人の全体像を描くということにしました。

その結果は、相当な労力をかけて、「一つの足跡の冒険」として実を結びました。かなりトリッキーな話で、技術的に取り扱うのはとても困難でした。私が執筆した唯一の理由は、アイディアが私にとって大いに魅力的だったからです。それでも、エラリー・クイーンズ・ミステリ・マガジンの主催する短編ミステリのコンテストに入賞しました。

最後に一言。これらの短編小説を振り返って眺めれば、基本的なアイディアに登場人物の性格描写、背景、アクションといったものをかなり付加しなければならないことがおわかりになるでしょう。とはいえ、この大部分は懸命に考えた結果であるとはいえ、同時にその大部分は多少とも執筆中に思いついたものでもあるのです。作家の頭脳には、ひとたび自分の興味を惹いた基本アイディアに基づいて執筆を始めたら、補足的な複数のアイディアをブレンドして、それを意識しないうちに供給するというささやかなメカニズムがあるようです。

以上でおわかりのように、作品のアイディアは多くの状況から得られ、しかも実に思いがけないことがたびたび起こるのです。

〈解説〉ロバート・アーサー、本邦初の短編集

小林　晋

本書はアメリカ作家ロバート・アーサーによる本邦初の短編集である。ロバート・アーサーといっても、物故して半世紀以上経過している作家のことをご存じない読者も多いと思われるので、まずは著者略歴を、最も信頼できると思われる作家の長女で、自身も作家であるエリザベス・アーサーのホームページ（elizabetharthur.org/bio/rarthur.html）に基づいてご紹介することにする。

生涯と仕事

ロバート・アーサーは一九〇九年十一月十日にフィリピンのマニラ湾に浮かぶ小島コレヒドール島のフォート・ヒルズで生まれ、一九六九年五月二日にペンシルヴァニア州フィラデルフィアで亡くなった。享年五十九歳。同名の父ロバートはアメリカ軍

兵士であったため、父の勤務地の移動とともに、ロバート少年と、五年後に生まれた弟のジョンは何度も引っ越しを繰り返した。

陸軍士官学校《ウエスト・ポイント》への入学を認められたが、ロバートは父の後を追って軍人になろうとはせずに、一九二六年の秋にヴァージニア州ウィリアムズバーグにあるウィリアム・アンド・メアリー・カレッジに入学する。二年後、父が軍事科学の教授をしていたミシガン大学に転学した。さらにその二年後、彼は抜群の成績で文学士の学位を取得してミシガン大学を卒業する。いったん或る出版社で編集者として働いてから、再びミシガン大学に戻って、一九三二年にジャーナリズムの修士号を取得する。

執筆中のロバート・アーサー
(1940 年)

その後、ニューヨーク・シティーのグリニッチ・ヴィレッジに生活の拠点を移し、一九四〇年頃までの間、多数のパルプ雑誌に短編小説を投稿して生活していた。この期間、彼はデル出版やフォーセット出版でライター兼編集者としても働いた。

一九三八年二月にラジオ番組のソープ・オペラの女優スーザン・スミス・クリーヴランドと最初の結婚をするが、一九四〇年には離婚してしまう。同年、コロンビア大学のホイット・バーネットの短編小説に関する講義を受講し、そこで二番目の妻となるジョウン・ヴァツェクと知り合う。コロンビア大学ではラジオ番組に関する講義も受講し、そこでデイヴィッド・コーガンとも知り合う。コーガンとは一九四四年から一九五三年までの間に放送されて人気ラジオ番組となった『ザ・ミステリアス・トラヴェラー』の台本を共同で執筆した。一九四九年から一九五一年までの間には、同じコンビで、あのカーも初期には関与した『マーダー・バイ・エクスパーツ』の製作にも携わっている。一九五〇年にはMWAのベスト・ミステリ・ラジオ・ショウとしてエドガー・アラン・ポオ賞（いわゆるエドガー賞）を受賞し、さらに一九五三年には『ザ・ミステリアス・トラヴェラー』によって再び同賞を受賞した。

ラジオ番組の人気を受けて、一九五一年十一月からは『ザ・ミステリアス・トラヴェラー』の題名でアーサー自身が編集したミステリ専門誌が発刊される。この雑誌は五号まで出して、翌年末に終刊となった。毎号十二編の短編が収録され、アーサーは毎号三編から四編、四号においては七編の自作を収録している。この時、アーサーはJohn West、Andrew Saxon、Mark Williams、A. A. Fleming、Anthony Morton、Fredric Wells、Jay Norman、Pauline C. Smith、Robert Forbes、The Mysterious Travelerなど複数のペンネームを使って同一作者とわからないようにしている。この他にも、Andrew Benedict、Andrew Fall、Andrew McCullen、Andrew West のペンネームが知られている。

『ザ・ミステリアス・トラヴェラー』は『恐怖への冒険《アドヴェンチャー・イントゥ・フィアー》』と改題されて放送されたこともある。アーサーとコーガンのコンビは、一九四八年から一九五一年までの間に『暗い運命《ダーク・ディスティニー》』というテレビ番組も製作した。

一九四六年十二月にアーサーとヴァツェクは結婚し、引っ越したニューヨーク州のヨークタウン・ハイツで、一九四八年に長男ロバート・アンドルー・アーサー、一九五三年に長女エリザベス・アン・アーサーが生まれる。本書はこの二人に捧げられているわけである。

一九五三年に好評だった『ザ・ミステリアス・トラヴェラー』が打ち切られた。マッカーシー旋風吹き荒れる時代に、二人が加入していたラジオ・ライターズ・ギルドがにらまれたことが原因らしい。アーサーはそれまでに五百を超えるラジオ台本を執筆し、番組を製作していたという。

一九五九年にアーサーは妻ジョウンと離婚し、ハリウッドに引っ越してテレビの仕事を始めた。有名な『トワイライト・ゾーン』の台本を書き、『ヒッチコック劇場』のための仕事をする。一九六二年にはハリウッドからニュージャージー州ケープ・メイに引っ越して、自身が亡くなる一九六九年まで、父方のおばであるマーガレット・フィッシャー・アーサーと同居生活を続けた。

映画監督ヒッチコックとの関係で、出版社ランダム・ハウスがAlfred Hitchcock Presents（我が国ではヒッチコック劇場と訳している）を冠した題名のアンソロジーを編集するようアーサーに要請する。その結果、ヒッチコック名義で数々のアンソロジーが出版されるが、実質的な編集者はアーサーだった。また、題名にAlfred Hitchcock's の入った少年向きのアンソロジーも多数刊行される。

一九六四年からは少年向きの長編ミステリ・シリーズ（邦訳は〈ヒッチコックと少年探偵トリオミステリー〉シリーズ。後に〈カリフォルニア少年探偵団〉シリーズとも）を上梓し始めた。アーサーが亡くなるまでに十冊が刊行された（本稿末尾参照）が、その後別の作者を迎えて一九八七年まで書き継がれた。

以上が、ロバート・アーサーという作家の生涯と仕事に関する概要である。

さて、本書は著者のミステリ短編集 *Mystery and More Mystery*（Random House, 1966）の全訳である。同書は原著書影でも窺われるように年少の読者を対象にして出版された、作者によるミステリ分野の自選短編集である。とはいえ、大人でも楽しめる作品集であることがおわかりになるだろう。というか、年少読者だけのものにしておくのはあまりにももったいない。実際、解題の書誌情報で分かるように、大半は一般読者向けの雑誌に発表されたもので、ジュヴナイルと呼べるのは「三匹の盲《めしい》ネズミの謎」だけである。

アーサーは我が国では主として短編ミステリやSF、ファンタジーの名手として知られており、多くの短編がミステリ雑誌やSF雑誌に翻訳紹介されている。最も知られているのは本書収録の「ガラスの橋」と「51番目の密室」（こちらは表題作として、ハヤカワ・ミステリの一冊となっている）で、複数のアンソロジーに収録されている。しかし、これらの作品を読んでロバート・アーサーという作家に興味を抱いたとしても、大半の作品はミステリ専門誌に掲載されたままで、図書館や古書店を巡って探すしかない。我が国ではまとまった作品集がないのが現状である。このような状況は本国アメリカでも似たようなもので、長編一作と、少年向けとして出版された三冊の短編集（うち一冊はヒッチコックの名前が冠してあるが、アーサーによる代作）がある他は、雑誌やアンソロジーを渉猟《しょうりょう》するしか読む手だてがないのである。

本書はそんな現状を打破すべく企画されたものである。もともとは少年向きとして出版された本だが、著者アーサーは自作の幅広い作風を読者に知ってもらうために、意識的にヴァラエティーに富んだ作品を集めていると考えられる。初めてアーサーを知る読者にとっても格好の入門書になるだろう。

収録作品解題

末尾に作者自身によって作品執筆の経緯が述べられているが、あえて屋上屋を架すことにする。

マニング氏の金の木

初出はコスモポリタン誌の一九五八年五月号で、その時は妻ジョウン・ヴァツェクとの共著となっていた。

実直な銀行員が株式相場に手を出したことがきっかけで横領し、という現実によくありそうな話である。出所した元銀行員は隠してあると思っている大金を心の支えにして地道に働く一方、予期せぬ大金を手にした男は事業を拡大していく。その後の展開がフィクションらしくていい。

極悪と老嬢

初出はＥＱＭＭ（エラリー・クイーンズ・ミステリ・マガジン）の一九六〇年の第三十五巻第六号。

言わずと知れた、舞台劇であり後に映画化もされたジョゼフ・ケッセルリング原作の『毒薬と老嬢』（Arsenic and Old Lace）をもじった題名である。本来は極悪人とすべきだろうが、語呂合わせのために極悪とした。

ミステリ・マニアの老婦人二人に手玉に取られる悪党のうろたえぶりが愉快で、海外ミステリのファンであれば読んでいてにやにやすること請け合いだろう。あの作品を利用したオチも決まっている。

真夜中の訪問者

初出はコリアーズ誌の一九三九年六月十七日号で、その時の題名は Midnight Visitor。Midnight Visit という別題もあるが、底本収録時には The Midnight Visitor となっている。今回が初訳である。

作家が取材のためにスパイのオーザブルに同行してホテルの部屋に招かれたところ、別のスパイが待ちかまえていて情報を奪おうとする。オーザブルは機転を働かせて相手を片づける。

天からの一撃

初出誌は不明だが、一九三六年にロバート・フォーブズ名義で発表され、その時の題名は The Devil Knife。A Knife in the Night の別題もあるが、底本収録時の題名は The Blow from Heaven である。

裕福な高齢女性の屋敷に招かれた旅行家の作家が不可能犯罪に立ち会う。作家は短剣の奇妙な特性からトリックを見抜く。後にカーが長編で使うトリックに先行している。本編も初訳である。

ガラスの橋

初出はＡＨＭＭ（アルフレッド・ヒッチコックス・ミステリ・マガジン）の第二巻第七号（一九五七年）。

この作家の代表作とも言える有名作。山荘に入った女性は誰にも気づかれずにどうやって抜け出すことができたのか。自然現象を利用したトリックが素晴らしい。

ハンガリー人のデ・ヒルシュ男爵が登場する作品には、他に Weapon, Motive,

Methodという短編が知られている。

住所変更

初出はザ・ミステリアス・トラヴェラー誌の第一巻第二号（一九五二年一月）で、マーク・ウィリアムズ名義で発表された。

成功した実業家夫妻が海に面する家を購入して引っ越すが、妻はそこが気に入らなかった。夫には或る魂胆があった。オチがいかにもヒッチコック劇場で映像化されそうな作品だ。

消えた乗客

ジョン・ウェスト名義の作品で、初出はザ・ミステリアス・トラヴェラー誌の第一巻第四号（一九五二年六月）。列車のコンパートメントで殺人事件が発生し、遺留品から被害者につきまとっていた女性が容疑者になる。彼女に同情した俳優が事件を解決しようと活躍する。走行中の列車からの人間消失を扱った不可能犯罪。

非情な男

初出はディテクティヴ・フィクション・ウィークリー誌の一九四〇年九月二十八日号。

息子を強盗に殺された老人が大金を運ぶ機会を利用して犯人に復讐する。大金の意外な隠し場所と、同時にそれが犯人に復讐する手段になっている点が巧妙である。

一つの足跡の冒険

「ガラスの橋」のオリヴァー・ベインズ警部補が再登場する。初出はＥＱＭＭの一九四八年七月号で、同年のＥＱＭＭ第三回短編コンテストにおいて最優秀シャーロッキアーナ特別賞を受けている。

鉄砲鉄工会社の社長が頭部を銃で撃たれて殺される。事件当時、敷地内にいたのは信頼できる使用人だけだった。残された一つの足跡から、被害者の親族で自分をあの名探偵と思い込んでいる（？）人物が推理を進める。

三匹の盲《めしい》ネズミの謎

本書収録作品の中で唯一のジュヴナイル作品。初出は一九六三年刊行の *Alfred Hitchcock's Solve-Them-Yourself Mysteries*（Random House）で、そちらではヒッチコックが時々登場しておしゃべりがあるという形式になっているが、本書収録時には割愛されている。

私立探偵ポーターフィールド・アダムズは裕福な切手蒐集家に招かれて切手を盗んだ人物を突き止めることになったが、早々に蒐集家が銃で撃たれて重態になる。息子アンディーは父と共に事件を解決しようとする。最後にはアンディーが金庫に閉じ込められてサスペンスが高まる。論理的には弱いところもあるが、最後には巧くまとめている。

現在は見当たらないが、過去にインターネット上に存在した書誌によれば、ロバート・アーサーは約二百編の短編を残している。本書はそのうちのミステリ分野のごく一部に過ぎない。著者の多様な作品を知るには、さらなる訳出が望まれる。本書の刊行が呼び水となって、*Ghosts and More Ghosts* の翻訳出版、さらに雑誌や各種アンソロジー収録作品のまとまった紹介が進むことを願っている。

著作リスト（編集したアンソロジーは除く）

Epitaph for a Virgin（1956）後に *Somebody's Walking Over My Grave*（1961）と

改題。長編ミステリ
Ghosts and More Ghosts（1963） 怪奇、ファンタジー、SF短編集
Alfred Hitchcock's Solve-Them-Yourself Mysteries（1963） 少年向きミステリ短編集（ロバート・アーサーによる代作）
Mystery and More Mystery（1966） ミステリ短編集。本書

〈Alfred Hitchcock and the Three Investigators〉シリーズ
#1 *The Secret of Terror Castle*（1964）大津栄一郎訳『恐怖城の秘密』〈ヒッチコックと少年探偵トリオミステリー〉（日本パブリッシング）
#2 *The Mystery of the Stuttering Parrot*（1964）河野徹訳『どもりのオウムの秘密』〈ヒッチコックと少年探偵トリオミステリー〉（日本パブリッシング）
#3 *The Mystery of the Whispering Mummy*（1965）佐藤雅彦訳『ささやくミイラの秘密』〈ヒッチコックと少年探偵トリオミステリー〉（日本パブリッシング）
#4 *The Mystery of the Green Ghost*（1965）内藤健二訳『緑の幽霊の秘密』〈ヒッチコックと少年探偵トリオミステリー〉（日本パブリッシング）
#5 *The Mystery of the Vanishing Treasure*（1966）

#6 *The Secret of Skeleton Island*（1966）
#7 *The Mystery of the Fiery Eye*（1967）久米穣訳『もえる目の秘密』〈カリフォルニア少年探偵団〉（偕成社）
#8 *The Mystery of the Silver Spider*（1967）中尾明訳『銀グモの秘密』〈カリフォルニア少年探偵団〉（偕成社）
#9 *The Mystery of the Screaming Clock*（1968）土井耕訳『叫ぶ時計の謎』〈カリフォルニア少年探偵団〉（偕成社）
#11 *The Mystery of the Talking Skull*（1969）中尾明訳『話すどくろの謎』〈カリフォルニア少年探偵団〉（偕成社）
（#10は他の作家が執筆）

◉訳者紹介　小林 晋（こばやし　すすむ）
1957年、東京生まれ。エルベール＆ウジェーヌ『禁じられた館』、ブルース『レオ・ブルース短編全集』『ビーフ巡査部長のための事件』『三人の名探偵のための事件』『ハイキャッスル屋敷の死』『ミンコット荘に死す』、レジューン『ミスター・ディアボロ』、ダニエル『ケンブリッジ大学の殺人』（以上、扶桑社海外文庫）、ブランチ『死体狂躁曲』、ブルース『ロープとリングの事件』、ハイランド『国会議事堂の死体』（以上、国書刊行会）、ダンセイニ『二壜の調味料』（以上、早川書房）、ブルース『死の扉』（創元推理文庫）ほか、クラシック・ミステリーを中心に訳書多数。

ロバート・アーサー自選傑作集
ガラスの橋

発行日　2023年7月10日　初版第1刷発行

著　者　ロバート・アーサー
訳　者　小林 晋
発行者　小池英彦
発行所　株式会社 扶桑社
〒105-8070
東京都港区芝浦1-1-1　浜松町ビルディング
電話　03-6368-8870（編集）
03-6368-8891（郵便室）
www.fusosha.co.jp

印刷・製本　株式会社広済堂ネクスト

ISBN 978-4-594-09529-1　C0197

扶桑社海外文庫

極大射程（上・下）
スティーヴン・ハンター　染田屋茂／訳　本体価格各762円

全米を揺るがす要人暗殺事件の犯人として濡れ衣を着せられたボブ・リー・スワガーの孤独な戦い。シリーズ第一弾、伝説の傑作待望の復刊！〈解説・関口苑生〉

第三の銃弾（上・下）
スティーヴン・ハンター　公手成幸／訳　本体価格各876円

ケネディ大統領暗殺の真相を暴露する本を出版する予定だった作家が事故死。未亡人からの依頼でボブ・リーは調査のためダラスに飛ぶが……。〈解説・深見真〉

スナイパーの誇り（上・下）
スティーヴン・ハンター　公手成幸／訳　本体価格各880円

第二次大戦末期の独ソ戦で輝かしい狙撃歴を残しながら、歴史の狭間に消えた幻の赤軍女性狙撃手〝白い魔女〟ミリの秘密にボブ・リーが迫る！〈解説・吉野仁〉

Gマン　宿命の銃弾（上・下）
スティーヴン・ハンター　公手成幸／訳　本体価格各920円

祖父チャールズの知られざる過去を追うボブ・リー。一九三四年のシカゴを舞台に、捜査官（Gマン）と共闘するチャールズの活躍を描く！〈解説・古山裕樹〉

＊この価格に消費税が入ります。